Schlagsahne zum Frühstück

CHRISTIAN CALLSEN

Schlagsahne zum Frühstück

Ungekürzte 1.Auflage 2016
© Christian Callsen
Lektorat: Julia Gilcher
Buchcover, Umschlagsgestaltung: Anke Enders, alles mit MEDIEN
Bildnachweis Titelbild: © tashka2000/Fotolia.com

Herstellung und Verlag:
BoD – Books on Demand, Norderstedt
ISBN 978-3-7392-4635-2

Über das Buch:

Eine neue Liebe ist wie ein anderes Leben. So jedenfalls fühlt es sich an, als das idyllische Familienleben der Winkelreuters in Turbulenzen gerät. Mutter Susi ist seit 13 Jahren scheinbar glücklich mit Jan verheiratet. Ehemann Jan ist ein relaxter Hobbydrummer und mehr oder minder erfolgreich in der Werbebranche tätig, ehe er unverhofft gleich doppelt stolpert. Erst ist der 43-Jährige plötzlich seinen Job los, dann beschreitet auch noch seine Ehefrau neue Wege, auf denen er verzichtbar werden könnte. Das Leben der Familie steht Kopf.

Mittendrin in dieser handfesten Krise befinden sich Töchterchen Nicoletta und ihr älterer Bruder Torven, der mit seinen 17 Jahren ohnehin schon genug Gefühlschaos zu bewältigen hat.

Ist die Schieflage der Familie noch zu retten? Gelingt Jan mit seiner Band *Das alte Geschirr* ein plötzlicher Karrieresprung? Kann Torven seine erste Liebe erobern? Und wer macht bei Susi das Rennen? Alle Beteiligten erleben im Verlauf der Geschichte einen Wandel von der Routine am heimischen Frühstückstisch hin zu unkonventionellen und spannenden Erlebnissen, auf die sie keiner vorbereitet hat. Wächst die Familie an den Reifeprüfungen oder wird aus den leidgeprüften Beteiligten ein Trupp von Einzelkämpfern? Die Wochen der Wahrheit beginnen.

Über den Autor:

Christian Callsen wurde 1968 in Lübeck geboren. Seit vielen Jahren wohnt er mit seiner Familie und einem glücklichen Kaninchen in Kiel. Viele Jahre war er nebenberuflich als Sportredakteur an den Seitenlinien norddeutscher Fußballstadien unterwegs. Dabei wirkte er unter anderem auch bei der Stadionzeitung für die KSV Holstein und der Chronik »100 Jahre Holstein Kiel« mit. Aus der Sportberichterstattung wechselte er kurzerhand ins noch ernstere Leben und veröffentlichte im Jahr 2016 mit »Schlagsahne zum Frühstück« seinen ersten Roman.

Inhalt

Teil I

April

Teil II

Juni

Teil III

August

ERST WIRD ES HART SEIN, NACHHER FIND`ST DU ES GUT

ICH SEH, DU HAST DIE LUST DRAUF,

DIR FEHLT NUR NOCH EIN STÜCKCHEN MUT!

KOMM WEG HIER

UND FRAG NICHTS

UND SAG NICHTS

ES WIRD ZEIT

BITTE, GLAUB MIR:

GLEICH BRENNT´S HIER –

HÖCHSTE ZEIT

KOMM JETZT WEG HIER,

GEH MIT MIR,

HÖCHSTE ZEIT

Manfred Maurenbrecher

Höchste Zeit

Teil I

April

Torven

1 – Müde Schlagsahne

Unser Auto ist alt. Unser Haus ist alt. Ach, irgendwie ist bei uns alles alt. Die Nachbarn, unser Garten oder unser bescheuerter Wohnzimmerteppich, der regelmäßig einen wunderbaren Job als Stolperfalle ausübt und nebenbei bemerkt auch extrem hässlich ist. Und nicht zu vergessen meine Eltern. Ja, die sind irgendwie auch alt. Zumindest meistens. Die verhalten sich manchmal so, als wäre die Steinzeit deutlich näher als unser aktuelles Handyzeitalter.

Mein Handy indes ist neu. Genau genommen hat das Handy seit drei Monaten und fünf Tagen bei mir eine neue Bleibe gefunden. Und ja, um eventuell aufkommende Fragen gleich zu beantworten, es ist mir heilig. Manchmal gelingt es mir schon, es mal für zwei Stunden nicht anzurühren. Ich denke, dass zwei Stunden ein nahezu realistischer Wert sind. Zwei Stunden ohne jede Handynutzung, das ist wahrscheinlich so etwas wie der Maximalwert, den ich mir zutraue. Zumindest, wenn ich mich mal so richtig anstrenge. Aber warum sollte ich? Ist ja kein Wettbewerb, keine Meisterschaft! So sind es meistens eben nicht mehr als fünf Minuten, dann wage ich gerne und regelmäßig schon einmal einen leisen Blick auf mein Smartphone. Selbst im Unterricht bekommen es meine Lehrer nur in den seltensten Fällen mit, wenn man mal eine Kurznachricht auf die Reise schickt. Egal, ob nun wichtig oder nicht. Gewusst wie. Dass meine

Eltern meinen Handykonsum weniger schätzen, liegt auf der Hand. Dafür haben die ihre eigenen Macken.

Der heutige Dienstag kommt dem gestrigen Montag sehr nahe. Dabei fängt der Tag erst an. Wetter trist. Stimmung mau, und der Wille, gleich in der Schule einen Verdienstorden für herausragende Leistungen in mündlicher Mitarbeit zu erlangen, ist durchaus überschaubar.

Auch das Frühstück ist an einem trüben Dienstag nur selten ein Festessen. Wenn einen dann die eigene Mutter auch noch voller Freude und Optimismus anlächelt, in dem (hinterhältigen) Versuch, einen mit ihrer guten Laune anzustecken, erschwert das die Angelegenheit natürlich. Aber keine Chance, solche Krankheitsbilder gibt es bei mir nicht.

Ich grummel ein »Guten Morgen« in die Runde und stelle beruhigt fest, dass ich es auch heute geschafft habe, als Letzter am Frühstückstisch aufzutauchen. Meine Familie ist vollzählig.

Mein Vater Jan steckt mit halbem Kopf und halbem Toast in der Zeitung. Meine Mutter schaut erwartungsvoll in die Runde, freut sich, strahlt und nebenbei gelingt es ihr, sich noch locker bis beschwingt mit Milch zu versorgen. So ist sie, die Susi, meine Mutter, immer in Action, immer im Gleichgewicht und immer im sanften Wohlfühlmodus.

Und die kleine Nicoletta sitzt auf ihrem Stuhl und bewundert munter die Weltgeschichte, die Natur und die sich kreisende Erdkugel. Keine Ahnung, ob sie den Blumen in unserem Garten beim minimalen Wachstum zuschaut oder doch nur fasziniert den alten Kühlschrank betrachtet. Auf alle Fälle lächelt sie. Typisch Frau!

Wenn wir Besuch haben, bestaunen die Gäste sehr gerne unser ach so schmuckes Häuschen (»Tolle Einrichtung, so unkonventionell und so geschmackvoll«). Ich schüttel dann gerne innerlich den Kopf und halte in Gedanken unzählige Argumente dagegen. Wir wohnen im Schäferkamp, unsere Straße ist eine Sackgasse – nicht selten bin ich auch gefühlsmäßig auf einem solchen Pfad unterwegs.

Wenn ich kurz darüber nachdenke, dann gefällt mir der Gedanke, dass man unser Einfamilienhaus (Baujahr etwas älter, wie ich bereits erwähnte) eigentlich gut in zwei Ebenen aufteilen könnte: einen ruhigen Bereich, in dem man sich langsam bewegt, wo man leise spricht, wo man immer aufmerksam und freudig nickt, wenn man angesprochen wird. Wo man sich ausgeschlafen und putzmunter an den Naturgegebenheiten erfreut. Ein Bereich mit farbenfrohen Tapeten, duftenden Blumen, voller Ruhe und Zufriedenheit, mit heißem Tee und immer warmen Heizungen. Da passen meine Mutter Susanne – die jeder nur Susi nennt – und die kleine Nico wunderbar rein. Vielleicht wäre es angebracht, dort noch viele Kuscheltiere, kleine Prinzesspüppchen und Herzkissen zu deponieren. Nicht zu vergessen die Grundversorgung mit gesundem Brot, mit frischem Gemüse, mit Teesorten, die man eigentlich noch erfinden müsste (gibt es wirklich eine Mandel-Mango-Teemischung?) und Obst. Obst, das grün, gelb, rot oder auch zartlila wäre und das nicht nur der Dekoration dienen würde, sondern auch essbar wäre.

Die Ebene für meinen Vater und mich würde ganz anders aussehen, ganz anders klingen und schmecken.

Habe ich schon erwähnt, dass mein Vater Schlagzeug spielt? Ich denke nicht. Ja, mitten in unserem Wohnzimmer steht das riesige Teil. Überhaupt, würde man eine Trennung der beiden Parteien anstreben, dann wären laute Musik, lautes Poltern, tüchtiges Fluchen tatsächlich bei uns an der Tagesordnung. Ich würde mich dafür einsetzen, dass statt ausgewogener Ernährung die Schwerpunkte auf Fleisch, Fast Food, Pommes und Cola auf der Tagesordnung stehen würden. Dafür bräuchte man dann weniger Klamotten, weniger Bügelwäsche und vor allen Dingen weniger kluge Sprüche. Kleiner Einspruch, euer Ehren, die klugen Kommentare kommen dann doch in schöner Regelmäßigkeit von meinem Vater.

Ich bin ein wenig vom Thema abgekommen, denn wir sitzen an diesem bewölkten Vormittag immer noch an unserem Ikea-Frühstückstisch mit der gesunden Balance aus Toast, Vollkornbrot, Marmelade und dem ganzen restlichen Zeug, das man sich noch auf eine ordentliche Stulle draufpackt. Auf meinem Brot befindet sich Marmelade mit einer Portion Schlagsahne. Sie wundern sich? Warum? Anscheinend bin ich in Nordeuropa der einzige Genießer, der schon zum Frühstück den Verzehr von Schlagsahne schätzt. Früher wurde die für mich frisch geschlagen, nach monatelangen Diskussionen habe ich mich mittlerweile des Öfteren mit halbfrischen Sprühdosen zufriedengegeben. Außer am Wochenende, da gibt es für mich noch häufiger echte Schlagsahne zum Frühstück. Egal, ob auf Marmelade, Nutella oder auf meinem Schinkenbrot.

Meine Müdigkeit scheint unterdessen einmal mehr neue Rekordwerte anzupeilen. Keine Ahnung, warum ich anscheinend als Einziger in diesem Haus frühmorgens leide. Meiner Mutter gelingt es hingegen schon, fröhlich pfeifend durch die Küchendiele zu schlendern.

»Na, gut geschlafen, mein Großer?«, fragt sie mich, nicht ohne mir dabei durch meine längeren, ungekämmten Haare zu fahren. Das ist zweifelsohne eine dieser mütterlichen Morgenübungen, auf die ich gerne verzichten könnte.

»Geht so.« Das soll als Antwort von mir reichen. Schließlich werde ich am Frühstückstisch nicht für die mündliche Mitarbeit benotet. Der Gedanke an die Schule lässt mich schlucken und noch trüber aus den müden Augen blicken.

»Lass den Jungen bloß in Ruhe, der war schließlich gestern erst sehr spät im Bett«, bemerkt mein Vater. Der geübte Blick auf den Sportteil wird dabei nur kurzzeitig vernachlässigt.

Ich bemerke unterdessen seinen süffisanten bis vorwurfsvollen Unterton. Kurz nachgedacht. Sicher war es gestern später, ohne dass mir eine bewusste Uhrzeit in den Sinn kommt. Ich hatte einen ganz lustigen Abend mit den Jungs aus der Klasse, manchmal muss man halt auch mal in der Woche Farbe bekennen. Dass Elternteile dafür wenig Verständnis zeigen, ist für mich keine neue Erkenntnis.

»Seid schön lieb zueinander, dieser Tag ist viel zu schön, um hier am Frühstückstisch schon zweifelhafte Nettigkeiten auszutauschen.« So ist sie, meine Mutter. Harmonie und Zufriedenheit, das sind ihre Zauberwörter, die sie als geübte Friedensbotschafterin in wohl allen Lebenslagen beherzigt.

Mein Handy sendet in der Zwischenzeit zwei Signale. Alle schauen mich an.

»Kannst du nicht einmal dein Handy in deinem Zimmer lassen?«, murrt der Mann mit der Zeitung.

Ich schaue indes freudig auf mein Marmeladenbrot und denke mir meinen Teil.

Nicoletta schaut und lächelt entspannt aus dem Fenster, auch wenn sich dort in den letzten zehn Minuten absolut nichts geregt hat. Dass sie dabei das Frühstücken vergisst, soll diesmal keinen der Tischpartner kümmern.

***

In der Schule erwartet mich der normale Wahnsinn. Wer immer den Schuldienst vor sieben Millionen Jahren erfunden hat, sollte zumindest überdenken, ob eine erste Stunde denn wirklich um 7:50 Uhr anfangen muss. Warum zum Teufel gibt es keine Parteien, die das mal mit Nachdruck auf ihre Wahlplakate draufpinseln? Mit meinen 17 Jahren bin ich zwar neuerdings wahlberechtigt, nur fehlt mir noch das passende Parteiprogramm für eine Liberalisierung der schulischen Anfangszeit. So schleppe ich mich mit Mühe in den Klassenraum der 12b, der wenige Minuten vor Schulbeginn gut gefüllt ist.

Englisch ist uncool, Mathe irgendwie überflüssig und Fächer wie Physik, Chemie und Erdkunde braucht auch kein Mensch (jedenfalls keiner, den ich kenne). Mit Deutsch kann ich mich noch halbwegs anfreunden, solange man dabei wenigstens kreativ denken und schreiben darf.

Aber für mich geht es in der Schule sowieso viel mehr

um den Austausch mit Gregor, Ben, Tille und Achim. Wir sind eine Gang, mit Ben und Tille spiele ich auch gemeinsam Basketball, und zu viert hängen wir die meiste Zeit irgendwo ab. Und natürlich geht es meistens um Mädchen. Verbal spielen wir da in der Champions League, im wirklichen Leben reicht es dagegen meistens nur für die Ersatzbank.

In unserer Klasse, der 12b, sind die ganz großen Sahneschnitten auch nicht vertreten. Tina ist ganz ordentlich und die junge Türkin Ayse ist nicht eben schlecht. Aber der Rest? Dafür hat die Parallelklasse deutlich mehr Leckerbissen. Wenn ich ehrlich bin, habe ich sowieso nur Augen und Ohren für Sybille. Dieses dunkelblonde Geschöpf macht mich wahnsinnig. Diese Zöpfe, dieser Körper, diese Ausstrahlung, diese Stimme. Leider kreuzen sich unsere Wege im Unterricht immer nur im Kunstunterricht, immer donnerstags um 11:10 Uhr. Sybille ist in der Parallelklasse, fast schon ein unlauterer Wettbewerb für mich. Somit sind wir nur eine Schulstunde pro Woche in einem gemeinsamen Klassenraum. Ich liebe den Kunstunterricht. Selbst meine Eltern wundern sich, dass ich mich seit einiger Zeit für zeitgenössische Maler interessiere. Ob man mit gefährlichem Halbwissen und naivem Kleinstadtcharme Sybilles Herz erobern kann? Die Hoffnung stirbt an diesem tristen Dienstag zuletzt …

Susi

2 – Heitere Wettervorhersagen

Irgendwie sind wir eine ganz normale Familie. Zwei Kinder, Küche, Bad. Wobei, streng genommen ist es ein schickes, wenn auch nicht mehr ganz modernes Einfamilienhaus am Stadtrand. Seit sechs Jahren wohnen wir in dieser Seitenstraße. Nach unserer eher unpraktischen Etagenwohnung haben wir den Zugewinn an Platz, Ruhe und Terrasse schnell zu schätzen gelernt. Auch beziehungstechnisch sind wir auf den normalen Fahrspuren unterwegs. Drei Jahre waren Jan und ich verlobt, inzwischen sind wir 14 Jahre verheiratet und haben zwei Kinder, die 17 und acht Jahre alt sind. Zugegeben, zu Torvens Geburt waren wir noch nicht getraut. Jan war damals vom Kopf her noch nicht so weit, wie er damals meinte und auch heute immer noch beteuert. Spontane Lebensplanung ist nicht unbedingt der Lieblingssport meines Mannes.

Manchmal fehlt Jan die Entscheidungsfreudigkeit. So war es schon bei unserem Kennenlernen. Ich habe ihn seinerzeit angesprochen und habe die ersten Schritte getan und ihn mehr oder minder zum Glück gezwungen. Wir haben uns damals bei einem Spanisch-Sprachkurs kennengelernt. Inzwischen lernt man Sprachen ja größtenteils über Apps oder Sprachprogramme, damals rannte ich monatelang immer dienstags zur Volkshochschule, um über einen längeren Zeitraum meine Spanisch-Kenntnisse zu erweitern. Da sich Jan in dem überwiegend von Frauen besuchten Kurs deutlich schwieriger tat, begann ich mich nach und nach intensiv um ihn zu kümmern – nicht ganz ohne Hintergedanken. Über fehlende Spanisch-Vokabeln lernten wir die Sprache der Zuneigung und wenig später den großen Festsaal der Liebe kennen. Seitdem sind wir unzertrennlich, wie man so schön sagt. Klar, die riesige Romantik ist bei uns inzwischen so angestaubt wie die alten Schmöker, die in den hinteren Ecken unseres Kellers hausen. So werden inzwischen bei Badewannenbesuchen weniger Kerzen angezündet, sondern man teilt sich vielmehr nacheinander das Badewasser.

Auch sonst haben wir uns mit den Jahren deutlich einer Durchschnittsfamilie angeglichen. Weder unsere Bettwäsche noch unsere Zimmeraufteilung oder die Wahl unserer Ferienziele sind irgendwie besonders oder außergewöhnlich. Auch unser Türschild ist eines dieser Tonschilder, auf dem in Schnörkelschrift ganz brav alle Familienmitglieder aufgeführt sind. In unserer Freizeit streiten wir uns weder mit unserem Postboten, noch sind wir außerordentliche Jäger bei Schnäppchen oder Restposten. Selbst unsere Steuererklärung ist weder besonders kreativ noch exotisch.

Mein Mann ist ein ordentlich aussehender Mittvierziger, wenn man mal von zwei lichter werdenden Stellen an seinem runden Kopf absieht. Er sieht aus wie der Typ Sportmoderator in den dritten Programmen, ich vielleicht eher die adrette Wetteransagerin, wobei ich die von den zahlreichen Fernsehsendern immer durcheinanderbringe. In unserem Tennisclub behaupten nicht wenige, dass mein Mann mit dem Schweden Mats Wilander eine gewisse Ähnlichkeit habe, aber das dann freilich weniger, was sein Tennisspiel anbelangt.

Beruflich ist Jan seit Jahren erfolgreich in der Werbebranche tätig. Ich glaube, diese Mischung aus Kreativität und Kopfarbeit macht ihm richtig Freude. Zumindest wäre es so bei mir. Mein Job hingegen ist weniger aufregend. Ich gehe zwei Tage die Woche einem unspektakulären Bürojob in einer Likörfabrik nach. Job ist Job. Nach inzwischen sechs Dienstjahren ist es nicht gerade so, dass ich mich auf meine Arbeitstage freue, somit rede ich gerne und häufig bei meinem Brötchengeber vom Schnapsladen. Ansonsten ist auch die Familie ein Fulltime-Job. Torven ist mit 17 Jahren in keinem leichtem Alter (Jan spricht immer von den jugendlichen Wechseljahren), bei Nicoletta geht es mit ihren acht Jahren alles etwas ruhiger, langsamer und rosaroter zu.

Das turbulente Dienstagsfrühstück ist erfolgreich absolviert, und nach der frühmorgendlichen Badezimmerhektik und der schnellen Nahrungsaufnahme haben meine drei Lieben das Haus verlassen. Ich habe mir mit unserer Kaffeezaubermaschine einen Cappuccino gegönnt und lasse den munteren Morgen Revue passieren.

Es klingelt und wie verabredet steht meine Mutter Hilde vor der Tür. Hilde wird auf Nicoletta aufpassen, wenn diese später aus der Schule kommt. Ich bin mit meiner besten Freundin Sabrina verabredet, wir wollen gemeinsam eine erste Yogastunde besuchen. Wir kamen vor einigen Tagen auf die Idee, mit Yoga einen neuen sportlichen Weg zu versuchen.

Früher habe ich über einen längeren Zeitraum gerudert. Ich war in Jugendtagen mehrere Jahre im Verein, ehe irgendwann der Reiz verloren ging. Ich habe – Jan zuliebe – mit dem Tennis angefangen, aber schlussendlich eingesehen, dass der Sonnenschein auf dem Platz zwar ganz schön ist, ich mit Volley und Slice hingegen eher auf Kriegsfuß stehe. Jetzt also ein neuer Versuch mit Yoga. Ein Einstiegskurs der neuen Sportart klang überaus vielversprechend. Als ich den farbenfrohen Prospekt vor zwei Wochen sah, machte er mir gleich richtig Laune auf Entspannung und Wohlbefinden. Ein einfacher Anruf bei Sabrina, die auch gleich Feuer und Flamme war, und schon war der Kurs gebucht.

Sabrina ist ein echter Schatz und erfüllt mein Leben häufig mit ihrem sorgenfreien Gute-Laune-Paket. Sie als beste Freundin zu bezeichnen, wäre schamlos untertrieben. Auch wenn sie nicht bei uns eingezogen ist, so kenne ich keine Person, die besser über mich und meine Familie Bescheid weiß. Nebenbei bemerkt ist Sabrina ledig (aber meistens nicht ohne irgendeinen Kerl), als Immobilienberaterin beruflich erfolgreich (richtig viel arbeitet sie irgendwie nicht) und eben der Inbegriff von Fröhlichkeit und Lockerheit. Ganz gewiss sind dies Eigenschaften, die auf meinen bisherigen Pfaden – häufiger als mir lieb war – auf ein Stoppschild trafen.

Ich gehe zur Tür, und beim Blick aus dem Küchenfenster sehe ich, wie meine Mutter in typischer Manier ihr Gewicht von einem Bein aufs andere verlagert, während sie darauf wartet, dass ich ihr öffne. Ich überlege im Stillen, dass Angewohnheiten wohl dazu da sind, um sie regelmäßig auszuleben. Meine Mutter erscheint immer dann, wenn Jan aus dem Haus ist. Sie ist schon bemüht, ihrem Schwiegersohn – so gut es geht – aus dem Weg zu gehen. Die beiden hatten vor wenigen Monaten einen heftigen Streit, als es darum ging, wie sehr Torven in seinem Alter eine ordnende Hand benötige. Jan hat in vielen Angelegenheiten, so auch in der Erziehung, eine etwas laxere und lässigere Einstellung – eine Denkweise, die meiner Mutter natürlich völlig fremd ist. Ich stand indes irgendwo im Schatten und versuchte, die heißen und aufgebrachten Gemüter zu beruhigen. Manchmal fungiert man dabei auch als Schiedsrichter, freilich ohne die Handhabe von roten Karten …

»Ach guten Morgen meine Liebe«, begrüßt mich meine Mutter in gewohnt freundlicher Stimmlage.

»Hallo Mutter«, strahle ich zurück und atme frische Frühlingsluft ein. Ein kurzer Blick in den Vormittagshimmel verrät, dass sich der Tag wettertechnisch richtig was vorgenommen hat. Vielleicht ist es aber auch die Vorfreude auf meinen freien Nachmittag, den ich mit Sabrina, mit Yoga und vielleicht einer kleinen Shoppingtour genießen werde.

»Oh, es sind wohl schon alle aus dem Haus?«, bemerkt meine Mutter beim Eintreten.

Ich schaue etwas sparsam, was auch daran liegt, dass man immer das Gefühl hat, dass die eigene Mutter mit strengen Blicken nach rechts und links nach heimlichen Staubbergen, Staubresten, kleinen Fusseln oder Flecken Ausschau hält.

»Mutter, es ist viertel nach zehn. Natürlich sind die drei schon los. Torven und Nicoletta sind zur Schule und Jan ist auch seit viertel nach acht im Büro«, erkläre ich. *So wie immer,* hätte ich am liebsten hinzugefügt, verkneife mir aber meine kritische Anmerkung.

Meine Mutter kommt meistens ein bis zwei Tage pro Woche zu uns zum Aufpassen oder um das Essen für Nicoletta vorzubereiten. Ich glaube, das tut ihr ganz gut. Und uns als Familie wohl auch. Mein Vater starb vor knapp acht Jahren. Er hatte viele Jahre als Schiffskapitän gearbeitet, war überwiegend auf dem Rhein unterwegs. Nur zwei Jahre nach seiner Pensionierung verstarb er plötzlich, als das Herz streikte. Es kam furchtbar unerwartet, doch wir alle haben uns recht gut von dem Schock erholt. Umso besser – so denke ich –, wenn meine Mutter mit kleineren Aufgaben merkt, wie und wo sie gebraucht wird. Nicht immer teilt Jan dieses Verständnis.

»Ich bin in einer halben Stunde weg und treffe mich mit Sabrina«, erkläre ich meiner Mutter, was ich ihr jedoch auch schon gestern am Telefon mitgeteilt habe. »Ich bin auch nachmittags noch unterwegs, sodass ich erst gegen 18:00 Uhr wieder hier bin. Nicoletta kommt so gegen halb eins von der Schule«. Wann Torven nach Hause kommt, verschweige ich, weil ich es selbst nicht genau weiß. Manchmal zieht er direkt nach der Schule los, manchmal schlägt er erst abends wieder seine Zelte bei uns auf. Manchmal muss man als Elternteil auch klein beigeben.

Meine Mutter nickt. Ich denke, dass sie sich ihren Teil denkt. Aber was sie wirklich denkt – wer weiß das schon, vielleicht hat sie ja auch gerade ein Staubkörnchen entdeckt.

***

Jan

3 – Heißes Marketing

Druck. Ständig dieser Druck. Gemeint ist dabei nicht zwangsläufig die Morgentoilette, sondern vielmehr die Anspannung beim Dienstherren. Heute ist wieder einmal so ein echter Tag der Entscheidung, wo es um einen dieser ultrawichtigen Aufträge geht, die für unsere Firma anscheinend existenzielle Bedeutung haben.

Ich bin seit über vier Jahren in der Werbeagentur Kreiser & Schmal, und es geht wirtschaftlich seit längerer Zeit um das große Überleben. Um Umsatz und Kundenbindung. Um Aufträge, um Verträge, um satte Rechnungen und um Marketingkonzepte, die uns den Kopf retten und für die tägliche Butter und Brot sorgen sollen. »Creative Director« steht auf meiner Visitenkarte, was das im Alltag bedeutet, weiß außer mir kein Mensch.

Wir betreuen verschiedene Unternehmen im großen Werbebereich. Mein Chef, Ludwig Kreiser, legt größten Wert darauf, dass wir so viele verschiedene Firmen und Branchen wie möglich betreuen. Wir haben eine Bierbrauerei, verschiedene Handwerksbetriebe, ein Autohaus und unterschiedliche Kunden aus dem Gastronomie-Bereich dabei. Ich bin zumeist textlich, also inhaltlich gefragt. Die bunten Bilder und Farben werden dabei von meiner Kollegin Jana Schmidt zugefügt. Die Erwartungshaltung meines Chefs und der zahlreichen Kunden ist nahezu identisch: Markenberatung, Konzepte, Imageberatung und Strategien – das Ganze muss immer schnell, präzise, frech und jedes Mal neuwertig und innovativ sein. Zu teuer darf es bitte auch nicht werden. Wer immer das auf diesem Erdball leisten kann – mir hat sich die Antwort darauf noch nicht ganz erschlossen. Ich selbst bin zwar erfahren und kreativ, aber das Hexen überlasse ich Bibi Blocksberg, Apple oder renommierten Zauberkünstlern wie David Copperfield.

Um 11:00 Uhr ist bei uns in der Firma der große Präsentationstermin. Nein falsch: Um 11:00 Uhr gestalte ich den Termin, bei dem es, würde man unseren Chef und Geschäftsführer Ludwig Kreiser fragen, um das Wohl unserer kleinen, beschaulichen zehnköpfigen Zweckfamilie beziehungsweise unserer Firmengemeinschaft geht.

Über gut vier Wochen habe ich mit meiner Kollegin Jana Schmidt auf diesen Termin hingearbeitet. Wir haben getextet, haben probiert, haben angepasst, verworfen und das Ganze in ein solides Fundament gegossen, wie man in unserer Branche sagt. Unser Chef, der Kreiser, hat regelmäßig morgens und abends den Kopf in die Tür gesteckt und Fragen wie »Wie weit seid ihr?« oder »Kommt ihr voran?« gestellt. Um die Mittagszeit fielen seine Kontrollfragen meistens etwas knapper aus. »Läuft's?« oder »Alles klar?« waren einige der chefseitigen Anmerkungen. Echte Unterstützung sieht irgendwie anders aus.

Ich weiß nicht, mit welchen Antworten er gerechnet hatte, zumeist schwiegen wir uns aus, nickten höflich und entschlossen oder lächelten bescheiden zurück. Der Kreiser ist einer jener Menschen, die vermehrt in der Theorie zu Hause sind. Struktur, Konzepte, Emotionen, Kundenbindung, all das sind Schlagwörter, die der Kreiser in jedem dritten Satz unterbringt. Aber er ist wie einer dieser Typen, die vollmundig ankündigen, beim Umzug des besten Freundes ordentlich mitanzupacken. Wenn es dann losgeht, kommt er zwei Stunden zu spät und hält alle Anwesenden mit Schwatzen auf, ehe er auf dem Laster nur die Sachen entgegennimmt und kurz verstaut. So einer ist der Kreiser, große Klappe, kleine Wirkung, aber die Macht ist stets mit ihm!

Die Jana dagegen ist eher etwas ruhiger. Kurze Haare, häufig kurz angebunden und manchmal auch etwas kurzatmig. Aber sie ist fleißig und zumeist dienstlich wie auch emotional höchst ausgeglichen. Rein fachlich ist Jana eine gute Grafikerin, irgendwie kann Jana auch alles. Texten, entwerfen, recherchieren und planen. Aber sie ist halt keine Frau für die erste Reihe. Es sei denn im Linienbus, da mag sie aus Sicherheitsgründen an vorderster Front vielleicht die Nähe zum Busfahrer suchen.

Ich habe das Frühstück mit der Familie unfallfrei und unbeschadet überstanden. Gleichwohl muss ich zugeben, dass der morgendliche Familientrubel auch sehr stressen kann. Frühmorgens hatte ich mich mit Susi schon wegen Schwiegermutter Hilde angezofft, und wenn dann noch der eigene Sohn lässig und luftig sein Frühstücksmahl ohne jeden Familiensinn einnimmt, dann birgt das schon einen gewissen Reizfaktor. Mich reizte es jedenfalls so sehr, dass sich das anscheinend sogar auf mein ohnehin etwas mürrisches Auto übertragen hat.

Ich fahre ein eher älteres Modell. Ich bin stolzer Besitzer eines weißen 6er BMW aus dem Jahr 1987. Zugegeben, hier und da ruckelt, wackelt, dampft und streikt er mal. Aber meistens entscheidet er sich dann doch loszufahren. Neben der Familie versuche ich doch so wenig wie möglich ein Leben von der Stange zu führen. Dazu gehören sicherlich meine musikalischen Ambitionen. Mit unserer Band *Das alte Geschirr* spielen wir Partyhits, Rocknummern und inzwischen sogar ganz vereinzelt eigene Lieder. Ich sitze dabei gut versteckt hinter dem Schlagzeug. Mit Bernd, Andi und Tom »The Rock« sind wir ein ordentliches Quartett, wenn auch nach gut sieben Jahren die großen Träume vom Musikbusiness inzwischen beerdigt worden sind. Zudem spiele ich Mundharmonika und als sportlichen Ausgleich bin ich ein ganz passabler Tennisspieler. Der Rest der Zeit geht dann für Job und Familie drauf.

Heute Morgen hat der BMW, von Nicoletta liebevoll »der weiße Schwan« getauft, nur einmal kurz gebockt, dann konnte es losgehen. Wäre ja noch schöner, an einem so entscheidenden Tag zu streiken.

Aber vielleicht ist das der ganze normale Stress vor dem Stress. In rund 35 Minuten wird die Firma Bursen erwartet, ein Unternehmen aus dem gehobenen Mittelstand, das mit 18 Filialen im Bereich Kaminöfen ein Spezialist ist. Die Zusammenarbeit in Marketing und Werbung besteht seit nunmehr zwei Jahren. Die letzten Kampagnen waren geprägt von so schwungvollen Slogans wie »Wir heizen Ihnen ein«, »Superheiße Angebote«, »Come in for Kamin« und dem etwas gewagten »Sie spielen gerne mit dem Feuer? Dann sollten wir uns kennenlernen …«. Aber es wurde Zeit für Erneuerung, fanden die Kaminmenschen, woraufhin wir in den letzten fünf Wochen kreativ geworden sind. Hoffentlich mit Erfolg.

Zu dem von uns angedachten »Rundum-sorglos-Paket« gehört neben Print- und Radiowerbung eben auch ein veränderter Internetauftritt des Familienunternehmens. Ich habe zusammen mit unserem Art Designer Archie (ich glaube, »Art Designer« steht auch auf seiner Visitenkarte, wenn er denn überhaupt eine hat, zumindest wüsste jeder, was dieses Berufsfeld hergibt) viel Wert auf die Internetpräsenz verwendet. Im wahren Leben heißt Archie übrigens Achim Rüdiger Schluser, manchmal sind Kurzformen und Kosenamen auch ganz nützlich. Archie hat viele Dinge programmiert und ein Layout gewählt, das für mein Empfinden deutlich ansprechender und frischer wirkt als das alte. Nicht immer kommt so etwas beim Kunden an, entsprechend unruhig hippele ich auf meinem Bürostuhl hin und her. Ich trommele in meinem Büro leise einen Rhythmus auf dem Bürotisch. Als Drummer hat man halt immer einen gewissen Rhythmus im Blut.

Ich entscheide mich, unseren Präsentationsraum noch ein letztes Mal zu überprüfen. Technik, Klima, Handout und Sitzplätze sind jedoch einwandfrei, Archie und Herr Kreiser (auch wenn wir uns die meiste Zeit über duzen, ist er in meinen Gedanken irgendwie immer der Herr Kreiser) trudeln auch wenige Momente nach mir im Besprechungsraum »Puerto Rico« ein. Wir haben unsere Räumlichkeiten (Meeting Points sagt man dazu in der Werbebranche) nach karibischen Inseln benannt, das sorgt für ein noch wärmeres Klima, so die interne Firmenaussage. Blöd nur, dass wir letztes Jahr einen guten Kunden, einen regionalen Brotlieferanten, in den Raum »Jamaika« einluden und dieser tatsächlich schon den Überseeflieger gebucht hatte, ehe wir die Sache zwei Tage vor dem Termin zur riesigen Verwunderung des Kunden aufklären konnten. Wir haben aus Kulanz sogar die Stornokosten übernommen.

Das schnurlose Telefon in dem Konferenzraum klingelt. »Die Herren der Firma Bursen sind da«, haucht die Stimme vom Empfangsbereich gekonnt in den Hörer. »Schick die Herren gerne rauf«, hauche ich ins Telefon zurück und überprüfe noch einmal meinen Krawattenknoten. Plötzlich habe ich einen komischen Knoten im Hals.

Die Anspannung im Raum ist greifbar. Häufig vermittelt unser Chef den Eindruck von Unsicherheit, von Angst und Pessimismus. Es könnte ja auch etwas schiefgehen. Das Glas vom Chef ist immer halb leer, immer mit der Tendenz nach unten. Ich sehe die Sache zumeist etwas lässiger, etwas entspannter. Schließlich sind Jana und ich im Gegensatz zu Herrn Kreiser vorbereitet. »Das Erschießungskommando kommt«, versuche ich einen Witz. Jana Schmidt guckt geistesabwesend, der Herr Kreiser schüttelt hingegen den Kopf. Okay, den Witz spare ich mir dann eben beim nächsten Mal. Ich gehe mit meiner rechten Hand noch einmal durch meine Frisur. Herr Kreiser atmet einmal hörbar laut ein und aus. Dann wieder Stille. Ich warte. Ich räuspere mich. Dann geht die Tür auf und drei Herren in dunklen Anzügen treten ein. Freundlichkeit sieht dabei irgendwie anders aus …

***

Zugegeben, ich bin Fan von Fortuna Düsseldorf. Bayern München kann ja irgendwie jeder. Vor allen Dingen Kleinkinder, die vor dem Erlernen der Abseitsregel schon Bayern-Anhänger werden. Bayern-Fans können gut jubeln, sich freuen und angeben. Ausgewachsene Fans der Münchener können auch hervorragend abwertend gucken, arrogant den Kopf schütteln und ihre starre Meinung vertreten. Düsseldorf-Fans können eigentlich nur eine Sache wirklich gut: gut leiden. Richtig gut leiden. Ich selbst bin ein Fan der älteren Stunde. Das riesige Düsseldorfer Rheinstadion habe ich verehrt. In dieser großen Schüssel habe ich wahnsinnig viele kleine Momente gehabt; habe gebangt, gezittert, gehofft, gelitten, gestampft, gelästert und viel und laut geschrien. Ich habe als Jugendlicher mein Geld ausgegeben, um Idole wie den unglaublichen Gerd Zewe, Ralf Dusend, Holger Fach, Rudi Bommer, den Isländer Atli Edvaldsson und die Allofs-Brüder zu sehen. Das neue moderne Stadion wirkt auf mich zu kühl, zu steril. Bei den bunten Sitzen weiß ich immer nicht, auf welcher Farbe ich Platz nehmen soll, da zumeist doch noch viele Plätze frei sind. Die letzten Mannschaften der Fortuna wirkten indes für mich zu farblos. Mir kann man es aber auch nicht immer allen recht machen, stelle ich gerade fest. Einmal Fortuna, immer Fortuna. Alles kann, nichts muss.

Susi

4 – Leckeres Schnittchen

Bin ich beim ersten Aufeinandertreffen sogar rot geworden? Ich bin mir nicht sicher. Aber irgendwie ist dieser Yogalehrer ein ganz schön knuspriger Typ. Marc heißt er, und er betonte gleich zweimal, dass er hinten mit »c« geschrieben wird. Sabrina hat mich in der ersten Stunde mehrfach angestupst, den Kopf Richtung Trainer gedreht und leise gelächelt. Einmal hat Marc das anscheinend auch mitbekommen, dass wir zwei ihn länger angeschmachtet haben. Manchen Menschen gelingt es eben ganz ordentlich, schon in der ersten Stunde aufzufallen. Der Sport war nebenbei bemerkt auch ganz nett. Wir hatten im Vorweg überlegt, ob wir einen gewöhnlichen Yogakurs besuchen sollten, haben uns aber dann gemeinsam für den Power-Yogakurs entschieden. Mit voller Kraft ins große Vergnügen. Die ganze Stunde hat auf jeden Fall Lust auf mehr gemacht. Sabrina hat sich nach der Stunde auch noch länger mit dem großen, blonden Yogalehrer ausgetauscht, ich habe derweil in Ruhe meine Sporttasche gepackt. Würde es ein Schulfach im Draufgängertum geben, dann hätte Sabrina mindestens die Note Zwei. Meine mündliche Mitarbeit in dem Bereich liegt hingegen eher bei einer schwachen Vier. Stark ausbaufähig. Dafür hatte ich in der Grundschule zumindest in Schönschrift immer ein Sehr gut im Zeugnis.

Die Komplexität aus Koordination, Konzentration und Gelenkigkeit war furchtbar anstrengend. Da hofft unsereins, endlich mal eine Sportart gefunden zu haben, in der man relaxt durchstartet, Ruhe und Besonnenheit findet und sich intensiv mit seinem Körper beschäftigt. Stattdessen steht einem mit Marc ein Lehrer gegenüber, der eine Frohnatur und zugleich ein wahrhafter Könner von Bewegungen, Atmungen, Verrenkungen ist und dies in den meisten Fällen alles gleichzeitig beherrscht. Wenn dieser junge, extrem gut aussehende Hampelmann, der da vorne steht und mit einem Gewinnerlächeln immer mehr, immer mehr fordert und noch mal lächelnd mehr, dann wird es sogar für eine einigermaßen ausgewachsene Sportskanone wie mich anstrengend und schweißtreibend.

Aber ein leckeres Schnittchen ist der Junge schon.

»Wie alt schätzt du ihn?«, fragt mich Sabrina auf unserem Nachhauseweg in ihrem feuerroten Fiat 500 Cabrio. Im Gegensatz zu meiner zeugt ihre Gesichtsfarbe wieder von Tiefenentspannung, meine Wangen sind von den Strapazen noch leicht rötlich.

»Wen meinst du?«, stelle ich mich zumindest für einen kurzen Moment ein wenig unwissend.

»Den Marc natürlich, den Yoga-Guru«, meint Sabrina, beide Hände am Lenkrad und den Blick auf meinen schmunzelnden Blick gerichtet.

»Oh ja, schwer zu schätzen, Schätzchen. Du hast dich ja mit ihm unterhalten.«

»Ja. Er hat uns beide gelobt, weil wir uns in der ersten Stunde so wacker geschlagen haben. Also vierzig ist der bestimmt noch nicht, eher so Mitte dreißig.« Sabrina lächelt immer noch ganz süffisant.

»Ja, glaube ich auch«, entgegne ich. Wir fahren in zügigem Tempo an einer Neubausiedlung vorbei.

»Aber gefallen hat er dir auch, oder?«, bohrt Sabrina in bester Zahnarztmanier.

»Ja, aber viel zu jung.« Ein leichtes Lächeln huscht dabei über mein Gesicht.

»Ich habe ja jetzt mit dem Konrad einen kennengelernt, der macht seinem spießigen Namen tatsächlich alle Ehre. Der hat in seinem Apartment eine ganze Kompanie an Hausschuhen. Und alle gut gefüttert.«

»Wo du die Typen immer aufgreifst? Wo hast du den noch mal kennengelernt?« Eine Mischung aus Bewunderung und Überraschung macht sich bei mir breit. Sabrina hält es häufig nicht länger als drei Wochentage ohne eine Beziehung aus. Ob sie dabei über eine längere Warteliste verfügt, die sie sorgfältig abarbeitet, oder gar über andere Tricks und Kniffe, um reichlich Männernachschub zu ordern, das entzieht sich meiner Kenntnis. Manchmal lohnt es sich gar nicht, sich die Namen ihrer neuesten Eroberungen zu merken, weil der Nächste meistens schon in der Warteschleife kreist. Manchmal ist sie schneller als eine Zalando-Lieferung.

»Den Konrad kenne ich von meinem Bücherklub.« Auch so eine Macke von Sabrina. Sie tanzt auf so vielen Hochzeiten. Schwimmkurs, Tennisverein, Karnevalsklub, Bücherklub und Kochgemeinschaft. Und seit heute dann auch noch Yoga. Wie sie dieses stramme Programm zeitlich auf die Schnur bekommt, ist mir indes schleierhaft. Bei ihr scheint die 7-Tage-Woche ein Begriff mit zahlreichen Sonderschichten und Überstunden zu sein.

***

Meine Interessen laufen hingegen in anderen Bahnen – mit den Jahren habe ich meine Leidenschaft überwiegend in ruhigere Bereiche gesteckt. Ich habe zwei Hobbys, für die ich nicht selten von meiner Familie müde belächelt werde. Ich sammele seit vielen Jahren kleine Elefanten. Dazu kommt, dass ich gelegentlich Gedichte und manchmal auch Kurzgeschichten schreibe. Wenn man Hobbys über Jahre frönt, dann kann man manchmal gar nicht mehr genau sagen, was Ursache und Auslöser für jene Entwicklungen war. In unserem Haushalt haben inzwischen gut 120 graue, braune, schwarze und weiße Elefanten eine neues Zuhause gefunden. Bunt verteilt, finden sie sich auf Schränken und Kommoden, aus Stoff, Porzellan, Holz oder Plastik in den unterschiedlichsten Ausführungen. Über Sinn und Unsinn dieser Sammelleidenschaft kann man sicher streiten. Ich habe mich mehrfach selbst über mein Engagement in diesem speziellen Fall gewundert, aber irgendwie hört man doch nicht auf einmal auf, sondern hält auf Flohmärkten, im Antiquariat oder beim Shoppen immer einzelne Augen und Ohren in dieser Angelegenheit offen. Andere sammeln Kochrezepte oder alte Koffer, Sabrina sammelt Männerbekanntschaften, ich sammele eben Rüsseltiere in Groß und Klein.

Selbst an unserer Wohnzimmerwand prangen zwei auffällige und große Bilder, die Elefanten zeigen und durch afrikanisches Flair geprägt sind. Ich werde immer wieder gefragt, woher die Leidenschaft für diese übergroßen Tiere rührt. Manchmal zucke ich dabei mit den Achseln, manchmal erzähle ich von meiner Kindheit, in der mich Giraffen und Elefanten am meisten beeindruckt haben. Manchmal denke ich sogar in stillen Momenten, dass es mein großer Traum ist, die afrikanische Sonne auf meiner Haut zu fühlen. Ich male mir aus, wie es wäre, für einige Wochen auf den afrikanischen Kontinent zu fliehen, wo in meiner Vorstellung mehr Freiheit, wo weniger Struktur und Ordnung herrschen. Vielleicht gerade deshalb, weil meine Muttergene doch einigermaßen ausgeprägt sind und fast täglich auf die Probe gestellt werden. Weil Ordnung bei uns im Haushalt auch durch meinen Impuls einen großen Nährboden findet. So suche ich mir gelegentlich meine kleinen Fluchtwelten, deswegen träume ich vereinzelt von dem afrikanischen Volk, das im Improvisieren und im Überlebenskampf ganz andere Tugenden beherrscht. Diese andere Welt ist für mich so unglaublich faszinierend. Diesen Traum von Afrika habe ich noch nicht realisiert. Vielmehr habe ich aktuell mit der jugendlichen Nicoletta diesen Wunsch und diese Hoffnung aktuell zusammen mit der jugendlichen Nicoletta in meinem virtuellen Wünscheordner weit nach hinten abgeheftet.

Und manchmal schreibe ich eben einige Zeilen, um meine kreative Ader auszuleben. Während sich Jan der Musik und dem Schlagzeug widmet, versuche ich, mit meinen meistens eher heimlichen Zeilen mein Innenleben in Worte zu kleiden. In letzter Zeit ist die Anzahl der Gedichte im Verhältnis zu den Elefanten eher gewachsen. Ich habe auch das Gefühl, dass meine Qualität, vielleicht spricht man als Künstler von so etwas nicht, sondern man meint vielmehr die Intensität, sich verbessert hat. Dennoch fehlen mir ein wenig das Vertrauen und der Mut in mein Können, als dass ich meine heimlichen Werke an die Außenwelt lassen würde.

So umgebe ich mich gerne mit großen Tieren und kleinen Worten und neuerdings eben auch mit einer neuen Bewusstseinslehre namens Yoga. Bei dem smarten Lehrer freue ich mich zudem doppelt auf die nächste Stunde.

Torven

5 – Früher Besuch

Es gibt so kleine Zeichen im Leben. Und laute Zeichen, die gibt es auch. Aber auch die sind häufig klein. Oder zumindest mittelgroß. Wenn ich am Sonntag gemütlich im Bett liege, nehme ich diese kleineren Zeichen schon sehr deutlich wahr. Meine Umgebung und insbesondere meine Familie senden Signale, die relativ eindeutig sind. Auch wenn es keine Klopfzeichen sind, auch wenn nicht wie in zahlreichen U-Boot-Filmen gemorst wird, so sind die Geräusche, die an meine müden Ohren heranreichen, schon einigermaßen aufschlussreich.

Es ist Sonntag, mein digitaler Radiowecker in meinem Zimmer zeigt 12:36 Uhr. Seit knapp einer halben Stunde empfange ich die feindlichen Signale. Nicolettas hohe Stimme habe ich schon zweimal vernommen. Danach folgten wiederholt Geschirrgeräusche, die ebenfalls wenig angenehm sind. Zuletzt war es mein Vater, dessen Schritte unten auf unserem alten Holzfußboden eindeutig zu hören waren. Zudem hat er noch irgendwelche Sätze wie »toller, sonniger Tag und noch so viel auf dem Zettel« an irgendwen gerichtet.

Ich liege unter meiner warmen Decke und bin wieder mal auf die heimlichen Psychotricks meiner Familie hereingefallen. Die werden jede Stunde ein wenig lauter. Ob die mutwillige und vorsätzliche Lärmbelästigung die Rache der Frühaufsteher oder doch der Neid der unglücklichen Kurzschläfer ist, ist mir persönlich dabei einerlei. Ich würde halt nur gerne so lange ausschlafen, wie es mein Körper am Wochenende für notwendig hält.

Ich drehe mich noch einmal gemütlich um. Und schwupps, da ist sie schon, die nächste Attacke auf meinen sensiblen Körper. Laut, nein, extrem laut wird mit den Türen gepoltert. Und jetzt, da ich ganz still bin und auf das nächste Geräusch warte, vernehme ich aus der Nachbarschaft einen dieser nervigen Rasenmäher. Welches Gesetz schreibt es den Hobbygärtnern eigentlich vor, dass sie wöchentlich ihren zumeist quadratischen Rasen stutzen müssen? Freiheit für die Grashalme – haben die nicht auch eine Seele und möchten atmen und in Ruhe wachsen?

Meine Bettruhe nähert sich indes dem Ende, weil neben dem nervigen Vogelgezwitscher durch die Sonnenstrahlen auch jede Menge Helligkeit im Raum auftaucht. Also langsam fertigmachen zum Aufstehen und zum sonntäglichen Spießrutenlauf, wenn im Haus wieder über beliebte und unbeliebte Aufstehzeiten am Wochenende referiert werden darf. Vorher check ich aber noch mal auf meinem Handy, ob andere junge Menschen überhaupt schon online sind und diesen Tag begrüßt haben.

**

»Ich gehe schon«, sagt meine Mutter, als es energisch an der Haustür schellt. Ich habe es gerade die Treppe runter geschafft und feindliches Terrain betreten, als ich den nächsten Lärm wahrnehme.

Als die Tür dann aufgeht und ich um die Ecke die Person im Hausflur sehe, glückt mir das erste kleinere

Lächeln an diesem Morgen (darf man das um diese Uhrzeit noch so sagen? Ich entscheide, ja!). Olli Schramm steht mit Sixpack und blauer Jeansjacke in unserem Flur und grinst ebenfalls breit. Olli ist einer der letzten Menschen auf diesem Erdball, die durch spontane Besuche ihre Mitmenschen erfreuen und überraschen. Olli Schramm taugt nicht selten als gute Seele in unserem Haus. Und obwohl Olli viel zu häufig zu erwachsen denkt und handelt, so ist er doch einfach ein feiner Kerl. Er ist der beste Freund meines Vaters. Die beiden kennen sich wohl schon seit über 20 Jahren, was ihn jedoch nicht davon abhält, mindestens einmal die Woche bei uns reinzuschauen. Ob Besuche bei Fortuna Düsseldorf, Kneipenbummel oder Rockkonzerte, die beiden gönnen sich nicht selten eine zünftige Männertour. Bei zwei Fußballbesuchen und einem Rockevent war ich zuletzt sogar mit von der Partie.

Meine stille Bewunderung für Olli Schramm hat mehrere Gründe. Es ist diese gewisse Lässigkeit und die Leichtigkeit, die ihn umgibt. Dabei ist es weniger die coole blaue Jeansjacke, die einen Typen wie ihn, der dem Marlboro-Cowboy alle Ehre macht, so wunderbar unterstreicht. Es ist wahrscheinlich mehr die Herzlichkeit, gepaart mit dieser niemals aufgesetzten Freundlichkeit. Vielleicht ist es aber auch diese stete, starke Schulter zum Anlehnen, wenn man irgendwie taumelnd aus der schiefen Bahn kommt. Dieser Typ tut mir gut, aber er tut auch der ganzen Familie gut. Er ist für mich wichtig, aber eben auch für die ganze Familie, obgleich er – wie erwähnt – der Freund meines Vaters ist. Durch die Tatsache, dass er nur drei Straßen weiter wohnt und immer irgendwie Zeit hat, ist er hier bei uns im Haus omnipräsent. Was Olli ebenfalls so einzigartig macht, ist sein gekonnter Umgang mit Job und Freizeit. Das hat so was von fließenden Übergängen. Ich kann es bei ihm nie wirklich einschätzen, ist das jetzt Job, privat, Urlaub oder welche Rolle er immer in den einzelnen Situationen verkörpert.

Er schimpft sich Sozialarbeiter. Wobei er in puncto Job nicht unbedingt die ganz große Plaudertasche ist. Er erwähnt ab und an zwei bis drei Projekte, die er als Streetworker und als Vertrauensperson immer mal so ausfüllt. Olli erzählt viel lieber und viel intensiver von seinen früheren beruflichen Erfahrungen, wo er als Wagenwäscher, Callcenter-Mitarbeiter und Restaurantkellner nur so gerade eben über die Runden gekommen ist. Dann hat er irgendwie die Kurve bekommen, Karriereleiter zwei Stufen hoch, auf dem beruflichen Bildungsweg hießen die nächsten Stationen Aushilfsredakteur, Kindergärtner und jetzt eben anerkannter Streetworker.

Er steht im Flur und wie so oft füllt er durch seine Anwesenheit diesen Raum aus und lässt ihn erblühen. »Leute, da bin ich. Auch wenn ihr nicht auf mich gewartet habt, ich bin trotzdem da.« Ach ja, Sprücheklopfer ist er auch. Und zumeist macht er dabei auch eine gute Figur.

Hatte ich für meinen Teil eben noch gähnend die ersten Schritte an diesem Tag absolviert, mit Ruhe und sachtem Hineingleiten in den Tag ist es damit schlagartig vorbei. Milch macht ja angeblich müde Männer munter – keine Frage, doch der stets prächtig aufgelegte Olli Schramm schafft das ebenfalls.

Wenige Momente später sitzt Olli bei uns auf der Terrasse, wie immer die aufgedrehte und brabbelnde

Nicoletta an seiner Seite. Sie erzählt von ihren ersten Englischstunden in der Schule und freut sich, dass sie ihre überschaubare englische Farbenlehre über *blue, black* und *yellow* an jemanden weitertragen kann. Meine Mutter setzt trotz des nachdrücklichen Biervorschlages von Olli die nächste Kanne Kaffee auf. Mein Vater, der, wie ich finde, ebenfalls noch sehr müde aussieht, sitzt unserem Gast entspannt und freudig gegenüber.

Dann fangen sie an zu quatschen. Mein Vater erzählt von den bevorstehenden Gigs. Die musikalischen Ambitionen meines Vaters, wenn es denn welche gibt, sind zwischen den beiden Freunden immer ein großes Gesprächsthema. Die zwei anstehenden Auftritte binnen 24 Stunden stellen wohl den bisherigen Höhepunkt der Band dar. Sie sprechen über die aktuellen Entwicklungen der Band, über das Fehlen eines Bassisten und über neue Songs. Olli ist war zwar nicht Teil der Band, aber so eine gesunde Mischung aus Fan, Berater und Maskottchen von *Das alte Geschirr*, den meiner Meinung nach unpassendsten Namen, den es in der Geschichte der Rockmusik je gegeben hat. Vom reinen Zuhören könnte man denken, dass Olli häufig im Proberaum anwesend wäre.

Als mein Vater dann anfängt, seine aktuellen beruflichen Probleme auszubreiten – ich vernehme nur noch kurz die Wortfetzen (»immer schwieriger« und »unfähiger Geschäftsführer«) –, ziehe ich mich zurück. Die Wohnzimmeruhr zeigt irgendwas nach 13:00 Uhr – eine ordentliche Zeit zum Frühstücken. Sogar die Schlagsahne steht schon bereit.

***

Am Nachmittag lasse ich Olli auch Olli sein und beschäftige mich mit anderen Geschichten. Ich radele kurzerhand mit meinem Fahrrad zum nahgelegenen Basketballfeld, wo ich längere Zeit einsam meinen Ball Richtung Korb befördere. Und immer wieder. Und immer wieder. An der Technik kann man nie genug feilen. Später kommen noch andere Freaks vorbei und wir spielen eine flotte Partie drei gegen drei.

Ich lasse den Tag mit Fernsehen ausklingen und chatte nebenbei mit Handy und Computer. An meine Hausaufgaben verschwende ich indes kaum einen Gedanken. Und zwischendurch ist so ganz langsam die Müdigkeit aus meinem Körper gewichen. Gut so!

Jan

6 – Laute Befindlichkeiten

Die Idee hat nicht funktioniert. Manchmal verliert man eben. Es fühlte sich an wie eine 0:5-Heimniederlage von meinem Lieblingsverein Fortuna Düsseldorf. Ganz unten in den Schuhsohlen verspüre ich zumindest eine letzte Prise Hoffnung – schließlich gibt es im Leben ja manchmal auch überraschende Auswärtssiege. Ich habe jedoch die Erkenntnis gewonnen, dass nicht jedes Feuerwerk zündet. Oder täuscht mich mein Gefühl?

Ich habe die Rückfahrt mit Kopfschütteln zugebracht. Das Autoradio blieb zunächst einmal aus und mein Kopf stand nicht still. Mir kam der alte BMW tatsächlich etwas lauter als sonst vor, vielleicht war der Eindruck jedoch auch meiner persönlichen Befindlichkeit geschuldet. Kurz vor Fahrtende habe ich dann aus heiterem Himmel gelacht – auch nicht unbedingt die angebrachte Reaktion.

Beim Aussteigen wandte ich dann Reaktion Nummer drei an: heftiges Achselzucken. Ich werde mir die drei Verhaltensmuster merken, vielleicht sollte ich jedoch die Reihenfolge noch einmal überdenken.

Ich bin im heimischen Vorgarten angelangt und krame meine Haustürschlüssel aus der Tasche.

»Los«, manchmal, aber wirklich nur äußerst selten, spreche ich mit mir selbst. »Los! Loslassen und vergessen oder verdrängen.« Ich glaube, die letzten Worte habe ich gar nicht gesprochen, sondern nur gedacht. Macht aber auch keinen Unterschied. Hat mich ja eh keiner gehört.

Ich hatte meine Marketingkampagne eigentlich speziell für den Kunden zurechtgelegt. Sicherlich wird man mit den Jahren erfahrener und manchmal auch mutiger. Ich frage mich schon den halben Nachmittag, ob mein Mut zu groß war, mein Aufwand zu klein oder ob ich mit meiner Einschätzung einfach falsch lag? Auf alle Fälle lief der Kundentermin alles andere als gut. Wir präsentierten eine Werbekampagne im etwas größeren Stil, für welche wir – so schien im Vorwege meine Überlegung – dem Kunden viel Freiraum und einige Auswahlmöglichkeiten anboten. Es ging um eine überregionale Kaminfirma, die nach zuletzt rückläufigen Umsätzen mit der eingeschränkten Produktpalette auf dem Verbrauchermarkt punkten wollte. Vielleicht würden sie es tun. Dann wohl aber künftig ohne mein Zutun.

Deren Geschäftsführer hatte anfangs nur zweimal den Kopf geschüttelt. Damit konnte ich leben. Dann hatte er mich während meiner Präsentation zweimal unsanft unterbrochen. Unschön. Nach längeren Ausführungen von mir kritisierte er mich im vollbesetzten Raum mit einer fiesen Randbemerkung: »Unmögliche Idee! Das dürfte so nicht funktionieren.« Die Spannung und die Anspannung im Raum wuchsen. Mein Chef, der sich sonst fachlich und inhaltlich immer zurückhält, nahm das Heft des Handelns in die Hand. Zu spät. Es sah auf der Kundenseite zu sehr nach Antipathie und Ablehnung aus.

Wenig später schlich ich wie ein gepeinigter Boxer aus dem Ring. Aber Boxer sind manchmal auch ganz schlechte Schauspieler. Egal, wie viele Schläge die in den letzten Runden eingesteckt haben, wenn sie noch stehen können, dann lächeln sie zum Ende hin und heben die Hände, als hätten sie den Kampf dennoch gewonnen. Ähnlich gequält lächelte ich bei der Verabschiedung mit unserem Kunden. Doch ich war angezählt. Meine Fähigkeiten als Schauspieler sind halt auch nur beschränkt.

Mein Chef schaute nach dem Termin auch alles andere als glücklich aus der Wäsche. Er warf mir ein kurzes »Wir sprechen uns noch mal« auf dem Gang zu. Ich zog es vor, darauf nicht einzugehen. Vielmehr verließ ich vorsichtshalber nur eine halbe Stunde nach dem missglückten Kundentermin das Büro, mein Magengrummeln wurde immer lauter und war im gelebten Alltag nur wenig vorteilhaft. Den Heimweg habe ich hingegen ganz gut hinbekommen. Auf den letzten Kilometern habe ich dem Radiosender doch noch mein Vertrauen geschenkt und der belohnte mich zur Abwechslung mal mit einem passablen Musikangebot, insofern kam ich beschwingt bis benommen im Schäferkamp an.

Schlüssel im Schloss, aufschließen und Frohsinn verkörpern. Die Familie kann schließlich nichts dafür, wenn der Papa es verbockt hat. Immerhin gibt es auch noch einen Termin, der meine Laune nicht ganz in den Keller sinken lässt. Heute ist Bandprobe. Zweimal die Woche trifft sich *Das alte Geschirr,* um zu musizieren. Zuletzt haben wir es ordentlich krachen lassen.

Für mich ist die Musik ein Ventil, ein Hobby mit echter Leidenschaft. Musik hat mich in meinem Leben immer schon begleitet. Mit Keyboard und Gitarre hatte ich in jungen Jahren angefangen. Meine Sammelleidenschaft für Schallplatten und CDs begann etwa zur selben Zeit. Später kam dann das Schlagzeug hinzu. Dabei bin ich dann mehr oder minder erfolgreich hängengeblieben. Es kam die erste Band, damals noch mehr klassische Tanz- und Unterhaltungsmusik.

Seit vier Jahren sind wir mit der Viererformation *Das alte Geschirr* mit viel Spaß und minimalem Erfolg dabei. In den letzten Wochen haben wir bei unseren Aktivitäten regelmäßig einen Kasten Bier vernichtet. Das macht unsere Musik nicht zwingend besser, dafür aber lauter, greller und heftiger. Wir spielen im schwarzen Bunker, einem alten Kellerraum, der für mich den großen Vorteil mitbringt, dass ich ihn gut zu Fuß erreichen kann. Dort greifen Tom, Bernd, Andi und ich dann ins volle Rockrepertoire. *Johnny B.* von den Hooters ist eine aktuelle Nummer, die wir auf dem Zettel haben, aber auch *Twillight* von ELO oder Klassiker wie *Sultans of Swing* und *Eye of the Tiger* werden von uns angestimmt. Wir hatten uns in unserer Anfangszeit lange über verschiedene Musikrichtungen gestritten und waren, was unsere musikalische Ausrichtung anbelangt, in verschiedene Himmelsrichtungen galoppiert. Inzwischen haben wir einen brauchbaren Konsens gefunden. Gerade bei den eigenen Stücken, die wir vermehrt einstreuen, findet sich jeder der Musiker wieder.

In zweieinhalb Wochen sind wir an einem Wochenende gleich für zwei Auftritte gebucht. Für uns Musikamateure ist das ein Meilenstein in unserer Rockgeschichte. Geschlafen wird aber zu Hause. Auch das Auf- und Abbauen wird uns wohl keiner abnehmen.

***

Manchmal hilft die Musik. Wenn man Lärm machen darf, wenn man Emotionen an die Erde versendet. Und wenn man einfach nur unter Männern ist – wobei die Kerle schon arg unterschiedlich sind. Als ich in den Bandraum komme, ist Tom wieder mal als Erster an Bord. Ich glaube, er hat sein ganzes Leben der Musik verschrieben. Tom, von uns wie von all seinen Freunden nur »The Rock« genannt, hat die längsten Banderfahrungen. Ohne Musik geht bei ihm gar nichts. Er gibt unter anderem Schülern Gitarren- und Keybordunterricht. Ich frage mich immer, ob man tatsächlich davon leben kann, ohne dass ich natürlich seinen Kontostand kenne. Auf alle Fälle kommt Tom mit seinen alten Lederjacken, mit seinen langen Haaren, mit seiner häufigen Kippe im Maul dem Wahrzeichen eines echten Rolling Stone am nächsten. Und mit den Mädels läuft es bei ihm auch einigermaßen flott. Satisfaction in Action.

Der Bierkasten ist noch nicht angerührt. Früher sind wir nach den Bandproben immer noch in einer der Kneipen um die Ecke eingekehrt. Jetzt steht der Alkohol quasi griffbereit. Besser und günstiger. Außerdem spielen wir inzwischen viel länger, sodass wir häufig bis nachts um ein Uhr aufeinanderhocken.

Ich zähle als Schlagzeuger langsam an: »Eins, zwei, drei …«, schon greift Bernd kräftig in die Tasten seines Keyboards und lässt sanfte Töne erklingen. Wie immer steht er mit einer Bärenruhe und wie eine Verkehrsampel mit seinem langen Tasteninstrument am Rand des Raumes. Manchmal steht er so sehr im Abseits, dass man quasi auf den Pfiff des Unparteiischen wartet. Wenn Tom der Mittelstürmer und Torjäger in unser Band ist, dann verkörpert Bernd mehr so den Schiedsrichter. Bestenfalls den Einwechselspieler. Ein leiser Mensch, der viel grübelt, der enorm clever ist, aber eben dreimal überlegt, bevor er sich äußert. Die Rhythmusgitarre von Andi setzt ein und unser neuer Song *Gewitterregen* bekommt endlich eine zusätzliche Farbe. Wir sind als Quartett schon seit vier Jahren ein Team, doch noch immer ist nicht klar, ob wir in unseren eigenen Songs Englisch oder Deutsch singen möchten. Andi ist mehr der typische deutsche Vertreter. Deutsche Frau, deutsches Auto, Urlaub nur im Heimatland. Während andere griechisch essen gehen, brät er sich die Thüringer Bratwurst in seiner gusseisernen Pfanne und serviert die mit gebügelter Tischdecke, feiner Serviette und einem dazu passenden Platzgedeck. Hardrock fühlt sich anders an. Das kann man auch schon an Andis Frisur festmachen, die eher Spießigkeit denn Wildheit verrät.

Wir sind in der dritten Runde des neuen Songs, dabei haben wir noch ein strammes Programm an Songs auf dem Zettel. »Spiel das nicht so soft, denk an die Übergänge«, stoppt Tom mitten im Lied. Damit meint er überwiegend Andi, der manchmal zu lethargisch am Instrument agiert. »Wir wollen die Zuhörer mit dem Lied richtig wegpusten …«, faucht Tom, teilweise werden seine eindringlichen Worte noch vom Mikrofon unterstützt.

»Mit Wucht, wir brauchen bei dem Lied dein Tempo, sonst fehlt da was, gerade wenn mein Gesang endet«, fordert unser heimlicher Kapellmeister Tom.

»Dein Gesang wird in der zweiten Strophe aber auch merklich leiser«, gebe ich unserer Rockröhre ein Feedback. Wer austeilt, muss auch einstecken können. Beim Musikmachen ist es ähnlich wie beim Fußball – entscheidend ist immer der Moment auf der Bühne beziehungsweise auf dem Platz. Wenig später klingen die Töne griffiger und dreckiger. Auch in der Stimmfarbe von Tom ist endlich wieder das gewohnte Kratzen zu vernehmen.

Zwei Songs später sind die ersten Biere geflossen und die Mucke wird insgesamt lauter und lockerer. Wir haben uns im Laufe des Abends gesteigert, auch wenn es wohl in diesem Leben nicht mehr für den *Bravo*-Otto oder den Echo reichen dürfte. Würden wir mehr proben oder hätten wir mehr Zeit – dann wären wir richtig gut. Das ist zumindest meine Meinung. Aber ich liege mit meiner Meinung ja nun auch nicht immer goldrichtig. Fragen Sie da beispielsweise mal meinen Chef.

Torven

7 – Versteckte Blicke

Oh nein, er sitzt wieder am Schlagzeug. Das ist zumeist ein schlechtes Zeichen. Er hämmert dann häufig einfach nur willenlos drauf herum, auf dieser lauten Maschine. So sinnlos. Irgendwie verzweifelt. Und brutal lärmend. Ich weiß gar nicht, wie es Nicoletta mit ihren kleinen Ohren überhaupt aushält. Auch sein Gesichtsausdruck ist dann anders. Angespannt, aggressiv und so fern dieser Welt. Dann ist er mit meinem Vater, der andernorts friedlich und sanft schlummernd auf der Terrasse liegt, kaum zu vergleichen.

Es gibt auf alle Fälle schönere Begrüßungsmöglichkeiten als diese stumpfen und stampfenden Töne, diesen tiefen Klang zwischen bumm, bumm, zisch, bumm und disch. Das klingt nicht eben wie Musik in meinen Ohren. Viele der Bands, die ich höre, kennen meine Eltern überhaupt nicht. Gut so.

Während mein Vater häufiger das lautstarke Schlagzeug wählt, trifft meine Mutter eher die leiseren Töne. Ab und zu sieht man sie im Haus, wie sie sich mit Stift und Bogen bewaffnet. Sie spricht dann häufig von ihrer kreativen Stunde. Dann setzt sie sich gemütlich in die Ecke und schreibt Gedichte. Die zeigt sie uns jedoch höchst ungern, sodass ich zu ihren Werken sehr wenig sagen kann. Sie zieht sich zumeist in unsere runde, gemütliche Sitzecke zurück, schreibt ruhig und zufrieden ihre Zeilen, ehe sie sich dann glücklich lächelnd wieder dem Leben, der Arbeit oder der Familie widmet. Ich bin dafür jedoch dankbar, da mir die stillen Momente deutlich lieber sind als der Geräuschteppich vom Schlagzeug.

Obwohl Donnerstag ist, war ich heute weniger euphorisch als an anderen Donnerstagen. Kunst, Kunst, Kunst – das Wort und die Aussicht darauf sorgten zwar für jede Menge Hoffnungen bei mir. Ich hatte heute Morgen auch extra meine neuen Schuhe (echt cool) angezogen. Dazu meine alte Jeans (stone washed, richtig cool) und ein blaues Shirt. Ich fand, dass mein Outfit richtig lässig wirkte. Meine Familie brauche ich in solchen Angelegenheiten nicht zu fragen. Meine Mutter ist schon froh, wenn meine Hosen keine Löcher haben, dabei ist das mega-in. In der Schule blieb indes Feedback zu meinem Outfit aus. Männer und Jungs sind halt im Schweigen großartig und vom Verteilen von Komplimenten meilenweit entfernt. Frauen dagegen reden untereinander wahnsinnig viel und wahnsinnig gerne. Vor allen Dingen über Klamotten. Ob sie farblich abgestimmt sind, welcher Rotton das nun genau ist? Und wo man was gekauft hat? Jungs, und im Speziellen meine Freunde, tun das nicht. Gar nicht.

Ähnlich sprachlos war ich auch nach der Kunststunde. Zugegeben, die fabrizierten Kunstwerke von Monet und Dali waren nicht wirklich nach meinem Geschmack. Die pure Anwesenheit von Sybille traf da eher meinen Nerv. Gut sah sie aus. Die erste Viertelstunde sah ich sie in ihrer roten Bluse (ein helles Weinrot, würde ich sagen) nur von hinten, dann wurden im Kunstraum nach unserer praktischen Bleistiftmalerei die starren Sitzpositionen aufgegeben.

Nach den langen Beobachtungen von hinten war ich endlich in der Position, dass ich ihre volle Schönheit sehen konnte. Ich betrachtete sie länger, ehe ich sie danach kurz ansprach. Man überlegt immer. Nein, ich überlege immer. Ich lege mir die Sätze zurecht, ordne, prüfe und formuliere kurzfristig um. Weil so viel Unsicherheit und Sensibilität mitschwingt. Weil dieses Gegenüber für mich eine so große Unbekannte darstellt. Mit dem Getränkehändler, Postboten oder dem Hausmeister kann ich jederzeit so unkompliziert und so unbeschwert quatschen. Aber wenn es um gleichaltrige Wesen vom weiblichen Stern geht, dann fällt jede einzelne Silbe schwer.

Ich schaute im Unterricht auf die Uhr und stellte mit Entsetzen fest, dass sich die Kunststunde langsam dem Ende näherte. Noch rund zehn Minuten, dann würde das Signal erfolgen, das alle Schüler, egal ob Junge oder Mädchen, hektisch werden ließ. Tasche packen und raushetzen, ade, liebe Kunststunde. Ich pirschte mich seitlich an Sybille ran, mit ausreichendem Abstand und jeder Menge Aufregung und Adrenalin im Gepäck.

»Dein Bild«, ich zeigte auf ihr Blatt, das selbstverständlich um Längen besser war als mein Versuch. »Das gefällt mir sehr gut, was du da gemacht hast«, ließ ich sie nach meinen langen Überlegungen wissen. Ich zeigte auf ihr Bild, das tatsächlich – anders als mein künstlerischer Versuch – sowohl Struktur als auch Emotionen verkörperte. Das sollte so eine Art Gesprächsöffner sein. Sie sortierte ihr mittellanges, dunkelblondes Haar nach hinten. Und sie schenkte mir ein zufriedenes Lächeln, eines von der Sorte, bei dem man als Gegenüber sehr leicht dahinschmelzen konnte.

»Danke« sagte sie und lächelte dabei glücklich.

»Wenn ich in Kunst mal Nachhilfestunden benötige, dann bitte nur bei dir«, war mein Königssatz, den ich mir mühevoll zurechtgelegt hatte. Sie lächelte höflich und nickte mit minimaler Kopfbewegung. Weitere Sätze fielen mir leider nicht ein und sie war dann auch schnell wieder abgelenkt, weil unsere Lehrerin, die stets enorm aufgesetzte und aufgedonnerte Frau Tapernikus, wieder wichtige Mitteilungen an die Klasse adressierte.

Im Verlauf der nächsten Minuten registrierte ich dann häufiger, dass sich Sybille mit Lars austauschte. Dieser blöde Schnösel, der nicht wie ich nur in ihrer Parallel-klasse ist, sondern der das große Glück hat, mit ihr alle Schulstunden verbringen zu können. Und sie lächelte ihn einige Mal an. Genau jenes Lächeln, von dem ich doch gehofft hatte, dass sie es in diesem einen Moment nur für mich reserviert haben würde. Klarer Fall von denkste wohl, Torven.

Der restliche Unterricht lief für mich wie ein Nebel-schleier ab. Ich taugte dabei nicht mal zum Nebendar-steller, sondern fristete mehr ein stummes Statistendasein. Vor lauter Enttäuschung ließ ich danach das Basketball-training sausen. Bevor ich dort die Mitspieler unsanft um-grätschte, vergrub ich mich lieber in meinem Zimmer. Was habe ich heute im Geschichtsunterricht gelernt? Der Mensch war in der Steinzeit ein Höhlenmensch. Meine Höhle ist mein Zimmer, wo ich mich weiter zurückent-wickle. In der zeitgleichen Hoffnung, dass mich zunächst einmal keiner mehr ansprechen wird …

***

Das Schöne am Donnerstag ist, dass das Wochenende so nah ist. Dann ist weniger Schule das Thema, mehr Freizeit und weniger Stress. Es läuft halt in der Schule für mich auch nur so durchschnittlich. Mir fehlen die letzte Energie, der Anreiz und die Lust, mich penetrant auf Klausuren vorzubereiten. Ich bewundere meine Mitschüler, die immer auf Ballhöhe sind und sich jeden Tag neu von den Lehrern begeistern lassen. So ganz langsam biege ich schulisch in die letzten Kurven, gleichwohl liegt das Ziel (Schulabschluss und Abitur heißen die Zauberwörter) doch noch etwas in der Ferne. Aber in unserer Klasse machen sich alle die heftigsten Gedanken, wie es nach der Schule weitergehen soll. Das Abi in der Tasche – und dann? Das Abgangszeugnis ist leider kein Garantieschein für ein adrett gefülltes Bankkonto. Mir ist schon bewusst, dass man nach der Schule wieder bei null anfängt. Abi, Führerschein und was noch? Ganz viele aus meiner Klasse schwärmen vom Studium. Mich reizt das wenig, weil dieses Lernen und vornehmlich das stupide Auswendiglernen dort doch nur seine intensive Fortsetzung finden würde. Das ödet mich an, das halte ich nicht länger aus.

Wenn ich nächsten Sommer den 13. Jahrgang nur halbwegs erfolgreich meistern werde, dann ist das mehr, als ich mir überhaupt zugetraut habe. Würde man mich fragen, was ich will (ja, meine Eltern fragen mich in sicheren Abständen immer wieder, ich druckse dabei aber zugegebenermaßen immer ein wenig herum), dann würde ich das Reisen anbringen. Ich war mit meinen Eltern in Kroatien, Spanien und in der Türkei. Alles ganz schön, wunderbar sonnig und alles ganz charmant, aber das ist nicht die Art von Reisen, die mich unendlich ausfüllen. Ich wünsche mir so einen Windzug von Abenteuer, mehr Erlebnisse, mehr Kultur, statt des sonnigen Pauschaltourismus, insofern glaube ich, dass Australien, Neuseeland und die USA Reiseziele sind, die ich auch ohne gepackten Koffer sofort ansteuern würde.

Oder lebe ich zu sehr in einer Traumwelt? Ach, doofer Tag. Zumindest habe ich Vaters Schlagzeugspiel nicht mehr im Ohr …

Jan

8 – Schiefe Tonlage

Es gibt im Leben diese Momente, in denen man sehr froh sein darf, dass man sein eigenes Gesicht nicht im Spiegel betrachten muss. Dieser Moment, wenn die Gesichtszüge entgleiten und man schon vom Kopf anfängt, ein wenig zu zittern. Der Moment, wenn man sich so unwohl fühlt in seiner Haut. Wohin mit den Armen, was macht man am besten mit den Beinen? Meistens streikt neben dem Kopf dann auch noch der Bauch. Furchtbar.

Dabei hatte sich das große Elend doch in kleinen Schritten angedeutet. Es war in letzter Zeit beruflich einfach nicht rund gelaufen. War es meine innere Einstellung, die nicht stimmte? War es die mangelnde Auftragslage, die in unserer Firma viele Beteiligte hat angespannter dreinschauen und handeln lassen? Oder war es vielmehr meine schwindende Motivation, genau für diesen Chef in diesem Unternehmen das letzte Hemd zu geben? Es waren mir einfach zu häufig die falschen Töne, die falschen Lieder in einem Musikprogramm, das ich insgesamt nur noch schwerlich ertragen konnte. Schiefe Tonlage oder unüberwindbarer Lärm? Zu viel Stau im Kopf und zu viele Umleitungen auf meinem Schreibtisch?

Irgendwann hat sich diese Schieflage dann wohl auf meine Leistung übertragen. Das Irgendwann kann ich an dieser Stelle nicht mal genau definieren. Möchte ich auch gar nicht.

An jenem Tag durfte ich neue Wege und auch eine für mich gänzlich neue Situation erleben, als ein Bürokollege mir diesen einen Satz »Du sollst sofort zum Chef kommen« an den Kopf warf. Volltreffer. Dieser ernste Kommandoton an sich lässt einen schon erschauern und zusammenzucken. Wenn man den kurzen Weg dann noch mit schlechtem Gewissen und einem Koffer, prall gefüllt mit mangelnden Leistungen antritt, dann wird die Luft auch für einen halbwegs sportlichen Mittvierziger wie mich deutlich dünner.

Ich glaube, dass ich die Klinke zum besagten Chefbüro noch einigermaßen zackig heruntergedrückt bekommen habe. Doch der erste Blick, der mich dann mitten in dem unterkühlten Raum in dem ledernen Bürosessel traf, schien den Tenor der Gesprächsinhalte schon vorwegzunehmen. Mein neutrales »Guten Morgen« kam aus meiner Kehle noch einigermaßen souverän daher, die eher gemurmelte und genuschelte Antwort wäre für einen Unbeteiligten kaum verständlich gewesen. Ich habe es als ein »Morgen – setzen Sie sich doch bitte« entschlüsselt. Ludwig Kreiser ist ein Mensch, der sich in vielen Angelegenheiten viel zu wenig Mühe gibt. Soweit meine berufliche Brille das erlaubt, würde ich sogar sagen, dass Chefarzt Kreiser mit seinen Diagnosen, seinen Sprechstunden und seinen Notoperationen viel zu häufig falsche Entscheidungen getroffen hat. Nun gut, er ist kein Arzt, aber auch als Inhaber und Geschäftsführer in der Werbebranche verursacht er mit seinen Fehldiagnosen und -behandlungen leider Schmerzen und Folgeschäden.

»Herr Winkelreuter, wir müssen ein ernstes Gespräch

führen«, sagte mein Gegenüber. Er ließ den Satz im Raum stehen und machte eine demonstrativ lange Pause. Ich wunderte mich. Über sehr lange Strecken hatten wir uns geduzt, und nur bei offiziellen Anlässen waren wir zum distanzierten Sie übergegangen. Zudem war sein Gesprächseinstieg so eindeutig, dass bei mir die letzten Hoffnungen auf einen positiven Gesprächsverlauf in Windeseile entfleuchten.

»Jan, wir kennen uns jetzt schon über vier Jahre«, begann er. Ach so, wunderte ich mich, auf einmal geht auf der Mitleidschiene dann doch das Du. Gut zu wissen.

»Die letzten Monate waren beispielsweise für mich als Privatperson enorm schwierig. Aber auch für uns als Firma.« In diesen künstlichen Pausen, die er beim Formulieren der einzelnen Sätze wählte, fand ich viel Zeit, um zwischen den Zeilen zu lesen. Und wieder wunderte ich mich, wieso er überhaupt seine private Trennungsphase mit in dieses Büro und mit in dieses verkackte Gespräch nahm.

»Wie du weißt, haben wir umsatztechnisch erhebliche Einbußen. Das Busunternehmen ist abgesprungen, zwei Aufträge von den neueren Handwerkerfirmen drohen wegen schwebenden Insolvenzverfahren ins Minus zu laufen. Und mit Neukunden sieht es leider sehr mager aus.«

Drei längere Sätze am Stück. Ich saß auf dem ohnehin nicht ganz so gemütlichen Sessel inzwischen noch etwas unrunder und unbequemer. Und ich wurde das Gefühl nicht los, dass ich langsam zum Gespräch einen Wortbeitrag liefern sollte.

»Jan, hinzu kommt, dass ich mit deinen Leistungen

zuletzt einfach nicht zufrieden sein konnte. So geht das einfach nicht weiter.«

Wieder eine lange Pause, nachdem er zwei Sätze formuliert hatte, die auch von einem Fußball-Kreisligatrainer an seinen abschlussschwachen Torjäger hätten gerichtet sein können.

»Jan, wie siehst du die Sache?«

Er schaute mich an. Angespannt, blutleer. Und unterhalb der Augen auch so ein klein wenig erwartungsvoll. Das sanfte Nicken mit dem Kopf unterstrich die Erwartungshaltung an meine Person. Wobei es dem ermutigendem Nicken eines Türstehers sehr nahe kam, der mit seinem bulligen Körper das stumme Signal sendet, dass man unter den Argusaugen des Entscheiders die Diskothek betreten darf.

Ich trat ein in das Gespräch und es floss aus mir heraus: »Ludwig, ich weiß nicht, worauf du genau hinauswillst. Wie du weißt, bin ich seit vier Jahren im Unternehmen. Ich habe Kunden dazugewonnen, gehalten und Kundenbeziehungen ausgebaut. Ich kann mir nicht wirklich viel vorwerfen, weil die Umsatzzahlen, die ich zu verantworten habe, immer sehr ordentlich waren. Ich habe mich immer der Firma untergeordnet und für ihr Wohl gekämpft.« Ich war mir nicht sicher, ob ich meinem Gegenüber noch weitere Kampfparolen entgegenschmettern sollte. Hatte er das Kriegsbeil schon ausgegraben? Ging mein beruflicher Weg hier unverzüglich zu Ende?

»Das sehe ich anders. Jan, das sehe ich ganz anders«. Sein Blick war so düster wie eine Mondfinsternis. »Jan, wir werden uns von dir trennen!«

Ich habe nicht sparsam geguckt, sondern geradezu geizig. So, als wenn das eben noch prall gefüllte Konto über Nacht geplündert worden wäre.

Ich schluckte. Ich schluckte noch mal, dann wurde mir leicht schwindelig.

***

Gute zehn Minuten später war ich entlassen. Ich war raus. Komisches Gefühl. Eine neue Erfahrung, weil ich in den letzten Jahren in unterschiedlichen Jobs immer durchgearbeitet hatte. Ich war so was von raus. Aber irgendwie war ich auch frei.

Man hat wenig Übung in solchen Situationen. Ich setzte mich ein letztes Mal auf meinen Bürostuhl und räumte innerhalb von fünf Minuten meinen Schreibtisch leer. Die verbliebenen Müsliriegel und Halstabletten aus meiner Schreibtischschublade landeten im Müll. Ich beschloss, dass sie unbenutzt vorzeitig ausgedient hatten. Ich durchforstete meinen wichtigsten Computerordner und sendete mir von meinem PC vier ausgewählte Dateien an meine private Mailadresse. Das war es. Ich schüttelte drei Kollegen die Hand und murmelte ein trockenes »So, finito, das war es wohl« als Abschiedsgruß. Die Reaktion der Kollegen war dabei auch eher Scham und mittelprächtige Betroffenheit. Außer bei Jana Schmidt, die brach sofort in Tränen aus. Kein Wunder, wir waren ein ganz gutes Team gewesen. Ich hatte mich fachlich mit ihr gut ergänzt. Wir hatten viel und auch hervorragend zusammengearbeitet, einige Schlachten geschlagen und viele Stunden über Konzepte und Ideen gebrütet. Sie hat vieles ausgetüftelt und konzipiert, Webseiten gebaut und Präsentationen gefertigt. Ich habe die Ergebnisse zumeist präsentiert, verkauft, korrigiert und an den Kunden gebracht. Sie war mehr der Motor und Anker eines Schiffes, ich eher das Segel, der Kapitän oder Steuermann. Beide Komponenten braucht man wohl auf hoher See. Gerade in unruhigem Gewässer.

Ich verließ mit wackeligen Beinen die Eingangstür von Kreiser& Schmal in dem Wissen, dass ich diese Tür in meinem Leben tatsächlich nie mehr betreten würde. Ich ließ mein Auto auf dem Büroparkplatz stehen und schlenderte durch die City. Unser Büro liegt sehr zentral, insofern war ich mitten im Epizentrum zwischen drei Schuhläden, zwei 1-Euro-Shops, einem Mobilfunkanbieter, zwei Bäckereien und anderen Geschäften, die ebenfalls weniger mein Interesse weckten. Meine Stimmung war gar nicht einmal so niedergeschlagen. Klar, ich war überrascht und überrollt worden. Aber irgendwie hatte ich zugleich einige leicht beschwingte Musiknoten auf meinen Lippen. »I want to wake up in that city that doesn't sleep« – ich sang nicht, aber zumindest summte ich beim Gehen.

Ich bin mir unsicher, ob man in meiner Situation dem Job nachweinen muss. Oder sollte mir die plötzliche Freiheit kleinere Flügel verleihen? Ich schaue an mir runter und betrachte meine braunen Lederschuhe. Tatsächlich, es sind keine Fußfesseln auszumachen, ich werde mich heute, morgen und die nächsten Tage frei bewegen können. Aber wer soll mir beruflich eine neue Herberge geben?

Ein Blick auf meine Uhr verrät mir, dass es 11:26 Uhr ist – eine gute Zeit für einen Neuanfang. Ich entscheide mich für die zweite Dönerbude meines Vertrauens. »Ein Bier bitte, ach und eine Frage, darf ich hier auch rauchen?«

Susi

9 – Der Zusammenbruch

Ich sitze in der Küche, auf dem einzigen alten Holzstuhl. Das ist in der Küchenzeile der einzige Stuhl, der unglaublich unbequem ist. Ich habe das Gefühl, dass heute der schrecklichste Tag in meinem 39-jährigen Leben ist. Es ist dunkel und still im Haus. Alle schlafen, ob tief, fest und glücklich, das wage ich zu bezweifeln. Nur der Kühlschrank macht komische Geräusche, die man unschwer irgendwo einsortieren kann. Aber mein Kopf ist sowieso so leer, so schwer und so voller Gedanken.

Der Tag fing an wie jeder andere inmitten der Familie: Frühstück mit den bekannten süß-sauren Begleiterscheinungen. Jan war zugegebenermaßen sehr angespannt. Er stehe beruflich sehr unter Druck. Er streute sachte Informationen zwischen Kaffee, Zeitung, Marmelade und braungeröstetem Toast. Jene Angespanntheit ließ sich in den letzten Tagen schon an seinem druckvollen Schlagzeugspiel ableiten. Die Heftigkeit seiner Schläge an Trommeln und Becken ist häufig ein wertvoller Indikator seines Wohlbefindens oder eben auch seiner Unzufriedenheit.

Doch dann klingelte am späten Vormittag das Telefon. Es war eines dieser Telefonate, die ein ganzes Leben verändern. »Hier ist die Klinik am Walddeich«, meldete sich die fremde Stimme. Sie nannte noch ihren Namen und ihre Station, doch kaum gehört, vergaß ich es schon wieder. »Spreche ich mit Susanne Winkelreuter?« Die mir unbekannte und dunkle Stimme klang sehr aufgeräumt und sehr dezent. Ich bestätigte ihre Anfrage, ehe wenige Momente später eine ganze Welt zusammenbrach.

***

»Heute Morgen wurde in unserer Klinik Frau Hildegard Heuer bei uns eingeliefert. Sind Sie die Tochter von Frau Heuer?«, fragte die Person. Tausend Gedanken schwirrten in meinem Kopf herum. Ich glaube, ich habe statt zu antworten nur genickt, sodass die Anruferin aus dem Krankenhaus ihre Frage im nahezu identischen Wortlaut, nur langsamer wiederholte.

»Ja, das ist meine Mutter.« Jetzt sprudelten meine Worte. »Was hat sie? Wie geht es ihr?«, überschlugen sich Fragen aus meinem Mund. Ich konnte es nicht einordnen, welcher Grad der Hysterie meinen Wortklang begleitete. »Ihre Mutter liegt hier auf Station zwei, am besten Sie kommen gleich vorbei. Der behandelnde Arzt kann Ihnen dann genauere Auskunft geben …«, ließ mich die Frau wissen und machte eine unbestimmte Pause.

Ich war mir nicht sicher, ob sie mir noch etwas mitteilen wollte. »Wie schlimm ist es denn genau, können Sie mir nicht noch etwas sagen?«, flehte ich sie an. Ich wollte weitere Infos. Jetzt. Sofort.

»Ihre Mutter hatte einen Herzinfarkt. Es ist einigermaßen ernst. Kommen Sie am besten sofort vorbei, dann können wir hier vor Ort alles in Ruhe besprechen.«

Ich bin mir jetzt nicht mehr sicher, ob ich mich noch bedankte oder verabschiedete. Von dem Zeitpunkt an lief alles ab wie im Film. Ohne Umweg schnappte ich meine Schlüssel, verließ das Haus und machte mich auf den Weg in die Klinik. Nicoletta war noch einige Zeit in der Schule, danach musste sich dann eine Nachbarin um sie kümmern. Das würde ich später telefonisch organisieren.

Der Arzt wirkte jung und sah so aus, als ob er frisch einer dieser Hochglanzbroschüren entstiegen wäre. Groß, braungebrannt und fast schon durchtrainiert. Eine Krankenschwester führte mich gleich in den separaten Besprechungsraum des Arztes. Auch wenn das Fachpersonal ruhig und besonnen agierte, meine Anspannung, meine Nervosität nahmen gewaltig zu. »Danach können Sie selbstverständlich sofort zu Ihrer Mutter«, versprachen die zwei Krankenschwestern, die zackig und resolut auftraten. Vielleicht lag es aber auch an ihren Kitteln, ihren makellosen Dienstuniformen. Irgendwie sahen beide gleich aus und irgendwie nickten beide mit einer betroffenen Mischung aus sorgen- bis verständnisvoll. Ich setzte mich in dem Besprechungsraum hektisch hin, der junge Arzt starrte derweil noch auf seinen Computermonitor. Dann fing der junge Dr. Andresen mit seiner ruhigen Stimme an zu sprechen. Schon nach dem zweiten Satz wurde mir schwindelig und meine Aufnahmefähigkeit von Fakten und Informationen war quasi nicht mehr gegeben.

»Ihrer Mutter geht es nicht gut. Wir haben sie in ihrer Wohnung in ihrem Schlafzimmer vorgefunden. Ein Nachbar hatte uns informiert. Leider war Ihre Mutter wohl über einen längeren Zeitraum bewusstlos.«

Tausend Gedanken, zweitausend Vorwürfe und eine

ganze Wüste voller Fragezeichen. In meinem Hirn tobte es. Angst, Kummer und Betroffenheit waren meine Begleiter, als ich wieder auf dem Gang des Krankenhauses stand.

Als ich meine Mutter wenig später auf der Intensivstation in ihrem Krankenbett endlich sehen konnte, nahmen das Unwohlsein und die Angst noch zu. Rechts an ihrem Bett waren mehrere Geräte, deren digitale Anzeigen Wellen und Daten transportierten. Ich zählte außerdem drei Schläuche, die man an ihren zuvor noch so intakten Körper angeschlossen hatte. Vor zwei Tagen waren wir noch durch unseren Garten geschlendert, nun lag meine Mutter hilflos im vierten Stock einer mir bis dahin unbekannten Klinik. Ihre Augen waren geschlossen und das Gesicht wirkte eingefallen und blass. Der Arzt wollte zu diesem frühen Stadium noch keine Prognose abgeben – so viel hatte ich bei seinen Ausführungen noch mitbekommen.

Meine Mutter lag da. Hilflos. Sie war nicht ansprechbar. Nur gut, dachte ich, mir fehlten sowieso die Worte.

***

Aber der Tag sollte noch schlimmer enden. Und daran sollte der Gesundheitszustand meiner Mutter keinen Einfluss haben. Am Abend berichtete Jan von der plötzlichen Entscheidung seines Chefs, ihn vor die Tür zu setzen. Der zweite Bombenfund innerhalb eines Tages, beide trafen mich aus heiterem Himmel. Ich war entsetzt und fast schon panisch. Zugleich war ich erstaunt, wie fast schon locker und souverän Jan mit dieser Entscheidung umging.

Ich hatte gar nicht mitbekommen, dass Jans Job schon länger an einem seidenen Faden gehangen hatte. Mir war entgangen, dass die letzten Monate für ihn rein beruflich immer mehr zur Qual geworden waren. Sicherlich, das wilde Schlagzeugspiel, sein häufigeres Gebrummel bei den Mahlzeiten. Das viele Ausschweigen. Vielleicht hatten wir in den letzten Monaten viel zu selten die Köpfe zusammengesteckt. Wir hatten wohl versäumt, uns auszusprechen und auszutauschen. Nach 13 Ehejahren bleibt auch mal das eine oder andere Wort irgendwo im Hals, Hirn oder Herz versteckt.

Ich mache mir große Sorgen. Doppelte Sorgen. Jan hat mich bekümmert nach Mutters Gesundheitszustand gefragt und will mich morgen in die Klinik begleiten. Er hat ja Zeit. Ich indes habe Angst vor den nächsten Tagen. Vor dem was kommen wird …

Susi

10 – Lautes Geschirr

Ich habe medizinisch in den letzten Tagen ordentlich dazugelernt. Herzinfarkt ist nicht gleich Herzinfarkt. Die Ärzte haben mit viel Mühe reichlich Aufklärungsarbeit geleistet und mich und Jan umfassend informiert. Sicherlich ging das ärztliche Essay ordentlich in die Tiefe, doch die Kernaussagen klangen halbwegs zuversichtlich. Ich mag im Zusammenhang mit der Krankheit die Begrifflichkeit nicht, aber häufiger sprach man in den letzten Tagen vom Glück im Unglück, das meiner Mutter widerfahren sei.

Das Herz-Kreislauf-System konnte einigermaßen schnell wieder stabilisiert werden, sodass die erste Gefahr überstanden war. Herzkranzgefäße und Herzgewebe würden in den nächsten Tagen sorgfältig beobachtet werden, im Krankenhaus wird diesbezüglich penibel gearbeitet. Da meine Mutter eine ganz passable Fitness besitzt, bislang ein überwiegend gesundes und solides Leben geführt hat und kaum Übergewicht mit sich herumschleppt, sind die Aussichten einigermaßen vielversprechend. Aber die Ärzte haben auch immer wieder betont, dass man nach einer solchen Herzschwäche mögliche Folgen und Rückschläge niemals außer Acht lassen dürfe. Auch erklärten sie immer wieder in warmen Worten, dass man sich für die Zukunft dementsprechend neu konstituieren müsse.

Ich habe meine Mutter an ihrem vierten oder fünften

Krankenhaustag auf zukünftige Faktoren wie Bewegung und gesunde Ernährung angesprochen. Sie hat zwar genickt und sich einigermaßen verständnisvoll dazu geäußert, die letzte Überzeugung fehlt mir jedoch, dass meine Mutter die Vorgaben ordentlich umsetzen wird.

Aber das ist nur zu verständlich. Meine Mutter hat ihr Leben in den letzten Jahren ordentlich genossen. Egal ob Konzerte, Theater oder Kino, Hilde war vielseitig interessiert und auf mehreren Hochzeiten unterwegs. Sie reiste gerne für einige Tage in Regionen, die mir fremd waren. Bei Städtereisen und vereinzelten Busreisen hießen ihre Ziele auch immer wieder Frankreich und Italien. Reiste sie nicht, dann fuhr sie im Sommer zu Gartenfesten, Sommerfesten oder traf sich zum Kaffeetrinken mit Bekannten. Manchmal hatten wir echte Mühe, einen Termin im Kalender zu finden, an dem sie stundenweise auf Nicoletta aufpassen konnte. Aber wenn sie kam, dann mit viel Elan, mit viel Schwung, mit vielen Geschichten über ihre Unternehmungen und immer frischem Kuchen im Gepäck.

Das Bild ist jetzt ganz anders. So hilflos und ein wenig mutlos liegt sie in ihrem Krankenbett. Meine Mutter ging nie ungeschminkt aus dem Haus. Jetzt dagegen liegt sie blass, müde und schlapp in diesem tristen Krankenzimmer.

***

Jan hatte mich die ersten Tage regelmäßig in die Klinik begleitet, doch mit jedem Tag der leichten Besserung wurde seine Motivation ein wenig kleiner. Er brauchte zudem Zeit für sich, um seine neue Situation zu bewerten. Er scheint sehr unschlüssig, wie es für ihn weitergehen soll.

Nicht immer ließ er mich teilhaben an seinen Gedanken. Sehr häufig hörte ich jedoch heraus, dass die letzten Wochen für ihn in der Firma wenig erfolgreich und wenig unterhaltsam waren. Insofern stellte die vollzogene Trennung für ihn so etwas wie ein Glücksmoment oder eine Erlösung dar.

Außerdem steckte er viel Energie in die Musik. Demnächst standen zwei Auftritte für die Band an. Soweit ich das aus naher Schlagdistanz beurteilen konnte, war Jan darauf zumindest bestens vorbereitet.

Torven und Nicoletta hatte ich ebenso in das Krankenhaus mitgenommen. Auch wenn der erste Anblick für beide Kids alles andere als einfach war, so gehören auch solche unschönen Begebenheiten mit zum Leben.

***

Auch als nahezu Unbeteiligte überkommt mich ein Gefühl zwischen Anspannung, Vorfreude und Nervosität. Dabei muss ich gar nicht viel tun. Wir sitzen in meinem silbernen Ford Fiesta. Torven brüllt von hinten gefühlt in jedem dritten Satz irgendwas von »Rock 'n' Roll«, Sabrina lächelt vergnügt auf dem Beifahrersitz und ich kutschiere uns drei zum Ort des Geschehens. Es ist Freitagabend, eigentlich ein guter Zeitpunkt, um loszulassen und zu entspannen, doch bei mir registriere ich eher einen trockenen Hals, eine leicht belegte Zunge und um den Magen ein sanftes Pochen.

Ich habe schon zahlreiche Konzerte von Jan besucht. Aber immer ist es irgendwie, als wäre es eine Premiere, als wüsste man so gar nicht, was passieren würde. Wenn er manchmal wochenlang drei Termine in der Woche mit seinen Kerlen im Proberaum versinkt, dann steigt bei mir die Neugierde auf das, was man zwischen Bier, Rauch und Schweiß doch noch musikalisch fabriziert hatte. Zudem ist es immer spannend zu beobachten, wie das Publikum reagiert, da gibt es durchaus unterschiedliche Erfahrungen. Ich war bei Jans Konzerten auf Dorffesten dabei, wo die Zuschauer mit ihren Unterhaltungen fast lauter waren als die Band. Manchmal hingegen passte es zeitlich nicht so gut und ich blieb dann brav zu Hause. Heute Abend haben wir für Nicoletta eine junge Schülerin aus der Nachbarschaft, die daheim auf unsere Tochter aufpassen soll. Ich habe kleine Konzerte in verrauchten Kneipen erlebt, wo eine heimelige bis intime Stimmung aufkam. Auch erinnere ich mich an das eine Konzert, bei dem fast 300 Zuschauer anwesend waren und eine gigantische Stimmung die Band und die Zuschauer gleichermaßen elektrisierte. Ich stand noch nie auf einer dieser Bühnen, aber eben genau jenes Gefühl muss es sein, das man sich als Künstler wünscht. Der Moment, wenn du die Masse so mit deiner Musik anpiekst und berührst, dass ein ganzer Raum mit einer unglaublichen Energie versorgt wird.

Für Jan ist die Musik enorm wichtig. Sie dient ihm als magischer Fluchtpunkt, ein Treppenhaus, um aus dem Alltagsleben zu entschwinden. Auch wenn ich mir nicht zwingend sicher bin, ob die drei Mitmusiker nicht zu viele Flausen und Fantasien im Kopf haben.

Gerade Tom »The Rock« ist eine merkwürdige Type. Mich stört es nicht, wenn jemand auf dem Weg zum Erwachsenwerden einige Umwege und Einbahnstraßen auf seinem Navi hat. Tom scheint einen Lebensplan ohne jede Zielstrebigkeit zu besitzen. Diese gewisse Hand-in den-Mund-Mentalität mag mit 21 Jahren noch ganz akzeptabel sein, für mich und unsere vierköpfige Familie ist es dagegen eine Philosophie von einem fernen Planeten. Tom hatte es wohl in früheren Jahren mal geschafft, vier Wochen in den USA herumzureisen, ohne dabei ein Hotelbett gesehen zu haben. Überliefert ist auch die Geschichte, dass er vor einigen Jahren regelmäßig über die Grenze nach Holland fuhr, nur um seiner Großmutter größere Pakete mit viel, viel Käse und ein wenig Marihuana zu schicken. Ich weiß nicht einmal, ob diese Oma überhaupt Käse mochte …

Gott sei Dank ist der Rest der Truppe deutlich anders gepolt und bildet zum etwas zwielichtigen Tom einen guten musikalischen und menschlichen Kontrast. Vielleicht ist aber eben auch Tom der notwendige Farbklecks auf dem bunten Gemälde, der *Das alte Geschirr* auszeichnet.

Das alte Geschirr ist schon eine ulkige Combo. Ich halte den Namen für wenig zweckmäßig, aber in Anbetracht der Tatsache, dass es auf diesem Erdball schon 9500 andere Bands gibt, die in ihrer Namensgebung wenig kreativer oder erfolgreicher waren, habe ich mich auch an diesen Umstand gewöhnt. Ich möchte als Unbeteiligte auch ungern als Namensgeberin auftauchen.

»Wo genau müssen wir denn hin?«, fragt Torven von hinten. Ich befinde mich schon längst auf Parkplatzsuche. Torven ist bei diesen Events zumeist mehr so der stille Mitkommer ohne Anspruch. Er interessiert sich weder im Vorwege für den Gig noch für die Location oder die Anfangszeit. Auch nach den Veranstaltungen ist er nicht derjenige, der seine Meinung groß kundtut. Zumindest lästert er hoffentlich auch nicht hinten herum, sondern nimmt die Veranstaltungen relativ entspannt und emotionslos hin. Oder ob er heimlich doch stolz auf seinen Vater ist?

Vor dem Jugendtreff steht eine kleine Gruppe mit sieben bis acht Personen. Trotz einsetzender Dunkelheit sehe ich schon aus der Entfernung, dass sie jung sind, viele von ihnen rauchen, überwiegend Kerle. Wir stehen vor dem Eingang, seit wenigen Minuten ist Einlass. Ich gehe mit Torven, der zuletzt auch stiller geworden ist und auf sein Rock-'n'-Roll-Gekreische gänzlich verzichtet hat, Richtung Eingangstür. Irgendetwas bedrückt den Jungen. Als Mutter sieht man das seinen Kindern häufig an der Nasenspitze an. Liebeskummer, vermute ich. Aber welcher Junge mit 17 Jahren würde darüber schon mit seiner Mutter sprechen? Mein Sohn jedenfalls lässt das an diesem Abend schön bleiben.

Seit rund zehn Minuten ist Einlass und ich öffne mit Torven die Tür. Sabrina bleibt noch draußen, ihr neuer Freund Florian hat sich für diesen Abend ebenfalls angesagt. Ich bin gespannt. Mehr auf die Musik. Und auch ein klein wenig auf ihren neuen Lover, weil Sabrina häufig ganz unterschiedliche Personengruppen an Land zieht.

Der Laden heißt *Hinterhof*. Und er macht seinem verruchten Namen alle Ehre: klcin, dunkel, aber als Raum für Musik sicherlich ganz anständig. Ich möchte mir vor Konzertbeginn noch ein Schöfferhofer holen, so ein Frauenbier, wie meine Männer immer spöttisch sagen. Zudem halte ich die Augen nach Olli Schramm offen, der sich die Gelegenheit natürlich auch nicht entgehen lassen möchte. Obwohl ich keine Aufgabe habe, steigen meine Anspannung und meine Vorfreude. Ich verwische ein letztes Mal den Kummer um meine Mutter, ehe ich mich in das laute Getümmel stürze.

Torven

11 – Ungewohnte Glücksmomente

Keine schlechte Idee, ein Konzert mit *Rockin' all over the world* von Status Quo zu beginnen. Die ersten schmissigen Akkorde prallten auf das Publikum, schon war Stimmung in der dunklen Bude. Schon waren die ersten drei Reihen – und viel mehr halbwegs besetzte Reihen gab es an diesem Abend auch nicht – voll dabei. Schon wurde getanzt, schon flog das lange, fettige und teilweise auch ungepflegte Haarwerk von einigen Männern durch die Luft, schon bewegten sich die Mädels mit der Musik und die etwas zurückhaltende Männergarde wippte seicht mit. Und ich stand neben meiner Mutter, mittendrin im so- und sovielten Rockauftritt meines Vaters. Wieder mal ein komisches Gefühl. Ich hatte das bei meinem Vater lange Zeit als irgendwas zwischen Midlife-Crisis und dem Hinterherschmachten einer alten Jugendliebe angesehen. Als letzte Zuckung aus der längst vergangenen Pubertätszeit. Inzwischen war mein Meinungsbild aber gewachsen, weil die Jungs fast schon ganz gut waren (also nur fast, da war noch sehr viel Luft nach oben, aber sie gaben sich tierisch Mühe, auch mich zu überzeugen).

Auch wenn es nur rund 80 Zuhörer waren, es war eine richtig geile Stimmung in der Hütte. Dank meines Vaters war ich auch mit der Musik aus den 80er- und 90er-Jahren bestens vertraut. Mögen andere mit Wickie, Pippi oder Bambi großgeworden sein, so hat mein Aufwachsen durch die Sammelleidenschaft meines Vaters von Platten und CDs einen anderen Schwerpunkt erfahren.

Ich war mir nicht ganz sicher, ob ich Bock hatte auf den Abend. Stimmungstechnisch befand ich mich eher so in der dunklen Kellerregion, aber ich hatte bei dem letzten Gig von Jan schon gekniffen, da wollte ich zumindest diesmal wieder dabei sein. Insofern hatte ich mein Fortuna-Trikot übergezogen und bin kurzerhand mitgekommen. Spätestens nach dem zweiten, dritten Lied (*Eye of the tiger* und die Eigenkomposition *Roter Faden*) war dann meine nur so mittelprächtige Laune auch fortgeblasen. Mit Thomas Ritter war auch ein Schüler und zweitklassiger Kumpel aus meiner Klasse im *Hinterhof*.

Der neue Freund von Sabrina machte einen ganz anständigen Eindruck. Deren Taktung, was die Partner angeht, ist höchst beeindruckend, als junger Single staune ich nicht übel, in welcher Regelmäßigkeit man anscheinend nicht nur die Bettwäsche wechseln, sondern auch seine Partner austauschen kann.

Kurz vor Konzertbeginn erschien auch Olli. Er streute ein unbeschwertes »Na, alles in Butter auf dem Kutter?« in die Runde und fragte erst einmal, wer ein Bier wollte. Meine Mutter mochte es gar nicht, wenn ich Alkohol trank. Und schon gar nicht in der Öffentlichkeit. Insofern orderte ich eher unfreiwillig eine Cola.

Das Konzert war ganz in Ordnung. Ich hatte das Gefühl, dass die Spiellaune der Band sehr abhängig von ihrem Sänger »The Rock« war. Seine Bühnenausstrahlung überstrahlte die anderen. Mein Vater saß am Schlagzeug sowieso im Hintergrund. Er schaute etwas angespannt aus seinem Hinterhalt, gut eingepackt zwischen Becken und Trommeln. Ich glaubte auch gesehen zu haben, dass er schon mehrfach die Reihen der Zuhörer und Zuschauer genau ins Visier genommen hatte.

Neuerdings streut *Das alte Geschirr* auch immer mehr eigene Songs in das Programm. Das kam bei mir und auch beim anderen Publikum erstaunlich gut an. Zwar konnte man als Musikliebhaber zu *Run to you* von Bryan Adams wunderbar abgehen und zappeln, irgendwie ist der Song jedoch schon von den bestehenden rund 37 Radiostationen hinreichend abgehandelt. Die neuen und selbstgeschriebenen Songs wie *Regenschirm* oder *Lass los* fanden Anklang und alle lauschen irgendwie intensiver, auch wenn den Songs hier und da der Partycharakter abging. Meine Mutter strahlte mit den Scheinwerfern um die Wette, Sabrina kuschelte sich an ihrer neuen Lover. Olli grölte, schwitzte, sang (nicht immer richtig, wenn man mich fragen würde) und bewegte sich sachte und biertrinkenderweise im Takt. Die Biere trank er dabei im guten Viertelstundentempo. Und ich? Ich genoss dezent und wollte mir eine zweite Cola gönnen. Ich kämpfte mich durch die kleinere Menschenmenge zum Tresen, der im *Hinterhof* hinten beim Eingangsbereich zu finden war. Ich ging gedankenverloren auf den leicht beleuchteten Tresen zu und fasste gerade in meine Hosentasche, um zu überprüfen, ob sich da auch wirklich der vermutete Geldschein befand. Dann sah ich sie. Sybille. Meine Sybille. Sie saß auf einem der Barhocker und hatte den Blick Richtung Bühne gerichtet. Sie saß dort mit einer Selbstverständlichkeit, als gehörte sie genau in diesem

Moment dorthin, als wäre kein anderer Platz auf dieser Welt für sie mehr reserviert als dieser.

Eine Millisekunde überlegte ich umzudrehen, aber nicht einmal diese Feigheit brachte ich auf. Stattdessen bedeutete mir zumindest eine Gehirnzelle, taktisch in die verhaltene Offensive zu gehen. Fast wie der Stürmer, der sich zwischen Torschuss und Vorlage entscheiden muss.

Dann sah sie mich. Sie schaute, blinzelte. Dann lächelte sie.

»Na, was machst du denn hier?«, hauchte ich ihr entgegen. Keine sonderlich kreative Frage. Und auch kein Satz mit einem lauten Ausrufezeichen von mir. Spontaneität gehört nicht eben zu meinen allergrößten Stärken.

»Tja«, sagte sie. Nebenbei lächelte sie verschmitzt und irgendwie zufrieden, ohne meine Frage sofort zu beantworten.

»Ich trink 'ne freche Cola«, erklärte sie schmunzelnd und genoss die Lässigkeit, die vom Tresen, vom Barhocker und von der ganzen Location zu reflektieren schien.

Ich nickte, bewegte mich weiter auf sie zu und suchte händeringend nach Worten, nach Sätzen. Sätze, die sie umhauen, die sie anmachen, sie kitzeln oder zumindest meine Erscheinung sympathischer als meine fluffige Gangart erscheinen lassen sollten.

»Ich mag unglaublich gerne Livemusik«, strahlte sie mich an. Ich zögerte kurz, dann setzte ich zum Konter an. »Ich auch, vor allen Dingen wenn mein Vater Teil der Band ist«, posaunte ich heraus und schaute sie in einer kurzen Phase der Überlegenheit an.

»Dein Vater? ... Was? In der ...«, sie stotterte fast ein

wenig, brachte keinen vollständigen Satz heraus, was ihre riesige Verblüffung nur noch unterstrich.

»Yes, na klar. Der Drummer. Der gute Trommler, das ist mein Dad.« Ich genoss den Moment und hatte mich unterdessen entschlossen, den freien Platz an der Bar neben ihr einzunehmen.

Trotz des Lärms quatschten wir fast eine Viertelstunde. Ich musste ihr von den Anfängen der Rockkarriere meines Vaters berichten. Ich erzählte ihr, mit wem ich hier war, und sie erklärte, dass eigentlich Tanja, eine Freundin aus ihrer Klasse, sie begleiten wollte. Diese musste jedoch kurzfristig passen, sodass sie sich alleine auf den Weg gemacht hatte.

Ich gab mich erstaunlich locker und entspannt und sammelte hoffentlich fleißig Punkte im Bonusprogramm von Sybille.

»Sag mal wieder Bescheid, wenn du irgendwo der Musik lauschen möchtest. Oder wenn dein Vater irgendwo auf der Bühne steht«, zwinkerte sie mir zu, ehe ich wieder den Weg Richtung Bühne suchte. »Klar« sagte ich. »Mach ich.« Ich lächelte und ging.

In den vorderen Reihen angekommen, hatte ich arge Schwierigkeiten, mich wieder auf die Musik und meine Familie einzulassen.

***

»Du schaust ja so verschmitzt«, ulkt sogar meine Mutter auf der Rücktour im Auto. Ich sitze hinten im Auto und grübele, schaue aber bestimmt wie ein Wanderer in der Wüste, der sich nach drei Tagen intensiver Suche an einer Wasserquelle so richtig ergötzt hat.

»Dir muss das Konzert ja so richtig gut gefallen haben. Toll«, selbst für meine Mutter ist meine galaktische Begegnung ein Glücksmoment an diesem Abend.

»Jaja«, bringe ich hervor und lächele mehr innerlich. Ich weiß nicht, was ich ihr sonst noch erzählen soll. Aber es war ein gutes Konzert. Ich finde, es war ein verdammt gutes Konzert!

Jan

12 – Der Agent

Die Visitenkarte liegt auf dem Küchentisch. Ich schiele unentschlossen hinüber zu dem kleinen Ding. Am Tag danach herrscht im Haus eine ungewohnte Stille. Sonntag, 12:27 Uhr, zeigt der digitale Wecker, aber die Familie lässt es ruhig angehen. Nicoletta spielt erstaunlich leise und unauffällig in ihrem Zimmer. Torven befindet sich zu dieser Zeit noch im Tiefschlaf. Susi sitzt in ihrem Lieblingsstuhl auf der Terrasse und hat ein Buch auf ihrem Schoß. Ob als Alibi oder ob sie wirklich liest, das kann ich von meiner spröden Küchenlage aus nicht beurteilen. Und ich sitze mit meinem Kaffeebecher der Fortuna vor der schlichten, kleinen Karte, die einen auffälligen rotgoldenen Schriftzug trägt.

Jean Rubin

Agent

Der erlesene Name passt zu der opulenten Schriftfarbe. Auf der Rückseite befinden sich ausschließlich die Handynummer und eine Mailadresse. Das war es.

Ich grübele. Ich hatte den Mann keine zwei Minuten kennengelernt, dann war er so schnell verschwunden, wie er urplötzlich aufgetaucht war.

Wir hatten das zweite Konzert gespielt. Bei unserem ersten Auftritt im *Hinterhof* hatte eine extrem vibrierende Stimmung geherrscht. Wir als Band agierten erstaunlich beherzt und selbstbewusst. Alles, was zuvor im Proberaum schiefgegangen war, hatte auf der Bühne reibungslos geklappt. Wofür übt man und studiert die Sachen eigentlich endlos ein? Das Adrenalin und das Publikum hatten uns zu Höchstleistungen verholfen. Obwohl kurz vor Konzertbeginn noch Unstimmigkeiten in der Band aufkamen, war die Energie auf der Bühne und im Saal gigantisch. Unsere kurze Disharmonie in dem mickrigen Vorbereitungsraum, wo wir über ein mögliches Zugabelied stritten, hatte sich auf der Bühne in Ekstase und musikalisches Können umgewandelt. Ich hatte hinten von meiner Schießbude auch all meine Lieben im Publikum gesehen. Susi, Sandra, Olli und sogar Torven waren an Bord. An solchen Abenden wächst auch unser Frontmann Tom mit jedem Stück über sich hinaus. Er stellte in dem kleinen Scheinwerferlicht unter Beweis, dass seine beherzte, tiefe und leicht kratzige Stimme eigentlich zu mehr taugt als einem Abend im drittklassigen *Hinterhof.*

Bereits am nächsten Abend wartete der nächste Gig. Eine völlig neue Erfahrung für uns. Einmal schlafen und wieder mucken, da fühlten wir Hobbyrocker uns als richtige geerdete Rocksternchen. Das Konzert lief gänzlich anders. Wir fuhren rund 20 Minuten in eine benachbarte Stadt, um dort im *Kapellmeister* zu spielen. Wir waren euphorisiert und bester Stimmung, als wir die Bühne betraten. Und wir waren überrascht, dass die Bude gut gefüllt war.

Als Band funktionierten wir diesmal nur eher mittelmäßig. Zweimal verpatzte Andi einen rechtzeitigen Einstieg in die Songs, einmal vergaß Tom den Text. Einmal flog mir ein Drumstick aus der Hand – für mich ein recht seltener Patzer. Das Publikum indes schien von all dem wenig mitzubekommen. Die Besucher zeigten sich von Beginn an begeistert. Bei den bekannten Coverhits wurde laut mitgegrölt. Auffällig war auch, dass die Zuhörer bei unseren unbekannten Eigenkompositionen mit großem Interesse lauschten. Die Menschen klatschten, tobten und wollten immer mehr und mehr.

So kamen auch wir auf der Bühne aus dem Lächeln, aus der Spielfreude nicht mehr heraus. Ich glaube, es waren 2 ½ Stunden, dann gingen wir nach der zweiten Zugabe von der Bühne. Erschöpft, aufgekratzt und glücklich.

Wie schon am Vorabend hatten wir auch im schon in die Jahre gekommenen *Kapellmeister* im Backstagebereich nur einen kleinen Raum, eine bessere Abstellkammer. Unsere Instrumente hausten dort zwischen Pappaufstellern, leeren Kisten und Garderobenständern. Inmitten der kuscheligen Atmosphäre einer Rumpelkammer feierten wir unseren eigenen Erfolg. Tom »The Rock« und ich waren nassgeschwitzt und ich stellte mir wiederholt die Frage, ob die ganz großen Stars erst in ihrem Hotel duschen oder schon vorher die Möglichkeit bekommen.

So saßen wir vier auf drei wackeligen Stühlen, Andi hatte mit einer Colakiste als Sitzgelegenheit vorliebgenommen. Wir tranken Bier, lächelten und waren stolz und glücklich. Wir fühlten uns wie Helden, wie Rockstars, als wäre der siebte Frühling eine Laune, die wir niemals aus dem kleinen, längst gut verrauchten

Raum herauslassen wollten. Auch ich als Partyraucher hatte mir inzwischen meine zweite Zigarette angezündet.

Es war recht ordentlich Bewegung bei uns in der Bude. Der Veranstalter, ein gewisser Dieter Bruhn, hatte uns gedankt und einen weiteren Auftritt für das nächste Jahr in Aussicht gestellt. Bernds Frau hatte kurz reingeschaut und ein Schlückchen Bier getrunken. Sie besaß aber zumindest so viel Feingefühl, uns in der Erfolgsstunde alleine zu lassen. Die Tür zu unserem Rückzugsraum ging erneut auf und ein etwas düsterer und extrem hagerer Typ betrat den Raum. Wir schauten uns kurz an, blickten wohl etwas sparsam, ehe uns der unbekannte Mann ansprach.

»Guten Abend allerseits. Mein Name ist Jean Rubin. Ich bin Agent, Musikagent.« Er machte eine Pause und schaute etwas erwartungsvoll in unsere ausgelaugten Gesichter.

Ich hatte seinen Namen partout nicht verstanden. Er klang für mich ungewohnt französisch. Dennoch machte der Mann, der sich alterstechnisch kaum richtig einordnen ließ, einen ganz zackigen Eindruck. Er war eher klein, hatte eine ähnlich ungewöhnliche Frisur, wie man sie sonst von Günther Netzer kannte, die sein etwas längliches Gesicht unterstrich. Sein langer, dunkler Mantel hätte jedem Geheimdienstagenten zur Ehre gereicht, doch das Gesamtbild wirkte zumindest irgendwie seriös.

Es blieb eine Sekundenpause, ehe Tom als Erster reagierte: »Hallo, schön zu hören. Was führt sie zu uns?« Tom »The Rock« lächelte zufrieden. »Hat Ihnen der Gig gefallen?«, fragte er und lächelte den Menschen aus der Musikbranche dabei an.

»Ja, schon«, der Mann nickte in die Runde, hielt sich aber ansonsten bedeckt. Das Zeigen von Emotionen sparte er sich gänzlich.

»Ich würde gerne in ruhiger Atmosphäre mit Ihnen sprechen. Ich möchte mich über eine mögliche Zusammenarbeit mit Ihnen unterhalten. Aber nicht heute …«

Er ließ die Worte sacken und schaute zuversichtlich in die Runde. Dabei versprühten seine Augen eine zarte Zuversicht, die durch ein gekonntes Blinzeln noch unterstrichen wurde.

Wir nickten und hatten Schwierigkeiten, seine Worte einzuordnen. Er griff in seine Gesäßtasche und holte einen Stapel Visitenkarten heraus, die er mit Bedacht auf den kleinen Tisch legte.

»Genießen Sie Ihren Abend noch und rufen Sie mich an. Ich denke, davon würden beide Seiten profitieren.« Er drehte sich um und war so schnell verschwunden, wie er erschienen war.

Wir waren baff, als er raus war. Wir zögerten einen kurzen Moment, dann lachten wir laut auf.

Sofort redeten alle durcheinander. »Alter, was war das denn?«

»Was ein krasser Typ!«

»War das jetzt quasi der große Unbekannte aus Hollywood?«

»Waren wir so gut, haben wir es geschafft?«, ließ ich die anderen auch meine Zweifel und meine Einschätzung des Besuchers wissen.

Wir redeten noch lange und laut, ehe der gute Herr Bruhn uns bat, endlich abzubauen, der Laden würde bald schließen. Ganz fix waren wir heimlichen Rockstars

wieder auf dem Betonboden des harten Lebens angekommen. Der mysteriöse Agent hatte vier Visitenkarten
dagelassen. Jeder nahm sich eine, die Band beschloss
unterdessen, dass ich den Kontakt zu ihm aufnehmen
solle.

Und jetzt sitze ich vor dem rechteckigen weißen Ding.
Wir hatten seinen französischen Namen drei- bis viermal ausgesprochen und uns gewundert, wie ein solcher
Mensch und dieser vermeintliche Profi uns in der Pro-
vinz gefunden hatte. Die Band hatte entschieden, dass
ich den Schritt auf den Agenten zumachen sollte. Wie
nannten sie es nach dem Verzehr diverser Biere so schön:
»Deine gespielte Professionalität und deine familiäre Bodenständigkeit«, damit sollte ich dem undurchsichtigen
Franzosen (wenn es denn einer war?) entgegentreten.
Nichtsdestoweniger war die Band heiß auf Informationen und ich sollte sie ihnen liefern.

Ich bin im Vorwege das anstehende Telefongespräch
im Geiste durchgegangen und habe als Bedingung mitgenommen, dass wir uns nicht unter Wert verkaufen
wollen. Wir, die zwar spielfreudig und lustvoll, aber bislang eben durch vieles aufgefallen sind, aber bestimmt
nicht durch Zielstrebigkeit oder nachhaltigen Erfolg.

Ich stürze den etwas kalt gewordenen Kaffee herunter.
Ich räuspere mich einmal. Dann stehe ich auf. Ich bin
der Meinung, dass man wichtige Telefonate besser im
Stehen erledigt. Dann wähle ich seine Handynummer
und warte auf das Freizeichen …

***

Jean Rubin nimmt ab und von Beginn an ist wieder diese merkwürdige Kühle zu spüren. Aber eben auch jede Menge Professionalität schwingt in seiner Stimme und den Worten mit. Er sei seit über zehn Jahren als Agent und Künstlerbetreuer auf dem Markt. Er betreue und berate derzeit fünf Künstler, davon vier Musiker. Er sei vor Wochen auf uns aufmerksam geworden und habe am Vorabend das zweite Konzert von uns gesehen. Dann spricht er über eine mögliche Zusammenarbeit zwischen der Band und ihm. In seiner kühlen und knappen Art, die mich an einen Bericht eines Forschers oder Oberarztes erinnert, zeigt er drei mögliche Wege auf. Sollte sich die Band entscheiden so weiterzumachen, dann seien seine Dienste nicht unbedingt erforderlich. Man könne jedoch den Hoffnungsweg gehen, in Eigenregie eine CD aufnehmen, die er an diversen Stellen vorstellen würde, um auf positive Resonanz zu hoffen. Die Frequenz der Konzerte könne man etwas steigern. Oder man ginge die Risikovariante, bei der man ein besseres Musikstudio damit beauftragen würde, ein Musikvideo mit einem gewissen Aufwand zu produzieren. Man werfe dann die größere Angel der Promo-Maschine aus, um auf den entscheidenden Biss zu hoffen. Ob der kommt, könne er freilich nicht versprechen.

Er möchte gerne mit der ganzen Band sprechen, um Möglichkeiten einer Zusammenarbeit auszuloten. In meinem Kopf rattern tausend Gedanken.

Ich beende das Gespräch mit dem Versprechen, mich mit den Jungs in Verbindung zu setzen und zu besprechen und mich daraufhin bald bei ihm zu melden.

Es ist noch früh, doch ich fange erneut an zu träumen.

Teil II

Juni

Jan

13 – Die Beichte

Manchmal genügt im Leben ein einziger Satz: »Du … ich habe da jemanden kennengelernt.« Es ist einer dieser Sätze, die einen gewaltigen Stein ins Rollen bringen. Ein Satz, als wäre er mit einem Edding-Stift geschrieben und man würde versuchen, ihn mit einem winzigen Radiergummi zu bekämpfen. Zwecklos, hilflos.

Ein Satz, der einen mürbe und müde macht. Wenn du im Tennis ein hartumkämpftes Match per Netzroller verlierst, dann ist das fies. Wenn dir deine langjährige Ehefrau aus heiterem Himmel den Satz »Ich habe da jemanden kennengelernt …« an den Kopf klatscht, dann ist das brutal und gemein. Mich traf dieser Satz wie ein Schlag aus dem Hinterhalt. Ich hatte keinerlei Deckung. Ich hatte keinerlei Schutzweste. Und ich hatte vor allen Dingen keine Ahnung. Wer? Warum? Und seit wann?

Es war bislang ein recht sonniger und hoffnungsvoller Tag im Juni gewesen. Nach zuvor zwei eher durchwachsenen Tagen hatte sich die Sonne entschieden, deutlich mehr Zeit und Kraft in diesen Dienstag zu investieren.

Das beständige Frühstücksritual wurde noch in normalen Bahnen beendet. Honig, Marmelade und Butter hatten längst ihren Frühstücksdienst geleistet und waren inzwischen wieder gut verstaut im Kühlschrank untergebracht. Der Frühstückstisch hatte viel Sprachlosigkeit und einige wenige Brotkrümel hinterlassen. Die Kinder hatten in gewohnter Eile das Haus Richtung Schule verlassen, als mir Susi diesen einen Satz von der Seite entgegenschmetterte.

Ich war fassungslos, mir fehlten die Worte. Es war auch ihr Blick, den ich sehr gut einsortieren konnte. Sie schaute einen Moment zu lange den Küchenboden an. Sie guckte verlegen, um die Nasenspitze fehlte ihre sonst so gekonnte Abgeklärtheit. Ihre fehlende Souveränität nahm ich auch durch ihre Hände wahr, mit denen sie mühevoll, aber auch umständlich ihre Haare sortierte.

»Was heißt das? Wie ernst ist das?«, fragte ich. Und ich fragte es laut. Weil ich die Antwort wissen wollte. Schnell wollte ich es hören, weil eh schon siebentausend Gedanken in meinem Kopf herumschwirrten. Ich schaute meine Frau an. Jene Frau, die ich nahezu jeden Morgen und jeden Abend betrachte. Jene Frau, deren Gefühle und Stimmungen kein Mensch auf diesem Planeten besser einsortieren kann als ich. Jene Frau, mit der ich Kinder gezeugt habe, mit der ich gelacht, gelästert, gefroren, gebangt und nur selten eben auch gestritten habe. Ich schaute sie an und wartete auf ihre Antwort. Dabei wollte ich doch nur, dass alles so blieb, wie es jahrelang war. Am liebsten wäre mir gewesen, dass sie nichts erzählte, nichts begründete und nichts beichtete.

»Er heißt Marc und ist zwei Jahre jünger als ich. Ich habe ihn beim Yoga kennengelernt. Erst haben wir uns nur einmal die Woche beim Kurs gesehen. Und dann wurde es …«, sie stockte, hielt kurz inne … »mehr«. Das klang leise und schuldbewusst.

Sie hatte mich zweimal angesehen, doch die meiste Zeit schaute sie betreten auf den Boden. Meine Blicke mussten sie aufgefressen haben. Ich musste einer Bestie gleichkommen. Ich habe wahrscheinlich auch mit offenem Mund dagestanden, weil ich verblüfft, sprachlos und entsetzt zugleich war.

»Wir haben uns jetzt dreimal außerhalb der Yogastunden gesehen.« Sie machte wieder eine kleine Pause und holte Luft.

»Ich glaube, ja … ja, ich denke, es hat sich dabei mehr entwickelt. Ich bin der Meinung, dass ich es dir schuldig bin, es dir jetzt, einigermaßen zeitig zu sagen, bevor du selber etwas merkst.« Sie schaute mich an und erwartete wohl eine Reaktion von mir.

»Schuldig, schön, dass du schon von Schuld sprichst. Habe ich vielleicht Schuld an der Sache?« Ich war so perplex, dass ich eigentlich mehr mit mir selbst sprach.

»Wie ernst ist es?« Ich schaute sie intensiv an. Da sie meinem Blick nicht standhalten konnte, griff ich mir den Kaffeebecher und beförderte ihn von meiner einen Hand in die andere. Auch irgendwie sinnlos. Aber vielleicht hätte jeder gut ausgebildete Arzt bei mir einen Minischock diagnostiziert.

Susi zog die Achseln hoch. Sie zog die Mundwinkel breit und brachte mit den ersten Tränen ein leises »Ich weiß es nicht, Jan« hervor. »Ich bin selber verwirrt, in diesem Moment kann ich dir nicht mehr viel dazu sagen.«

Vielleicht hätte ein Ringrichter im Boxen an dieser Stelle unterbrochen und beide Kontrahenten als Verlierer gekürt. Aber weder Boxhandschuhe noch Ringrichter waren in unserer aufgeräumten und lange Jahre so gemütlichen Küchenzeile auszumachen. Der Kühlschrank machte die Geräusche, die er immer machte. Ansonsten herrschte Ruhe. Furchtbare Stille. Diese Küche wirkte plötzlich unheimlich, beinahe wie eine dunkle, tiefe Höhle, wie ein Ort der Verschwörung.

»Es ist zuletzt einfach so passiert. Und es hat auch irgendwie nichts mit dir zu tun, so schlimm, wie es klingt. Marc war einfach der richtige Mann am falschen Ort, zu dem ich mich derzeit hingezogen fühle ...«

Sie ließ diese schlimmen Sätze wirken und setzte sich auf den Küchenstuhl. Die letzten Worte waren von reichlich Tränen begleitet gewesen.

»Hast du auch mal an mich gedacht? Denkst du auch mal an deinen Ehemann? An unsere Kinder?« Mir fielen keine anderen Argumente ein, weil ich mich hilflos fühlte. Hilflos, mutlos und so seltsam hintergangen. Benutzt und weggeschmissen, wie eine ausgetrunkene, leere und nutzlose Cola-Flasche.

Sollte ich toben, Susi anschreien oder Stühle umschmeißen? Ich war auf diese Art von Situation so wenig vorbereitet. Gibt es Ratgeber für solche Gesprächssituationen?

»Es tut mir leid«, krächzte sie mit einem Schluchzen, das mittlerweile ihr ganzes Gesicht vereinnahmte. »Ich weiß auch nicht, wie es weitergehen soll.«

Ich wartete. Aber sie hatte nicht »mit uns« gesagt. Weiter, wie sollte es mit ihr weitergehen? Mit ihr und diesem Marc, das meinte sie wahrscheinlich. In meinen Gedankengängen hausten wieder tausend Szenen, ganz viele Szenarien und keinerlei Antworten.

Sie stand hektisch auf, schnäuzte sich die Nase und rannte ins Wohnzimmer.

Ich schaute ihr nach und schüttelte fassungslos den

Kopf. Erst der Job weg. Jetzt die Frau weg. Ich war schockiert und schlaff wie ein ausrangierter Flummi.

Ich hörte sie nebenan Dinge tun, konnte es aber nicht genau einsortieren. Dann wurden meine Bilder schärfer. Sie sammelte irgendwelche Sachen zusammen. Erst später reimte ich mir zusammen, dass es wohl die Schlüssel, Handtasche und sonst irgendwas gewesen sein mussten.

»Ich muss hier raus. Sorry, ich muss hier raus ...«, schrie sie und bewegte sich fort.

»Fährst du zu ihm?«, rief ich ihr hinterher, als sie gerade dabei war, unsere Haustür zu erreichen.

Sie hielt inne und schaute mir das erste Mal seit diesem Gespräch fest in die Augen.

»Nein«, sagte sie. Dann schwieg sie eine Sekunde, schaute verwirrt, ehe sie mit Schwung aus der Tür marschierte.

Ich werte es als positiv, dass sie die Tür zumindest nicht mit Lärm zugeschlagen hat. Ich grübele indes, ob sie nicht doch zu diesem Marc gefahren ist ...

***

Es gibt im Leben so einen komischen Zustand, wenn der Kopf irgendwo pendelt zwischen absoluter Leere und dem riesigen Kopfkino, wo sich allerlei Szenen abspielen. Ich suche noch den Mittelweg. Vorerst kippe ich das fast volle Wasserglas mit Schmackes in den Ausguss. Ich öffne mir stattdessen eine Bierflasche. Dabei stört es mich nicht, dass es noch nicht mal zehn Uhr morgens ist. Daraufhin suche ich kurz in der unteren Küchenschublade, ehe ich fündig werde. Ich finde Pall-Mall-Zigaretten, die

Olli irgendwann mal mitgebracht und vergessen haben musste. Ich zünde mir noch in der Küche eins dieser verfluchten Dinger an. Ich habe bestimmt seit vier Jahren nicht mehr in der Wohnung geraucht. Es ist verdammt noch mal an der Zeit, diesen Bann zu brechen.

***

Ich setze die Bierflasche an und wundere mich, wie schnell sich mein Leben scheinbar radikal verändert hat. Vor nur vier Wochen habe ich plötzlich meinen Job verloren. Nach einem Leistungstief und kleineren Unstimmigkeiten hat mir mein Chef gekündigt. Vor dem Arbeitsgericht werden wir uns demnächst juristisch streiten, um zu klären, inwieweit mein Chef dazu berechtigt war. Bei einer Trennung gibt es nie einen Gewinner, so rede ich mir ein, was insbesondere auf meine lange Beziehung zutrifft. Bezüglich meines Jobs rechne ich mit einer halbwegs anständigen Abfindung, nicht aber mit einer beruflichen Rückkehr auf meinen alten Bürostuhl. Und jetzt die Katastrophe mit Susanne. Da ist ein Besinnen auf die alten, bekannten Gefühle das Nonplusultra.

Ich bin im Kopf zu leer um einzuordnen, wie sehr diese Nackenschläge meine Psyche und mein Ego angekratzt haben.

Zehn Minuten später setze ich mich ans Schlagzeug und haue mit den Sticks gewaltig drauf. So gut, so dynamisch und mit so viel Kraft habe ich lange nicht mehr gespielt …

Susi

14 – Scherben

Ich sitze im Auto und atme schwer. Ich bekomme kaum noch Luft. Tränen rinnen mir über die Wangen, ich bin völlig durch den Wind. An Autofahren ist irgendwie gar nicht zu denken. Ich hatte meine Schlüssel, mein Handy und mein Portemonnaie von der Kommode gegriffen und mit viel Getöse schnurstracks das Haus verlassen. Zum Nachdenken war keine Zeit geblieben. Jetzt sitze ich in meinem aufgeheizten Ford Fiesta und überlege, was ich tun soll. Wo will ich hin? Wo kann ich hin? Wie ist der Plan?

Ich hatte dieses Gespräch mit Jan einige Tage aufgeschoben, dann hielt ich es nicht mehr aus, es musste raus. Dabei fiel es mir schwer, bei den mühsamen Erklärungsversuchen den Blickkontakt zu wahren.

Ich weiß auch nicht, mit welcher Reaktion ich von ihm gerechnet hatte? Wenn ich jetzt sagen würde, dass er die Nachricht einigermaßen normal aufgenommen hat, dann stimmt das nicht, weil es bei solchen Mitteilungen wohl keine normalen Verhaltensmuster gibt. Sicher, er war überrascht. Oder war er geschockt? Ach, ich kann es gar nicht richtig einsortieren, weil ich im Gespräch doch zu sehr mit mir selbst beschäftigt war.

Ich trockne mir die Tränen und komme ganz langsam wieder in einen normalen Atemrhythmus, so wie ich es beim Yoga gelernt habe. Bei Marc. Bei diesem Marc. Wenn ich doch vor Wochen bloß nicht mit Sabrina zu diesem angebotenen Yogakurs gegangen wäre, grübele ich und verwische den Gedanken unsanft, so wie sich heute Morgen im Eiltempo meine Schminke verwischt hatte. Marc, Marc, Marc – ich denke immer zu an diesen großen, breiten und starken Menschen. Marc, der so eine Leichtigkeit in der Sicht der Dinge vermittelt. Marc, der so unkompliziert und so aufregend ist.

Ich starte den Wagen, drehe mich nicht mehr zu unserem Einfamilienhaus um und fahre aus der Ausfahrt. Ich habe beschlossen, ins Krankenhaus zu meiner Mutter zu fahren. Ein Vorhaben, das ich auch ohne die schlimme Auseinandersetzung am Vormittag umgesetzt hätte.

Unterwegs versuche ich mir – genauso wie in den letzten Tagen und Stunden – über meine Gefühle zu Marc im Klaren zu werden. Wie kann man einen Menschen einordnen, den man erst einige Wochen kennt? Wann wird aus Rosarot eine Farbe, die ein tatsächliches Bild über einen Menschen abgibt? Wie sehr ist es mein Schicksal, dass Marc und ich uns trafen und uns sofort so unglaublich sympathisch waren? Ich kämpfe mich gedankenverloren durch den Stadtverkehr. Zwischendurch hüpfen die Ampeln an den Kreuzungen von Grün auf Rot und umgekehrt.

Ich habe arge Mühe, mich auf den Verkehr zu konzentrieren, komme aber doch wenig später heil am Krankenhaus an. Bei der Parkplatzsuche habe ich Glück, dass ein mürrisch dreinblickender Mercedes-Fahrer langsam ausparkt, und nutze die Gunst.

Ich gehe mit Konzentration durch die große Eingangstür des Krankenhauses. Schon nach wenigen Schritten überkommt mich das unangenehme Gefühl, das man hat, wenn man auf eine größere Menschenmenge trifft, die körperliche oder seelische Schmerzen ertragen muss. Lauter Menschen mit Leiden, mit betrübten Gesichtern, bei denen es einem schwerfällt zu unterscheiden, wer Patient und wer nur mitleidender Besucher ist. Das passt zu meiner Verfassung, die gleichfalls alles andere als sorgenfrei ist. Meine Mutter wurde vor vier Wochen im Krankenhaus eingeliefert. Die erste Diagnose war ein Schock: Herzinfarkt. Aber auch der zweite Eindruck linderte meine Angst, mein Unwohlsein kaum. Die Ärzte sprachen von einer ganz ordentlichen Perspektive und Prognose. Ich las alles nach, was mir bezüglich des Krankheitsbildes in die Finger kam. Und ich besuchte meine Mutter fast jeden Tag. Ich registrierte in kleinen Schritten eine Entwicklung, die meinen schlimmsten Kummer ein wenig kleiner werden ließ. Aus einem riesigen Eimer voller Angst waren zuletzt ein Kaffeebecher voller Ungewissheit und ein Espressobecher voller Hoffnung geworden.

Mit einem mulmigen Gefühl warte ich vor dem Fahrstuhl. Hektik, Leid und Lärm haben die Eingangshalle geprägt. Im Fahrstuhl geht es zumindest ruhiger zu. Aber eine sichtlich mitgenommene Patientin, ein junger Mann mit treuem Dackelblick und einem Blumenstrauß mit gelben Gerbera fahren mit mir nach oben. Ich hatte mir schon wiederholt die Fahrt in dem Fahrstuhl gespart und das Treppenhaus gewählt, doch nach dem aufwühlenden Vormittag wollte ich mir die zusätzlichen Strapazen ersparen. Ich nutze das Warten in der Kabine, um mir die Konfrontation mit Jan noch einmal in Erinnerung zu rufen. Aber die Erinnerung sticht wie ein

Messer in eine offene Wunde. Meine Gefühlswelt spielt verrückt, weil die ausgesprochenen Worte so vieles verändert haben. Wie in einem Labyrinth, in dem ich verzweifelt den Ausgang suche. Meine Gedanken stolpern durch Gänge, die nirgendwo hinführen. Mein Herz irrt und springt umher, ohne dass eine Richtung erkennbar ist. Der kurze Klang der sich öffnenden Fahrstuhltür reißt mich aus meinen Gedanken und ich steige aus.

Beim Beschreiten des Krankenhausganges versuche ich immer noch meine Gefühlswelt für Marc zu sortieren. Falscher Ort und falsche Zeit, sage ich zu mir und habe nunmehr Krankenzimmer 3.214 fest im Visier. Ich stehe vor der Tür, bin kurz vor dem Herunterdrücken der Türklinke, ehe ich einen kurzen Moment innehalte. Ich atme kurz ein und aus, in puncto Atemtechnik hat mir Marc schon einige wertvolle Übungen beigebracht.

Ich betrete den Raum und – wie fast immer in den letzten Wochen – bin ich ob des Leids und der Hilflosigkeit erschüttert. Der Anblick meiner so leidenden Mutter versetzt mir immer wieder aufs Neue einen Stich in Herz- und Magengrube. Ich lächle sie an, meine Mutter schafft unter Anstrengung ein müdes und gequältes Lächeln. »Hallo Mutter, da bin ich wieder«, lasse ich sie wissen und trete mit Bedacht vier Schritte auf sie zu. Dabei schaue ich nach links. Meine Mutter teilt sich das Krankenzimmer mit Frau Wildemann, einer älteren Dame, die bislang ohne jeden Besuch auskommen musste und ihre Krankheit ganz klaglos über sich ergehen lässt. Ich nicke in Frau Wildemanns Richtung und ziehe den einzigen Stuhl in dem Raum zum Bett meiner Mutter.

»Hallo Mutter, wie geht es dir heute?«, frage ich im angemessenen Flüsterton. Eine Frage, die ich ihr in den letzten Tagen immer gestellt habe und bei der mich ihre Antworten zumeist nur wenig beruhigen konnten.

Sie schaut mich etwas betrübt und sorgenvoll an. »Besser. Ein klein wenig besser.« Es sind leise und langsame Worte. Doch sie schafft es dabei noch, mir ein mickriges Lächeln zu schenken.

Gleich nach dem Unfall hatte Hilde gar nicht sprechen können. Sie hing lange Zeit an Schläuchen und Maschinen, die ihre Atmung stabilisierten. Zudem ist ihre linke Seite stark beeinträchtigt. Doch meine Mutter ist schon immer eine Kämpferin gewesen. Ob in ihrer Beziehung mit meinem Vater oder bei vorangegangenen Krankheiten. So auch jetzt, als dieser Schicksalsschlag sie erwischte. Sie machte bislang mit all ihrer Entschlossenheit jeden Tag kleine Fortschritte.

»Gut, das ist sehr gut.« Ich gehe einen weiteren Schritt auf sie zu und schiebe den Stuhl seitlich an das Krankenbett. Ich greife nach der Hand meiner Mutter, die erstaunlich kalt ist.

»Mutter, wir stehen das gemeinsam durch, wir schaffen das«, flüstere ich. Dann kommen meine Tränen, die so schnell auch nicht aufhörten.

***

Knapp zwei Stunden später husche ich durch den Krankenhausausgang. Nach dem klimatisierten Gebäude trifft mich die Hitze draußen wie ein Schlag. Und all die Probleme warten quasi wieder vor der Tür. Wieder überlege ich, wo ich hinsoll? Zuhause warten Jan und eine kleine Welt in Scherben auf mich. Marc dürfte vor seinen Sportkursen noch einige Stunden frei haben. Auf Jans Nachfrage hatte ich verneint, zu meiner neuen Eroberung zu fahren. Jetzt überdenke ich meine vorschnelle Aussage. Ich gehe zu meinem Auto und fahre vom Parkplatz. Ich steuere meinen Wagen in die Richtung von Marcs geräumiger Stadtwohnung. Und zum ersten Mal glückt mir an diesem schwierigen Vormittag das Gefühl von Vorfreude und Leichtigkeit.

Torven

15 – Edelfan

Umkleideräume besitzen für mich gleich mehrere Eigenarten. Steril, unbequem und meistens ist es vom Geruch her alles andere als ein Fest. Auch an diesem Sonnabendnachmittag nahm ich beim Betreten der Umkleidekabine diese unschönen Merkmale wahr. Mit Mike, Tilo und Shahin waren schon drei Spieler unserer Mannschaft vor mir anwesend. Wir klatschen einander lässig ab und ich stellte meine Tasche auf die Bank. Heute war unser vorletztes Saisonspiel. Ich spiele meine dritte Saison im Basketballverein, doch jedes Punktspiel sorgt immer wieder für ein neues Kribbeln und eine positive Anspannung. Basketball ist für mich immer mehr zur Leidenschaft geworden und ich habe in den letzten Jahren sportlich viel dazugelernt. Ähnlich, wie wohl auch meine Persönlichkeit gereift ist, habe ich mit der Zeit auch im Basketball in Sachen Taktik, im Einschätzen von Gegnern, dem Überwinden von Grenzen und dem Setzen von Zielen heftige Fortschritte gemacht. Seit dieser Saison ist Alexander Mürk unser Trainer, ein enorm ehrgeiziger Typ. Obwohl wir längst im gesicherten Mittelfeld der Tabelle hausieren, treibt er uns sogar im Training von Woche zu Woche unermüdlich an. Halbe Kraft, das gibt es bei Alex nicht. Alex ist mit seinen 32 Jahren ein junger Trainer, der in meinen Augen in einigen Sachen überdreht, übertreibt und nicht selten in manchen Momenten zu emotional reagiert.

Rund zehn Minuten später war in der Halle die gesamte Truppe versammelt zum Warmmachen. Früher hatten wir zu Beginn munter Körbe geworfen und waren ein wenig von links nach rechts getrabt. Unter Alex wurde auch das gemeinsame Aufwärmen gründlich revolutioniert. Die ersten fünf Minuten standen ganz im Zeichen des Laufens, dann wurde gedehnt und erst viel später kamen die Bälle zum Vorschein. Auf das verstärkte Laufen hätte ich gut verzichten können.

Ich war besonders motiviert an diesem Nachmittag. Sybille wollte sich das erste Basketballspiel ihres Lebens anschauen. Vor zwei Tagen hatte ich sie spontan eingeladen (naja, einen halben Tag Vorlaufzeit mit intensiver Überlegung hatte ich mir schon gegönnt) und sie hatte noch spontaner zugestimmt. »Tolle Idee, da komme ich sehr gerne«, waren ihre Worte, als sie dem Termin zusagte. Sie hat so viel Energie, sie ist so global interessiert und so unternehmungslustig. Ich würde es übrigens mühelos schaffen, die Liste ihrer Vorzüge und positiven Eigenschaften endlos fortzusetzen. Überhaupt ist unser Miteinander in den letzten Wochen ordentlich gereift und gewachsen. Seit der zufälligen Begegnung beim Rockkonzert im *Hinterhof* hatten wir vermehrt gesprochen und uns zweimal außerhalb der Schule gesehen. Bei ihr scheint es sich mindestens um Sympathie zu handeln. Meine Gefühle gehen längst über zwei ausgewachsene Bergwelten hinaus. Aus meiner anfänglichen Schwärmerei ist längst die heiße Flamme der Liebe entfacht. Ich sehe aktuell auch keinen Feuerlöscher, der den heißen Feuerball auch nur ansatzweise unter Kontrolle bringen könnte.

»Hey Torven, hör auf zu träumen. Konzentrier dich gefälligst«, hallte die Stimme von Alex durch die Sporthalle. Ertappt, dachte ich und schaltete mein Lauftempo zwei Gänge höher. Mich hat es irgendwie voll erwischt. Ich nickte dem Trainer zu und reihte mich wieder bei den Jungs im flotten Sprint ein.

***

Der Gegner wartete in seinen grellen, roten Trikots auf den Anpfiff des etwas älteren und leicht angegrauten Schiedsrichters. Ich stand in der ersten Fünf, was in dieser Saison nicht immer der Fall gewesen ist. Ich bin sicherlich spielerisch ganz passabel, für einen guten Basketballer fehlen mir indes viel Spielpraxis, einige Muskelpakete an der richtigen Stelle und mindestens sechs Zentimeter. Ich bin 1,78 m groß. Das ist in der Schule ordentlicher Durchschnitt, auf den Basketballfeldern dieser Welt hingegen gehöre ich damit immer zu der kleineren Gattung. Ich versuche stets, meine Körpergröße durch Technik wettzumachen, das gelingt mir in meinen ambitionierten Versuchen aber nicht immer.

Alex hatte uns in der letzten Trainingseinheit auf den heutigen Gegner eingestellt. Für ihn ging es einmal mehr um Mut, Ehre und unbändigen Einsatz. Der Gegner rangiert in der Tabelle zwei Plätze über uns, Grund genug, heute unbedingt zu gewinnen. »An einem guten Tag kann uns keiner schlagen. Und ihr sorgt dafür, dass wir heute einen guten Tag haben werden«, hatte uns Alex in der Kabine entgegengebrüllt. Habe ich das schon erwähnt? Alex ist auch ein Heißmacher, einer, der es gerne mag, in der Kabine die Leute anzuspornen. Wir hatten am heutigen Tag vier Auswechselspieler, auch die waren bis unters Unterhöschen motiviert.

Trotzdem zog der Gegner schon nach kurzer Zeit mit zwei Körben in Front. Alex hatte uns vor dem Spiel eine Manndeckung verordnet. Zwei Punkte der frühen Führung hatte leider mein Gegenspieler erzielt. Das stärkte nicht wirklich meine Position auf dem Feld. Viel hing in unserer Mannschaft von der Tagesform von Vincent ab. Vince ist bei uns derjenige, der auf dem Feld häufig eine ganz passable Idee hat, der einen Ball halten kann und der eben auch regelmäßig trifft. Vor einigen Wochen waren es 30 Punkte, die er in einem einzigen Spiel erzielte. Vince war es auch am heutigen Nachmittag, der mit einem feinen Korbleger für die ersten Punkte in unserem Team sorgte. Ich hatte beim Aufwärmen zweimal länger auf die Tribüne geschaut und zumindest beim zweiten Mal Sybille auf den Zuschauerrängen erblickt. Für einen kurzen Moment trafen sich unsere Blicke. Ihre Augen strahlten. Innerlich schmolz ich dahin, ließ es mir aber hoffentlich so wenig wie möglich anmerken. Ich winkte etwas verlegen nach oben auf die Zuschauerränge, ehe ich mit frischem Mut den Ball streichelte und schnurstracks auf den Korb zulief.

Ich merkte an diesem Nachmittag sehr fix, dass mir ausgerechnet heute ein verdammt guter Gegenspieler zugeordnet worden war. Einer, der mich gerade in der Defensive ordentlich vor Probleme stellte. Der Gegner führte rasch mit 14:5, an der Seitenlinie tobte Trainer Alex in gewohnter Lautstärke. Gerade über unser unglückliches Passspiel durfte man bis dahin reichlich fluchen. Immerhin, Tilo schickte nach geglücktem Rebound Kaosh auf die Reise, der einsam auf den Korb zulief und wenig Mühe mit einem Korberfolg hatte. Als der Gegner die nächsten beiden Treffer erzielte und bei uns einige die Köpfe hängen ließen, nahm Alex eine Auszeit. Ich hatte schon Angst, dass er mich auswechseln würde. Außer einigen Pässen hatte ich bis dahin wenig Erquickendes auf dem Parkett geleistet. Alex sprach mich stattdessen direkt an, wies auf bestimmte Lücken in der gegnerischen Abwehrreihe hin und forderte mich auf, mit mehr Mut und Selbstbewusstsein zu agieren. Der Trainer klatschte mir mit ordentlich Power aufs Hinterteil, als guter Coach durfte man das eben auch.

»Auf geht es Jungs, mehr Feuer«, beendete unser Trainer seine Ansprache und die genommene Auszeit, er schubste uns regelrecht wieder aufs Feld. Alex klatschte meine rechte Hand mit aller Gewalt ab, sodass diese ordentliche brannte. Ich nahm das zusätzliche Feuer mit in die Partie. Fortan lief es sowohl für mich als auch für unsere Mannschaft besser.

Ich machte mir meine Schnelligkeit zunutze und fing in unserem Drittel ein verunglücktes Zuspiel zu meinem Gegner ab und rannte auf den gegnerischen Korb zu. Ich spürte jedoch den Windzug eines Verfolgers in meinem Nacken, rannte und prellte, ohne nach hinten zu schauen. Dieses Alleine-auf-den-Korb-Zurennen hatte ich in meinem Leben bestimmt schon weit über tausendmal geübt. Im Training vollführt man das mühelos, mit einer Leichtigkeit und ohne jeden Druck komme ich dabei zumeist zum Korberfolg. Im Spiel, wenn man vom Gegner verfolgt wird, wenn man den Atem des Anderen im Nacken spürt, ist die Anspannung unsanft höher und größer.

Als ich dann noch an das interessierte Augenpaar auf der Tribüne dachte, hätte ich auch ganz fix aus dem Tritt kommen können. Passierte natürlich nicht, vielmehr wurden kurz vor dem Korb meine Schritte immer kleiner, ich sah schon den manchmal so schwierig zu treffenden Korb in drei Metern Höhe. Ich sah das Brett und das orangefarbene Netz. Ich bin nicht der Dunking-Typ, der den Ball durch immense Sprungkraft von oben runter in den Korb befördern kann. Dazu fehlt mir in jeder Beziehung die Größe. Von möglichen Abschlussvarianten entschied ich mich diesmal und eben vor den Augen von Sybille für die Sicherheitsvariante. Ich sprang hoch und schickte den Ball auf die kurze Reise in das Rechteck des Bretts. Mithilfe des Bretts bestand dann die sehr hohe Wahrscheinlichkeit, dass der Ball nach dem Kontakt munter in das Korbnetz fliegen würde.

Ich landete wieder auf meinen Füßen, seitlich vom Brett, und lauschte. Ich hörte ein Klatschen, drei bis vier Jubelschreie. Er war drin! Beim Zurücklaufen überlegte ich kurz, ob ich einen winzigen Blick auf die Tribüne zu meinem neuesten Edelfan wagen sollte, entschied mich jedoch dagegen. Man muss auch mal cool bleiben. Ich lächelte nur kurz innerlich. Die Anzeigetafel zeigte 21:26 für den Gegner, und ich widmete mich neuerlichen Abwehraufgaben.

Wir blieben dran am Gegner, der jedoch keinen Millimeter nachgab. Immerhin, die Treffsicherheit und die gute Übersicht von Vincent hielten uns am Leben. Zur

Pause lagen wir 27:32 zurück, ein Brett, das man durchaus noch durchbohren konnte.

Unser feuriger Trainer Alex stellte uns in der Pause neu ein, ich war fast froh, dass ich mit Wiederbeginn auf der Ersatzbank etwas verschnaufen konnte.

Alex trieb uns von der Seitenlinie an, gab Tipps, korrigierte und motivierte. Und wir kämpften gegen den am heutigen Nachmittag scheinbar übermächtigen Gegner an. Nach einiger Zeit schickte er mich auch wieder auf das Feld. Mit neuer Energie und neuem Mut war ich gleich mittendrin. Wenige Momente später waren wir im Angriff und im Ballbesitz. Wir rochierten unter dem Korb und wechselten die Positionen, wie wir es im Training hundertfach vollführt hatten. Mein Gegenspieler ließ mich einen winzigen Moment aus den Augen und ich stand ungedeckt mit dem Ball bewaffnet im Feld. Aus acht Metern Entfernung lächelte mir der Korb entgegen. Ich hatte festen Stand, der Ellenbogen zeigte zum Korb und mein Handgelenk war so bereit, wie es nur bereit sein konnte. Der Treffer wäre ein Dreier, in unserer Sportart immer ein besonderer Moment. Ich visiere mit der rechten Hand das Ziel an. Meine Augen folgten dem Wurf und ich hoffte. Aber als guter Basketballer weiß man, sobald der Ball die Hand verlassen hat, ob der Wurf gelungen ist oder nicht. Mein Wurf war gelungen und ging ohne das Brett oder den Ring zu berühren mitten rein ins Netz. Volltreffer!

Es blieb bis zum Ende eng. Unsere Aufholjagd sorgte für ein zwischenzeitliches 61:61, ehe die letzten zwei Minuten anbrachen. Wer sich die letzten Würfe nimmt, der muss besonders gute Nerven haben, da bewundere ich stets diejenigen, die zum Ende hin die ganz große

Verantwortung übernehmen. Vladimir, unser russischer Spaßvogel im Team, versemmelte einen dieser Big Points, und kurz vor dem Abpfiff scheiterte sogar Vince noch unter dem Korb. Abpfiff, wir verloren mit 63:66, das Spiel hat dennoch brutal viel Spaß gemacht.

Ich schaute nach längerer Zeit mal wieder hoch zur Tribüne, wo Sybille interessiert und irgendwie auch begeistert (so mein Eindruck) zu mir nach unten schaute. Ich ging in der Halle drei Schritte auf sie zu, um sie auf der erhöhten Tribüne anzusprechen, ohne zu brüllen. Ich schaute nach oben und meinte in ihren Augen ein Gefühl von Zufriedenheit und Glück auszumachen. Aber vielleicht täuschte mich mein verzerrter Eindruck auch. Vielleicht blendete mich auch das seitlich durch die Fenster scheinende Sonnenlicht.

»Heißes Spiel«, rief ich zu ihr hoch. Irgendwas muss man ja sagen. Irgendwie muss man ja immer den Anfang hinbekommen.

»Oh ja, ganz schön aufregend«, sagte sie und machte eine kurze Pause. »Selbst von hier oben habe ich mitgeschwitzt«, witzelte sie.

Auf dem Hallenparkett hatte sich Kaosh zu mir gestellt und schaute mich an, ehe er seinen Blick überrascht nach oben auf Sybille richtete. »Ey, Casanova, ab in die Kabine, der Trainer will was zum Spiel sagen«, meinte er und boxte mir in die Rippen. Sein »Casanova« klang so hart und kühl wie die Worte eines Serienkillers. »Ich komme gleich«, sagte ich zu ihm und war froh, als er mit seinem verschwitzten Handtuch weiterzog.

»Magst du noch warten oder möchtest du schon los?«, stellte ich die entscheidende Frage.

»Ich fahr schon, dann kannst du mit den Jungs noch was unternehmen. Okay?«, antwortete sie und legte dabei wieder diesen unschuldigen Blick auf. Ein Frauenblick, auf den jeder Mensch, der auf diesem Planeten Torven Winkelreuter heißt, kolossal abfährt.

»Wir sehen uns dann morgen in der Schule.« Sie schaute mich an. Sie lächelte und blinzelte. Und diesmal waren es nicht die Sonnenstrahlen, die mich blendeten.

***

Der Trainer hat uns sogar gelobt, und auch in der Kabine war die Stimmung trotz der Niederlage ganz akzeptabel. Wir hatten gekämpft und uns gewehrt, all das war Alex aufgefallen. »An allen anderen Gegebenheiten werden wir arbeiten.« Das klang aus seinem Mund bestenfalls wie eine Ankündigung, mehr jedoch wie eine Drohung.

Wir sind alle ausgelaugt und ich werde nichts mehr mit den Jungs unternehmen. Auf dem Heimweg hadere ich indes mit mir, weil ich die Anwesenheit von Sybille nur schwer einschätzen kann. Ihr Besuch des Spiels hat mich unendlich stolz gemacht. Nur ihr frühes Verschwinden, daran knabbere ich nun auf meinem Pfad ins heimische Häuschen. Wann gibt es im Leben den Punkt, an dem man Frauen versteht?

Jan

16 – Ratschläge

»Hey, rasier dich gefälligst mal.« Er sagte das bierernst, ehe ein munteres Lächeln über seine Lippen huschte. »Aber vorher komm erst einmal rein.«

Ich tat, was er sagte, und betrat die Wohnung. »Hallo«, erwiderte ich mit dünner Stimme und belegter Zunge. Obwohl ich mein Gegenüber seit Jahren kenne und schätze, war meine Gemütsverfassung viel zu labil, zu angekratzt. Das Lächeln fiel mir deutlich schwerer als ihm.

»Du siehst ja ganz schön mitgenommen aus, mal schauen, ob ich eine tüchtige Medizin für dich habe«, sprach die vertraute Stimme, nicht ohne dabei mit dem Auge zu zwinkern. Seine Medizin war zumeist hochprozentig, wurde gerne in hoher Dosierung und schneller Füllmenge verabreicht. Ich nahm den typischen Geruch von Ollis Wohnung wahr und schlenderte mit einer Mischung aus Scham, leerem Akku und absoluter Kopfschieflage in das Wohnzimmer.

Mein Kumpel Olli hat schon viele Eigenheiten, seine Wohnung noch mehr. Er wohnt nur rund fünf Straßen von uns entfernt, was für beide Seiten enorm praktisch ist. Er haust in einer bescheidenen 40-Quadratmeter-Wohnung, bei der am ganzen großen Komfort ordentlich gespart wurde. Dennoch lebt Olli seit Jahren glücklich und unaufgeregt in seiner Behausung. Überall in der Wohnung findet man Holz, zumeist sogar dunkles Holz, was ihr einen gewissen 70er-Jahre-Charme verleiht. In zahlreichen Ecken findet man bunt verteilte Langspielplatten, und er besitzt jede Menge ungewöhnliche Sitzmöglichkeiten, unter anderem eine ausgeleierte Hängematte. Aber auch ein älterer Kanarienvogel mit wenig Federn (Lumpi) und jede Menge Filmposter zieren den Single-Haushalt. Gott sei Dank verzichtet er auf Klassiker wie *Casablanca* oder *Vom Winde verweht*. Vielmehr sind es Plakate jüngerer Kultfilme wie *Easy Rider*, *Pulp Fiction*, *Es war einmal in Amerika* und im kleinsten Schlafzimmer der Welt des Erotikstreifens *9 ½ Wochen*.

Ich kann mir nicht vorstellen, dass diese Junggesellenbude auf den ersten Eindruck bei Frauen gut ankommt. Auf den zweiten Eindruck sicherlich auch nicht.

Dabei ist Olli sowieso der geborene Single-Typ. Für ihn wurden wohl Fertiggerichte und Single-Portionen erfunden. In den rund 20 Jahren, die ich ihn kenne, hatte er wenn es hoch kommt mal sieben Wochen eine Beziehung. Dabei hatte ich die Frauen meist nur beim Flüchten gesehen. Keine Ahnung, ob gewollt oder nicht und was er in dieser speziellen Angelegenheit regelmäßig falsch macht.

»Alter, fühlst du dich so ausgekotzt, wie du aussiehst, oder was ist los?« Ach ja, Olli ist außerdem ein Mann der klaren und manchmal auch finsteren Worte.

Ich suchte kurz nach einer klugen Antwort, beließ es dann aber bei einer recht einsilbigen Zustandsbeschreibung: »Schlimmer.«

Olli nickte mit einem gewissen Maß an Betroffenheit.

»Ich hole uns zum Auftakt ein Bier und dann erzählst

du in aller Ruhe.« Schon wollte Olli sich auf den kurzen Weg Richtung Küche machen.

»Halt«, sagte ich zu ihm und deutete auf meine Zigaretten in der Hand. »Darf ich?«

Olli blinzelte und nickte. »Klar. Nur zu …«

Olli ist auch einer dieser Gelegenheitsraucher, der in schöner Regelmäßigkeit gerne die günstigen Gelegenheiten fürs Rauchen ausnutzt. Er hat zwar ständig Zigaretten bei sich, raucht aber nur unregelmäßig. Es kommt eher selten vor, dass ich ihn in seiner Bude aufsuche. Zumeist steht er spontan und unangemeldet bei uns im Hausflur. Oder wir treffen uns in der Stadt, in der Kneipe, im Restaurant. Manchmal wird es auch sportlicher, wir haben gerade in unseren Aktivzeiten viel und lange gemeinsam Squash gespielt. Und unregelmäßig gehen wir zum Fußball, zur Fortuna.

Längst waren wir vom ersten Bier zum zweiten Bacardi-Cola gewechselt und ich hatte mein halbes Herz ausgeschüttet. Der Aschenbecher war gut gefüllt, zumeist folgte eine Zigarette gleich der Nächsten. Ich berichtete, dass mir Susi vor zwei Tagen gebeichtet hatte, dass sie jemanden kennengelernt hatte. Ich wusste inzwischen, dass er Yogalehrer und früher Fahrschullehrer war. Sie hatten sich mehrfach getroffen, der Beziehungsstatus schien irgendwo zwischen Funkeln und Glitzern zu liegen. Ich musste ihm nicht erzählen, dass ich Schwierigkeiten mit der Situation hatte, das sah er mir trotz der miesen Beleuchtung an. In meiner unsortierten Gedankenwelt saß ich irgendwo in einer Stuhlreihe zwischen Selbstvorwürfen, großen Fragezeichen und einer letzten Prise Verständnis.

Gerade wenn man eine eigentlich unvorstellbare Situation an einen Freund weiterträgt, werden einem die eigene Lage und die Dramatik noch mal deutlich bewusster. Wie soll es weitergehen? Wir sind jetzt 13 Jahre verheiratet und bereits fast 18 Jahre zusammen. Habe ich unser Schicksal noch in der Hand? Ich hadere mit mir und meiner Situation. Schicksal, Schicksal, Schicksal? Habe ich meine offenen Fragen so auch Olli gebeichtet? Ich weiß es nicht genau, weil mich meine eigene Geschichte zu sehr aufgewühlt hat. Olli fiel mir indes als guter Zuhörer auf. Und das Erzählen meiner Situation führte zu einer Sinnkrise bei mir. Was hat dieser Marc? Ich weiß nur, dass durch ihn plötzlich mein Leben durcheinandergewirbelt wurde wie ein Orkan. Ein Typ, der mich auf rechts gedreht hat und wahrscheinlich noch auf ganz andere Seiten.

Zumal es in letzter Zeit noch andere, weiterreichende Veränderungen bei mir gab. Ich hatte Olli schon vor vier Wochen berichtet, dass mich mein Chef vor die Tür gesetzt hat. Inzwischen war ich somit seit einiger Zeit ohne Job. Werde ich demnächst auch ohne Frau dastehen?

Ich erwartete keine Antworten von Olli, aber es tat gut, weil er, gemütlich in seinem Holzstuhl sitzend, überraschend ruhig und still zuhörte. Er sollte nicht mein Leben retten, aber Olli war eben durch seinen Beruf als Sozialarbeiter in der Mitte des Lebens angekommen. Seine Ratschläge hatten nicht selten echtes Gewicht.

Die verqualmte Luft im Raum war widerlich, und ich überlegte kurz, wie sehr meine Gesundheit am nächsten Tag dafür büßen müssen und rebellieren würde. Selber Schuld, ich verwarf den Gedanken ganz schnell wieder und berichtete weiter.

Wir quatschten und tranken. Olli hatte sich alles angehört. Er hatte nur einmal kurz auf sein Handy geschaut. Er war nur zweimal aufgestanden, um Getränkenachschub zu holen, ansonsten war er da, lauschte und analysierte.

Ich war wohl gegen 18:00 Uhr zu ihm gekommen, nachdem ich festgestellt hatte, dass Susi nicht zu Hause war. Die kleine Nicoletta wurde von Torven versorgt, so konnte ich aus dem ungewohnt unbequemen und ungemütlichen Heim fliehen.

Inzwischen ist es nach 22 Uhr, der Pegel ist ordentlich, trotzdem sind Sprache, Wörter und Zunge noch einigermaßen intakt.

Und dann ist da ja auch noch meine Musik. Ich halte Olli bezüglich unserer Bandgeschichte immer auf dem Laufenden. Auch in dem Punkt ist Olli ein wunderbarer und interessierter Zuhörer.

Dann piepst mein Handy ganz sacht. Ich schaue aufs Display und registriere mit Verwunderung, dass Susi geschrieben hat. »Lass uns morgen bitte über alles in Ruhe reden«, lese ich auf dem Display. Welch frohlockende Aussichten.

Ich schaue länger auf das Display, dann sehe ich Olli an. Ich erzähle ihm von ihrer Nachricht, Olli nickt zumindest ganz verständnisvoll.

»Jan, du musst deinen eigenen Weg gehen. Und du musst auch mal eigenverantwortlich Entscheidungen treffen. Beim Job hat dein Chef eine Entscheidung für dich getroffen. Eine Entscheidung und eine Konsequenz, die vielleicht du vorher selber hättest treffen können oder sollen. In deiner Beziehung hat jetzt deine Frau die Zügel in der Hand, da springst du so lahm und so unaufgeregt daher wie eine alternde Kuh auf einer Weide, wo längst kein grüner Halm mehr wächst.«

Ich lausche gebannt seinen Worten und lasse den Inhalt sacken. Soll ich antworten? Ich trinke lieber und höre zu.

»Und auch bei eurer Musik, da ist man auf dich und deine Band zugegangen, um neue Wege zu gehen. Du selbst musst jetzt auch mal marschieren – und zwar deinen Weg. Du musst fest entschlossen eine Richtung einschlagen, um deinen eigenen Weg zu gehen.« Seine Worte klingen stark. Sie haben diese gewisse Olli-Dynamik.

Ich überdenke meine Situation und versuche mich zu rechtfertigen. »Aber sind wir nicht alle ständig und immer wieder fremdgesteuert? Sind wir nicht häufig abhängig von anderen Personen?«

»Nein, sind wir nicht. Ich nicht und du auch nicht, wenn du die Stärke besitzt, eigene Entscheidungen zu treffen.« Er spricht sie mit einer solchen Vehemenz aus, dass man gar nicht an seinen Worten zweifeln kann.

»Komm raus aus dem Schneckenhaus. Du entscheidest über dein Leben, kein anderer.« So ernst, so aufgeräumt, so erwachsen habe ich Olli lange nicht mehr erlebt.

Ich überlege. Mir ist schlecht. Vom Alkohol oder weil ich mich verbal ausgekotzt habe? Ich verabschiede mich kurz. Dann gehe ich nach Hause. Meinen alten Weg.

Susi

17 – Aufgewacht

Der Korken der Rotweinflasche lag auf dem Glastisch. Die eleganten Gläser waren vornehm eingeschenkt, an meinem Glas war noch ein Minihauch von Lippenstift zu erkennen. Im Hintergrund lief in angenehmer Lautstärke ruhige Soulmusik, unaufgeregt bis beschwingt. Die Musik kam der *Kuschelrock*-Auflage Nummer 427 sehr nahe. Sogar das Licht war friedlich gedimmt. Auf dem Sideboard erstrahlte eine lange, blaue Kerze mit ihrer kleinen Flamme.

Was machte ich hier? In welchen Film war ich hineingeraten? Hatte ich die Kinokarte für diese Schnulze gekauft? Und vor allen Dingen stellte ich mir die Frage, ob mir dieser romantische Zauber überhaupt passte? War ich schon soweit? War ich schon so abgebrüht?

Marc hatte sich für einen kurzen Moment in sein Badezimmer zurückgezogen, sodass ich mir in dem knappen Moment der Abwesenheit die Sinnfrage stellen konnte. Ich wunderte mich in den letzten Wochen sehr über mich selbst, dass ich mit Bauch und Gefühl, aber wohl ohne Verstand und Kopf in diese Beziehung (war es das tatsächlich schon?, fragte ich mich) gestolpert bin.

Wie kam es dazu? Wie kam es so weit? Was fehlte mir an Jan, was Marc mir im Moment geben konnte? Ich stellte mir nacheinander Fragen, ohne dass ich mir dazu irgendwelche Antworten selber geben mochte.

Marc kam mit einem Lächeln zurück ins Wohnzimmer. Ein Lächeln, das nach Charme, nach Siegermentalität und nach Zuversicht aussah. Sein Gesicht strahlte, sein Mund, der nach Aufbruch, nach Wildheit und Romantik schmeckte, schien nach mir zu rufen, ebenso wie sein Körper, der sich so stark, so kraftvoll und so wild und energiegeladen anfühlte. Er setzte sich auf die Couch, küsste mich, durchwühlte in einem gerade noch angemessenen Schwung meine Haare und streichelte nacheinander meine Beine, Schultern und Arme.

»Du hast also mit deinem Mann gesprochen?«, fragte er und schaute mich erwartungsvoll an.

Ich nickte nur. Bloß nicht weinen, dachte ich dabei.

»Ja«, sagte ich. »Aber es ist schwierig. Für mich. Für ihn«, ich hielt einen Moment inne. »Auch wegen der Kinder. Und meiner Mutter. Ach, es ist alles schwierig. Und ich weiß nicht, ob es richtig ist. Ob es sein darf?«

Ich hatte es kaum ausgesprochen, da küsste er mich wieder. Mit einer Leidenschaft, die ich bei Jan über lange Zeit nicht mehr erlebt hatte.

»Ich kann verstehen, dass du wahnsinnig durcheinander sein musst. Die Sache mit deiner Mutter alleine ist schon Belastung genug. Du weißt, ich dränge dich nicht, irgendwelche Entscheidungen zu treffen. Ich kann dir nur sagen, dass du jederzeit bei mir willkommen bist. Dass du mein Stern bist, der mein Leben erhellt. Heute, morgen und in nächster Zeit.«

Er versprühte dieses klassische Romantikbild, das irgendwo in meinem Herzen, ach nein, in meiner ganzen Welt sogar eingemottet war. Eine Romantik wie aus einem dieser uralten Kitschfilme, die man meistens gar nicht zu Ende guckt, weil man diesen süßlichen Schluss schon viel früher erahnt. Für mich ist Marc eine Geschenkpackung voller Romantik, die die handelsüblichen Werte dermaßen übersteigt, dass ich mich regelmäßig zwicke, um sicherzugehen, dass ich all das wirklich erlebe.

***

Der Morgen danach. Ich wache müde auf und spüre noch den Rotweinbelag auf meiner Zunge. Immerhin, der Kopf sendet keinerlei Schmerzen oder sonstigen unangenehmen Signale. Die Flasche ist wohl leer geworden, aber auch die weiteren Details rufen bei mir sowohl ein Lächeln als auch ein unbestimmtes Unbehagen hervor. Ich habe es tatsächlich getan, ich habe bei Marc übernachtet. Alles, was ich mir bei der Fahrt zu Marc am gestrigen Tage vorgenommen hatte, ist dann ganz anders gekommen. Was für ein seltsames und ungewohntes Gefühl – meine erste Nacht bei meinem Liebhaber liegt hinter mir. Ein großer, ungewollter Schritt. Gestern habe ich Torven noch per Handy benachrichtigt und gefragt, ob Nicoletta versorgt wäre. Heute liege ich in diesem fremden Bett, auf dem zerwühlten Kopfkissen und neben mir ein aparter, knackiger Typ. Ich frage mich erneut nach Sinn und Unsinn. Vernunft gibt es wohl nicht mehr, sage ich zu mir selbst. Bin ich zu schnell vorgegangen? Wie gut kenne ich Marc? Ist Marc tatsächlich der Gigolo, vor dem meine Freundin Sabrina mich so eindrucksvoll gewarnt hat?

Marc besitzt halt schon eine ausgeprägte Persönlichkeit. Vielleicht wurde das Wort Lebenskünstler speziell für ihn erfunden. Toll, wenn man wie er mit Leichtigkeit durch das Leben hüpft. Bewundernswert, wenn man permanent mit einer so positiven Einstellung dem Leben und den Menschen entgegentritt. Fantastisch, wenn man unkompliziert und ohne große Pläne die größten Hindernisse aus der Welt schafft. Aber reicht das für mich, um meinen Anker in seine Richtung auszuwerfen? Sabrina hat Marc bei unserem Yogakurs näher kennengelernt und später in Erfahrung gebracht, dass er in der Vergangenheit sehr viele Beziehungen hatte. Dass er halt sprunghaft und wahnsinnig emotional ist. Passt dieses verrückte Paar Schuhe zu mir, zu meinen engen Schnürstiefeln? Mich hat seit jungen Jahren eine gutbürgerliche und eher strenge Erziehung geprägt. Auch innerhalb unserer vierköpfigen Familie gab es bislang feste Konturen und Strukturen, die insbesondere durch meine Person geformt und zumeist penibel eingehalten wurden.

Ich bleibe im Bett liegen und die Gedanken und Gefühle fliegen durch meinen Kopf. Ich ziehe Vergleiche zwischen Marc und Jan, ich bewerte, aber es ist, als würde ich durch einen fremden Keller spazieren gehen – zu viel Dunkel, keine Wohlfühlatmosphäre und den Ausgang zu finden, scheint mir die schwierigste Übung zu sein.

Ich habe die Treue mit Füßen getreten. Ich habe meine Werte und die wichtigsten Regeln innerhalb weniger Wochen fortgejagt. Wofür? Für mein persönliches Glück? Für ein neues Leben? Mein Kopf rattert und stellt mir immer mehr neue Fragen. Wann habe ich das Glück mit Jan verloren? Und wie lange mag so ein Zauber wie mit Marc halten? Gibt es für eine neue Liebe auch ein Haltbarkeitsdatum?

Marc lebt ganz anders als wir. Er ist mehr der Knäcke-brot-Typ, dann aber mit Lachs und Radieschen. Wir als Familie sind eher Feinbrot, mit Butter und Erdbeermar-melade, Torven mal ausgenommen, der regelmäßig sein Frühstück noch mit Sahne verfeinert. Marc lebt mehr spontan von der Hand über das Herz in den Mund, bei unserer Familie wird indes bei einsetzender Dunkelheit ganz fix der Schlafanzug übergezogen. Und statt feuriger Herzen gibt es bei uns dann Goldbären, Erfrischungs-stäbchen und Salzstangen.

Könnte ich mich an so ein gänzlich anders schme-ckendes Leben gewöhnen? Bin ich ein Mensch, dem diese Leichtigkeit und Lässigkeit in den Lebensplan passt? Eine Frage, die ich mir sofort beantworte, weil ich irgendwie nie einen konkreten Plan hatte. In jungen Jahren wünschte ich mir immer ein Haus, Familie und Glück und habe diese Ziele auch nacheinander erreicht. Meine weiteren Wünsche und Träume sind abstrakter, ich wollte schon immer einige Wochen nach Afrika, wo ich mir Freiheit, wilde Tiere und viel Sonne erwarte und erhoffe.

Jetzt habe ich zumindest ein warmes Bett und einen neuen Partner, der in Ruhe neben mir schläft. Seine De-cke bedeckt seinen Oberkörper nur halb, trotz der Verlo-ckung behalte ich meine Finger jedoch auf meiner Seite.

Marc verdient sein Geld zumeist als Yogalehrer. Er gibt als Sportlehrer häufiger Kurse im Bereich Rücken-schule und Wirbelsäulengymnastik, fungiert manchmal aber auch als Personal Trainer. Zudem veranstaltet er als ehemaliger Fahrlehrer mitunter auch Kurse im Fahr-sicherheitstraining. Und so manches Mal war er auch schon ganz erfolgreich, wenn er kurzerhand mit Aktien und Devisen handelte. Lebenskünstler halt. Darauf angesprochen sagte er, dass er viele Talente habe. Nur im Abwaschen, Feuerschlucken und Flunkern wäre er nicht so gut. Gut zu wissen.

***

Gibt es für die große Liebe eine falsche Zeit? Oder gibt es wirklich nur richtige und falsche Gefühle?

Kann man 13 Ehejahre einfach so wegwischen, wie alte Brotkrümel vom Küchentisch? Wie lästiges Unkraut auf dem Gehweg? Kann man die Vergangenheit vergessen oder ausblenden? Nein. Aber wie soll die Zukunft aussehen? Wie will ich meine Zukunft gestalten? Neuanfang oder doch zurück ins gemachte Nest?

Während die Gedanken in meinem Kopf kreisen, schläft Marc neben mir noch ruhig und ausgeglichen – nach unserer recht schlaflosen Nacht keine allzu große Überraschung. Ich ziehe mein Höschen an und springe unter die Dusche. Nein, ich krieche unter den Wasserstrahl, weil mich dann doch gerade eine ordentliche Prise Scham beschlichen hat.

***

Viele Menschen duschen mit warmem Wasser. Ich dusche gerne heiß. Zwischendurch gönne ich mir eine gute Minute lang einen bitterkalten Brausestrahl, ehe ich mit heißem Wasser einen krönenden Abschluss finde.

Beim Abtrocknen fällt mir auf, dass sich in Marcs

Sammlung von Handtüchern lauter Exemplare in Orange und Dunkelgelb befinde. Auch sonst in der Wohnung dominieren warme Farben. Die Einrichtung ist überwiegend in Weiß gehalten und es gibt viel Platz für wenige Möbel. Modern, chic, elegant, aber sicherlich etwas lieblos zusammengestellt. Ich registriere die fehlende weibliche Note, die sein Appartement charakterisiert. Er hat auch eine riesige Bar mit einem unglaublichen Arsenal an alkoholischen Getränken. Sorten, die ich noch nie gesehen habe, Flaschen, die ich auch nüchtern kaum fehlerfrei aussprechen kann. »Trinkst du das auch alles?«, habe ich ihn einmal darauf angesprochen. »Gelegentlich«, hat er geantwortet und geschmunzelt. »Und mit wem?«, fragte ich ihn zweideutig. »Meistens alleine«, antwortete er. Sein Lächeln fiel dabei etwas dezenter aus.

Ich frage mich, ob mich die Situation mit meiner Mutter oder die mit Jan mehr belastet. Ich bin unschlüssig und ratlos. Ich habe keinen Plan, wie es weitergehen soll. Ich kann und will nicht vor meiner Familie fliehen. Gerade die manchmal so sensible Nicoletta braucht meine Nähe, meine Betreuung und meine Liebe. Aber der tägliche Umgang mit Jan ist extrem schwierig. Diese neue Distanz, die Sprachlosigkeit und die immer größer werdende Disharmonie belasten uns beide. Und damit wohl auch die Familie. Irgendwann werde ich eine Entscheidung treffen. Irgendwann. Demnächst!

Torven

18 – Revolverhelden

Sonnenstrahlen sorgen nicht immer für Wärme. Manchmal herrscht trotzdem eine unterkühlte und frostige Atmosphäre. In unserem alten Haus, wo in vielen Ecken die Junisonne eigentlich reichlich Platz findet, ist genau diese unterkühlte Stimmung zu spüren. Ich glaube nicht, dass Nicoletta mit ihrem fröhlich und kindlich naiven Tagesablauf das entscheidend wahrnimmt. Aber wer ein wenig sensibel und aufmerksam bei uns durch die Flure spaziert, der muss die Distanz und die fehlende Harmonie momentan feststellen.

Nicoletta war zuletzt viel bei ihrer Freundin Friederike untergebracht. Dort durfte sie jüngst sogar in der Woche eine Nacht verbringen. Das hatte für mich schon ein klein wenig etwas von Abschieben. Glücklicherweise wohnt Friederike in der Parallelstraße, sodass der Weg zu der rothaarigen Mitschülerin alles andere als weit ist. Auch die Krankheit von Oma hat Spuren hinterlassen. Oma Hilde hatte sich sehr regelmäßig um die Betreuung der Kleinen gekümmert. Ich war in den vergangenen Wochen zweimal im Krankenhaus, um Oma zu besuchen. Die Atmosphäre und auch die plötzliche Wandlung von einer aktiven und so akkuraten Oma zu einer so hilflosen Person, die mit reichlich Kabeln und Schläuchen an das Bett gefesselt war, waren richtig hart für mich. Bei meinem zweiten Besuch hoffte ich, dass ich besser auf die Situation vorbereitet sein würde, aber erneut stand ich sprachlos und ein wenig hilflos am Krankenbett. In mir wohnt die große Hoffnung, dass ihr Gesundheitszustand irgendwann wieder so wird, dass sie so mobil ist wie vorher und sie wieder eigene Entscheidungen treffen kann.

Aber irgendwie ist im Gegensatz dazu die Situation meiner Eltern sogar noch bedrückender, weil sie so geheimnisvoll und so unausgesprochen ist. Während es bei meiner Oma zumindest eine klare Diagnose und auch einen langsamen Heilungsverlauf gibt, so scheint sich im Verhältnis meiner Eltern etwas zu entwickeln und anzubahnen wie eine kleine Krankheit, in deren Verlauf aus verschiedenen Ecken immer mehr Krankheitserreger auftauchen.

Meine Mutter Susi ist in letzter Zeit erstaunlich kurz angebunden. Sie ist kurzatmig, vergisst wichtige Angelegenheiten und manchmal auch unsere festen Familientermine. Sie wirkt hektisch, unsicher und auch verschlossen. All das, was sie sonst auszeichnet, ihre Mutterrolle, in der sie Ruhe, Kraft und Geborgenheit ausstrahlt, ist dahin. Besonders deutlich wird es, wenn mein Vater ebenfalls anwesend ist. Die beiden schweigen sich an und gehen kompliziert und distanziert miteinander um. Erst gestern Abend habe ich beobachtet, wie sich beide gegenseitig belauerten. Wie im schlechten Western, wie zwei Revolverhelden, die sich aus der Distanz beäugen und unterkühlt aus den Augenwinkeln bespitzeln, wo beide ihren Rivalen aus allen Winkeln mustern, aber keiner wagt, einen Schuss abzufeuern.

Sicherlich ist die Situation mit Oma eine riesige Belastung für meine Mutter. Aber sie sucht immer wieder den Weg raus aus dem Haus, trifft Verabredungen, von denen sie spät, manchmal sehr spät heimkehrt.

Mein Vater indes ist anders. Er sitzt manchmal lethargisch in seinem alten Schaukelstuhl, der zum gemütlichen Schaukeln nur noch bedingt taugt. Außerdem quietscht der Stuhl. Jan sitzt dann da, träumt oder denkt nach – es fällt mir schwer, das richtig einzuordnen. Aber all die Power, die er sonst jahrelang verkörpert hatte, scheint in den letzten Wochen aus seinem Körper gewichen zu sein.

Fast ängstlich schleicht er manchmal in die Küche. Vor wenigen Wochen hat er noch regelmäßig wild drauflosgetrommelt im Wohnzimmer (nicht, dass mir das etwa gefallen hätte), aber inzwischen sitzt er zu häufig regungslos nur herum. Sogar die Kraft zum Meckern fehlt ihm mitunter. Das plötzliche Ende in seinem Job war seiner Stimmung bestimmt auch nicht zuträglich gewesen.

Klar liegt im Innenverhältnis der beiden etwas im Argen. Aber darüber wurde bislang halt noch nicht gesprochen. Jedenfalls nicht mit mir. Ich dachte immer, Eltern können das so gut. Über alles reden und die Dinge ausdiskutieren. Es gibt nicht mal einen echten Streit, nur irgendwie Luft, die sich so dick anfühlt, dass man sie schneiden könnte. Insofern bin ich etwas ratlos. Man muss es mir nachsehen, aber mit meinen 17 Jahren bin ich jetzt auch nicht der perfekte Lebensberater, der in Krisenzeiten die rettende oder zündende Idee in der Schublade hat.

Wie soll man sich unter diesen Umständen auf ein junges Mädchen konzentrieren? Ich versuche es trotzdem.

In meinen Gedanken ist Sybille immer in irgendeiner Ecke unterwegs – in meinen Gedanken und Tagträumen, oder sollte ich lieber von meinen Wünschen und Hoffnungen sprechen? Ach, ich weiß es einfach nicht. Wir haben mittlerweile ein ganz solides Verhältnis. Wobei man Verhältnis jetzt auch falsch verstehen könnte. Wir haben also zumindest einen Anfang, eine Basis gelegt. Wir unterhalten uns regelmäßig und tauschen uns über gewisse Belanglosigkeiten aus. Ich habe ihr meine Handynummer gegeben und wir schreiben uns ab und an. Vor einigen Tagen hat sie mir sogar ein süßes Foto von sich geschickt. Und sie sendete mir eine tröstende Nachricht, als meine letzte Mathearbeit dann doch etwas schlechter ausfiel. Da war in den letzten Wochen von ihrer Seite bestimmt eine gewisse Sympathie gewachsen. Immerhin ein Anfang. Eine zarte Pflanze, würde die Frauenwelt an dieser Stelle wohl sagen. Ich habe den Schritt aus dem Schatten ins Sonnenlicht geschafft, aber jetzt muss daraus auch irgendwie noch Hochsommer werden. Ich spreche sie in kleiner Dosierung immer wieder an, aber nicht immer reagiert sie mit ihren blonden Haaren und den hellblauen Augen auch so, wie ich mir das wünsche. So sehr wünsche.

Als ich sie durch Zufall auf dem Konzert meines Vaters getroffen hatte, war das ein wundervoller Aufhänger für mich gewesen. Wenige Tage später versuchte ich, sie nachmittags auf ein Eis einzuladen. Absage. Toller Korb. Apropos. Dann versuchte ich sie zu motivieren, ein Basketballspiel von mir anzuschauen. Bei dem ersten Angebot lehnte sie interessiert ab, weil es zeitlich nicht passte. Dann zwei Wochen später klappte es tatsächlich, und sie saß mit leuchtenden Augen auf der Tribüne. Ich habe mir ganz lange und ausführlich überlegt, wie ich ihr Herz gewinnen oder zumindest deutlich dichter an sie heranrücken könnte. In der Angelegenheit bin ich zuversichtlich. Es muss einfach klappen …

***

Heute ist wieder einmal einer dieser stillen Sonntagnachmittage. Draußen scheint bei ordentlichen 20 Grad munter die Sonne, in unserem Haus fühlt es sich dennoch an, als wäre gerade ein Herbstgewitter durch die Region gezogen. Ich habe lange geschlafen und ob der trüben Stimmung noch einige Momente länger unter der Bettdecke zugebracht. Inzwischen ist es gegen 14:00 Uhr und vielfach gruppiert und beschäftigt man sich mit Nicoletta. »Hast du schön gemalt?«, »Trink doch mal was, mein Kind« und »Wollen wir noch gemeinsam etwas spielen?« Man gönnt sich den Austausch von zahlreichen Belanglosigkeiten und hält sich alibimäßig schön in der Nähe des ahnungslosen Kleinkindes auf. Es hagelt Nettigkeiten, wohlgemerkt immer nur zu uns Kindern.

Und wir halten trotz aller Angespanntheit an unserer Sonntagstradition fest. Sonntagnachmittags versammelt sich die Familie, weil traditionell Kaffee und Kuchen aufgetischt wird. Häufig kommt Oma zu dem festen Termin, manchmal sitzt auch Olli mit am Tisch. Diesmal fehlen beide, ebenso wie die Lockerheit und die gute Laune. Mama hat auch nicht gebacken. Es gibt nur ein schlichtes Potpourri an Keksen.

»Ich werde gleich noch mal wegfahren«, sagt meine

Mutter und schaut etwas zögerlich und unsicher in die Runde. Ich schaue meinen Vater an, aber der stiert halbwegs betroffen auf seinen Kuchenteller, auch wenn sich dort schon seit geraumer Zeit nur zwei unbedeutende Kekse befinden. »Okay«, kommt dann noch aus seinem Mund, aber es klingt viel zu dünn und zu belanglos.

»Wann kommst du denn wieder, Mama?«, fragt Nicoletta. Und wieder liegt eine minimale, aber greifbare Spannung in der Luft. »Bald, mein Schatz. Ich komme bald wieder.« Aus meiner Sicht kamen mit diesen Worten wieder nur kleine Platzpatronen.

Jan

19 – Harte Weichen

Die Kellnerin serviert trotz ihrer hochhackigen Schuhe in einem ganz ansehnlichen Tempo. Nebenbei schafft sie es auch noch, die zahlreichen Vorzüge ihres feinen Körpers ganz manierlich in Szene zu setzen. Tom hatte von Beginn an seine wahre Freude an der Bedienung. Wir anderen haben vielleicht ähnliche Gedanken, halten uns aber mit Kommentaren dezent zurück. Es soll vielmehr eine Zusammenkunft der Entscheidung werden, insofern liegen auch ohne weibliche Reize genügend Nervenkitzel und Anspannung in der Luft. Über *Das alte Geschirr* soll gerichtet werden – und zwar von den vier Bandmitgliedern höchstpersönlich.

Wir sitzen in der *DjangoBar*, die in den letzten Jahren zur echten Institution geworden ist. Kein Ort, um gut zu speisen, aber in der Kneipenkultur durchaus eine gute Adresse. Und die Bar hat den Vorteil, dass sie nur eine halbe Zigarettenlänge von unserem Proberaum entfernt ist. Wir haben vorhin zwei Stunden mit viel Hingabe und Motivation musiziert, jetzt gilt es, Weichen zu stellen.

Wir vier hatten uns gestern Abend mit dem Agenten Jean Rubin getroffen, jener Gestalt, die urplötzlich aufgetaucht war und uns alten Haudegen einen mittelgroßen Floh in unsere Ohrmuschel gemogelt hatte. Ja, er hatte uns Hoffnungen und Mut geschenkt. Er hatte uns wie ein guter Koch in einem erlesenen Restaurant einen feinen Gruß aus der Küche spendiert, der äußerst schmackhaft war. Aber wie groß ist unser Hunger? Wir, die lange Jahre zum Spaß Musik machten, aber in den letzten Monaten feststellen durften, dass ganz viele Sachen, die wir auf der Bühne zelebrieren, auf einmal auch anderen Menschen richtig gut gefallen. Man dürfte in kleinem Rahmen von einer bedächtig wachsenden Fangemeinde sprechen, ein erster Erfolg, wenn man bedenkt, was wir in den letzten Monaten an Kraft investiert haben – vor allen Dingen an Zeit.

Unsere Musik kommt an, gerade in den Momenten, wenn wir live vor Publikum spielen. Es wird immer ein kleines Fest mit prächtiger Stimmung, die Leute gehen glücklich nach Hause und sparen nicht mit Lob. So mögen wir es unglaublich gerne, wenn wir uns nach getaner Musik an die Theke zum Klönschnack mit Zuhörern gesellen können. Die neuen Lieder finden begeisternden Anklang, sodass wir als langjährige Coverband langsam immer mehr das Vertrauen entwickeln, mit eigenen Stücken auf die Menschheit zuzugehen.

Aber es scheint, als seien wir jetzt am Scheideweg. Wir proben zumeist zweimal die Woche, nur ganz vereinzelt werden einzelne Termine der Bandproben kurzfristig abgesagt. Selbst Bernd, einer der Skeptiker und derjenige von uns, der den Ambitionen am kritischsten gengenübersteht, hat sich zeitlich mehr für die Musik freigeschaufelt. Und wir spielen rund alle vier Wochen einen Auftritt. In der vergangenen Zeit hatte sich Tom meistens um unsere Konzerte und Termine gekümmert. Er hat den Draht zur Szene, wenn es in unseren Sphären denn schon so etwas wie eine Szene gibt. Und er hat irgendwie am meisten Zeit und Bock, mit Agenturen und Kneipiers zu sprechen, sich im Vorwege um Ton und Technik zu kümmern, sich aufzuwühlen und zeitweise mit Veranstaltern zu verhandeln.

Aber vielleicht würde ja alles anders werden? Vielleicht würden wir dichter an das wahre Rockbusiness heranrücken? Könnten wir noch auf einen rasenden Zug namens Profiband aufspringen? Jene pubertäre Schüchternheit und Naivität hatten wir, alle Mittvierziger, mit den Jahren beherzt abgelegt. Ist nicht unser Zug Richtung Reichtum verbunden mit Rock 'n' Roll längst abgefahren?

Es ist keine 24 Stunden her, da haben wir uns mit Jean Rubin getroffen. Er hatte für gestern Abend ein indisches Restaurant in der Innenstadt als Treffpunkt ausgelotet. Ein exotisches Restaurant für einen wegweisenden Termin. Rubin hat uns informiert, uns motiviert und in die Pflicht genommen. Wir waren uns unsicher. Künstleragent Rubin hat uns nicht das Blaue vom Himmel versprochen.

»Zwischen den Wolkendecken strahlen die Sterne auf diesem Planeten nicht mehr so hell. Und ihr seid nicht Aerosmith, nicht Pink Floyd, nicht Status Quo und auch wahrlich keine Boyband.« Tom schaute sich bei diesen Worten um und dachte sicherlich an Andi, der mit seinen Krampfadern und seinen X-Beinen optisch nur wenig von einem Rockstar vereint. Dafür ist er in meinen Augen ein sauguter Musiker. Ich selbst dachte nur an die Mühen im Proberaum, mit denen wir manchmal einen Rhythmuswechsel mühevoll umsetzen wollten.

»Ihr seid eine solide Kapelle, die gut funktioniert und

gut rocken kann. Eine Band mit grauen Schläfen und eindringlichen Melodien. Nicht mehr und nicht weniger«, so seine Worte. Wir schauten uns an und waren fast ergriffen. Ein Lob in sparsamer Dosierung. Aber wohl eine Einschätzung aus berufenem Munde, die den Kern der Band gut traf. Er hatte unser Können und unsere limitierten Möglichkeiten ganz gut auf den Punkt gebracht.

»Vieles an euch ist gut. Aber in euch schlummert noch ordentlich mehr Potenzial. Einiges an der Band müsste man freilich verändern, verbessern. Angefangen beim Namen«, so Rubin, der sich nach der ersten Analyse weit weniger als große Plaudertasche entpuppte. Fortan sparte er mit Lob und fragte uns nach unseren bisherigen Erfolgen. Er erkundigte sich nach unseren Zielen, wollte eine Einschätzung zu unseren Möglichkeiten und unserer Musikrichtung wissen. Außerdem hinterfragte er etwas umständlich, welchen zeitlichen Aufwand wir betrieben.

So saßen wir am gestrigen Abend zu fünft in diesem Restaurant. Keiner von uns trank übermäßig viel Alkohol, jeder wollte einen klaren Kopf behalten. Wir sprachen über uns, über unsere Musikgeschichte und auch über unsere Einstellung. Zum Leben und zur Musik. Rubin hörte viel zu, an manchen Stellen nickte er und lange Zeit schwieg er. Dann legte er los, so als würde er praktisch als Arzt die Diagnose treffen. Wieder schnitt er an, was er mir schon am Telefon mitgeteilt hatte. Entweder man beließe es beim aktuellen Aufwand. Man könne die Schlagzahl dezent steigern, das würde den regionalen Bekanntheitsgrad etwas erhöhen. Oder man wage noch mal was, nehme Mut und Geld zusammen, würde ganz viel touren und live spielen, um auch auf einige Erlöse zu hoffen. CD-Aufnahmen, Videos und eine ordentliche Homepage waren einige damit einhergehende Maßnahmen. Dazu würde man mit seiner Mithilfe die Marketingmaschine etwas anschmeißen, da gab es verschiedene Größenordnungen, je nach Wunsch. Wir beendeten den Abend mit scharfem Essen und dem Versprechen, dass wir über die Form der Zusammenarbeit sehr bald entscheiden wollten.

Und jetzt sitzen wir gut drei Kilometer entfernt und sind uns uneinig. Tom war von Beginn an angefixt und Feuer und Flamme. Er hatte – so vermute ich – sein ganzes Leben auf diese eine Chance gewartet, um musikalisch durchzustarten. Tom hatte immer gehofft, dass irgendwer kommen würde, um ihm tüchtig auf die Schulter zu klopfen und ihn für sein Gitarrenspiel zu loben. Er strotzt vor Energie, träumt höchstwahrscheinlich in Noten und sieht sich am liebsten auf den größten Bühnen auf diesem Erdball. Wir anderen haben uns bisher mit den kleinen, schmuddeligen Auftritten und den überschaubaren Bühnen, diesen schwachen Scheinwerfern und den alten Boxen zufriedengegeben. *Das alte Geschirr* ist eine solide Band mit der Zielgruppe der braven Steuerzahler und sanften Rockliebhaber. Aber wie soll unsere Zukunft aussehen? Bernd, Andi und ich ticken sicherlich deutlich anders als Tom »The Rock«. Tom ist unser lauter Frontmann, wir anderen drei sind froh, dabei zu sein, und haben die Bodenständigkeit anscheinend schon mit der Muttermilch aufgesogen. Wir drei sind immer froh, wenn wir durch die Band unserem

Alltagstrott ein wenig entfliehen dürfen. So ist die Rollenverteilung in unserer Diskussion klar verteilt. »The Rock« findet die große Lösung absolut passend. Er glaubt an unsere Klasse, an unsere Chancen.

Wer uns als Gruppe in den letzten Jahren betrachtete, der kam nicht umhin, uns als harmonischen Haufen zu bezeichnen. Jeder hatte seinen Platz im Team. Jeder hatte seine Rolle, jeder brachte seine Stärken ein, jeder kannte seine Aufgaben und Qualitäten, die sich wunderbar in der Gruppe ergänzten. Nur bei wenigen musikalischen Arrangements hatten wir kleinere Meinungsverschiedenheiten, gerade bei neueren Stücken diskutierten wir länger und tauschten angeregt Argumente aus. Streit gab es nie.

Umso erstaunlicher, dass es Jean Rubin gelungen ist, bei uns eine kleinere Lawine an Emotionen auszulösen. Tom sieht die »Chance unseres Lebens«. Er spricht von »unser aller Träume, die jetzt in kleineren Etappen Wirklichkeit werden könnten«, »Jetzt oder nie«, und der Berufsoptimist Tom zweifelt mit nicht einer Silbe an der Person Rubin. »Wir alle wissen, was wir können. Wir sind lange genug dabei, als dass uns irgendwer etwas vormachen würde. Ich denke, wir sollten durchstarten, rechts ist das Gaspedal«, lässt uns Tom in seiner Brandrede wissen.

Wir drei sind vom Typ her anders, und wir drei sehen die Sache anders. Schon an unserer lässigen Körperhaltung in der *DjangoBa*r könnte jeder Hobbypsychologe erkennen, dass wir entspannter mit der Situation umgehen und dementsprechend ruhiger und sachlicher auf unseren Stühlen sitzen. Wir schauen auch seltener zu dieser jungen Bedienung, die uns und die anderen Gäste mit Alkohol und Essen versorgt. Man kann uns sicherlich zum richtigen Moment begeistern, anfixen und motivieren. Aber insgeheim sind unsere Sicherheitsgurte im Leben für jugendliche Träume schon zu sehr festgezurrt. Wobei ich unentschlossen bin. Mein ganzes Leben scheint aus den Bahnen zu laufen. Könnte ich jetzt urplötzlich verstärkt auf die Karte Rockmusik setzen?

Wir haben fast zwei Stunden diskutiert. Wir ernteten jede Menge böse Blicke vom Nachbartisch, weil unser Lärmpegel wiederholt in die Höhe gerauscht ist. Tom tat die bösen Blicke der Nachbarn lässig ab. »Hey, wir sind eine Rockband«, war eine der Standardaussagen von ihm. Und irgendwann, es ist spät geworden und es war zäh, haben wir so etwas wie einen gemeinsamen Nenner gefunden.

Wir wollen mehr Musik machen. Wir wollen uns mehr reinknien, mehr investieren. Wir wollen mit diesem etwas undurchsichtigen und unscheinbaren Jean Rubin zusammenarbeiten. Aber wir wollen nicht alles auf die Karte Musik setzen. Das wäre schon zeitlich nicht umsetzbar. Die Idee mit der Aufnahme einer CD hatte schon länger in unseren Köpfen rumgespukt. Wir besitzen eine Homepage, die vor eineinhalb Jahren zuletzt gepflegt wurde. Dank meiner Erfahrungen in der Werbebranche werde ich mich intensiv darum kümmern. Tom will sich dem Bereich der sozialen Netzwerke annehmen. Sucht man *Das alte Geschirr* im Internet, dann findet man drei bis vier zwar ganz stimmungsvolle, aber eben auch verwackelte und vom Ton her höchst unterdurchschnittliche Videos. Somit haben wir beschlossen, ein bis zwei etwas professionellere Videos von uns ins Netz stellen zu lassen. Und wir haben eine zentrale Frage geklärt: Der Bandname *Das alte Geschirr* soll bleiben. Er passt zu gut zu uns. Andere Namen wie *Pur*, *Die Prinzen* oder *Die Toten Hosen* finden wir auch nur wenig besser.

Wir verlassen die *DjangoBar* als Rockstars. Zwar ohne Applaus, aber mit dem Gefühl, dass zumindest kleinere Teile der Welt von uns erobert werden sollten.

Susi

20 – Freundinnen

Die Tage waren turbulent. Und tatsächlich waren die Tage viel zu kurz. Ich war zahlreiche Stunden bei Marc. Nachmittags schaute ich meist kurz bei meiner Mutter im Krankenhaus vorbei, und natürlich erledigte ich zwischendurch die wichtigsten Dinge im Schäferkamp. Hinzu kam, dass ich zweimal die Woche meiner Bürotätigkeit nachgehen musste, wobei ich bei meinem Job zuletzt auch einzelne Tage gefehlt hatte. Die Stunden mit Marc gaben mir viel Kraft und viel Enthusiasmus, zugleich pfiff ich aus dem letzten Loch. Im Haushalt reichte es gerade einmal für die Standardarbeiten, und die Erledigung meines Jobs fiel eher monoton, gleichgültig und stupide aus. Nur im Beisein von Marc, da erwachte ich wie eine Blüte, die mit Kraft und Können den Hals immer Richtung Sonnenstrahl richtete.

Aber bei allem schwangen viel Zweifel und Unsicherheit mit. Hatte ich wirklich den Mut, so unfair mit dem irgendwie ja schuldlosen Jan umzugehen? Wurde ich meiner Rolle als fürsorgende Mutter noch gerecht? Müsste ich meiner Mutter nicht noch mehr Aufmerksamkeit, Geduld und Unterstützung bei ihrer langsamen Genesung geben? Zweifel nagten an mir. Ein Gefühlschaos zwischen lauten Glücksschreien und dumpfen Bässen, die mich zur Zurückhaltung drängten. Was war mit meiner Mutterrolle? Das ganze emotionale Chaos war absolutes Neuland für mich. Wie hatte ich bloß in den letzten Jahren gelebt? War es Glück, Zufriedenheit mit einer soliden Prise Bescheidenheit gewesen?

Trotz aller Hektik habe ich mich heute Nachmittag mit Sabrina in der Stadt verabredet. Auch sie hatte ich in den letzten Wochen vernachlässigt. Ich habe vor zwei Wochen die Besuche des Yogakurses bei Marc beendet. Sabrina hatte im Frühjahr für uns diesen Kurs ausgesucht und mich kurzerhand überzeugt, dass dieses Körpertraining für uns eine gute Idee wäre. Diese Mischung aus Zufall und Fügung, dieses sportliche Schicksal war es, was Marc und mich hat zusammenkommen lassen. Wegen des Zufalls veranstaltete meine Gedankenwelt Purzelbäume. Ich war mit Sabrina einige Male sportlich mit Feuereifer dabei gewesen, wir hatten in den Übungsstunden geschwitzt, gelitten und Freude gehabt – ehe mit Marc die Körperlichkeit und der volle Körpereinsatz auf anderer Ebene begann.

Zwei Wochen lang habe ich Sabrina nicht mehr gesehen, gerade die regelmäßigen und manchmal spontanen Treffen hatten unsere Freundschaft immer ausgezeichnet. Wir haben nur einmal telefoniert und die wichtigsten News ausgetauscht, jetzt reicht die Zeit immerhin für ein Kaffee im *Stadtparkpavillon*.

Ich ergattere einen Sitzplatz in der hintersten Ecke. Wenige Momente nach meinem Auftauchen erscheint auch Sabrina. Flott sieht sie aus, als sie reinkommt. Mit Schwung und etwas kürzeren Haaren fängt sie zahlreiche Blicke in dem alteingesessenen Café auf. Ihre adrette kurze Jacke, ihre tollen Beine und ihr Schwung, als sie frohgelaunt auf meinen Tisch zustürmt, sorgen für einige aufmerksame Blicke der anderen Besucher. Sie ist fraglos ein echter Augenschmaus.

Kaum Platz genommen, schaut sie mich fröhlich und erwartungsvoll an. Ihre großen Augen leuchten. »Und … erzähl, wie geht es dir?« Sie lächelt. Sie schaut mich freudig an.

Und dann erzähle ich. Von Marc und meinem neuen Seelenleben. Ich erzähle von unserem ersten heimlichen Treffen, das wir nachmittags in einem italienischen Restaurant hatten. Dort waren wir nahezu die einzigen Gäste gewesen. Die wenigen Gespräche beim Sportkurs hatten zuvor nur die Richtung vorgegeben. Im Gespräch, in trauter Atmosphäre waren wir sofort auf einer Wellenlänge, Marc und ich hatten ungeheuer viel Gesprächsstoff. Da war von Beginn an dieses Wohlfühlen, diese Wärme und Geborgenheit, die er ausstrahlte – gepaart mit funkelnden Augen, mit jeder Menge Zuversicht, mit sportlicher Eleganz und mit einem guten Rotwein. Wir hatten gelacht, gescherzt und wir mochten uns einfach. Ein bombastischer Termin, auch wenn ich vor Aufregung dann doch später auf Mineralwasser umgeschwenkt war. Danach hatten wir uns kurz im Stadtpark getroffen und waren einige Runden spazieren gegangen. Beim dritten Treffen war der Knoten geplatzt. Wir hatten uns in einem schnuckeligen Landcafé getroffen. Dort beim Spaziergang waren wir uns das erste Mal richtig nähergekommen. In den nächsten Tagen hatten wir – wenn es unsere Zeit erlaubte – immer wieder lange Spaziergänge gemacht, ehe ich ihn zuletzt dreimal in seiner gemütlichen Stadtwohnung besuchte. Als ich zu beschreiben versuche, wie mein aktueller Status ist, wie ich meine aktuellen Gefühle einsortieren soll, da komme ich ins Stocken. Ich bin mir einfach nicht sicher. Oder bin ich mir zu sicher? Versuche ich meine Gefühle zu unterdrücken und absichtlich klein zu halten?

Mein zuvor bestellter Kaffee ist längst kalt geworden. So viel lag mir auf der Seele, was ich Sabrina erklären und erzählen musste.

Sabrina hat lange Zeit geschwiegen, sich fast schon hinter ihrem riesigen Milchkaffeebecher versteckt. Sie unterbrach mich kaum, was ihr sicher schwerfiel, weil sie nicht selten ihre Meinung auf der Zunge trägt und Meinungen gerne fröhlich in die Runde schmeißt. Heute war es anders, sie hat geschwiegen und sich als ausgesprochen gute Zuhörerin entpuppt. Einige Male gingen ihre Augenbrauen hoch, sie schien erstaunt über meine Courage und meinen Tatendrang. So kennt sie mich nicht. Wenn ich ehrlich bin, so kannte ich mich selber bisher auch nicht.

Als ich mit meinen Erzählungen durch bin, sieht sie mich immer noch erwartungsvoll an. Aber in ihrem Blick schwingen auch Überraschung und Skepsis mit. »Wie soll es weitergehen, mit dir und Marc? Und wie soll es mit Jan weitergehen?«

Ich blicke sie an, schaue weg und weiß keine Antwort.

»Meine Liebe, ich bin so erstaunt über dich. Das hätte ich dir alles nicht zugetraut. Jetzt kenne ich dich bereits so lange, aber das macht mich fast ein wenig sprachlos.«

Ich schaue sie an. Dann senke ich mein Augenpaar und schaue ihre hochhackigen, dunklen Schuhe an. Ich weiß nicht, was ich sagen soll.

»Ich bin echt baff«, entlädt sich ihre Überraschung erneut. »Meine liebe Susi, du weißt, dass ich dir alles Glück der Welt wünsche. Ich dachte immer, dass du mit Jan den idealen Partner hast. Dass ihr in eurer Familie so bewusst und so harmonisch lebt. Ich sah euch auf ewig glücklich in eurem Haus leben. Ich bin davon ausgegangen, dass du mit Jan so zielgerichtet und fröhlich durchs ganze Leben marschieren würdest. Darauf hätte ich Geld, nein viel, viel Geld gewettet. Und jetzt plötzlich diese 360-Grad-Wendung.«

»Irgendwie dachte ich das auch immer«, antworte ich. »Aber im Moment sieht das alles ganz anders aus.« Ich halte inne und habe echte Mühe, meine Situation in Worte zu kleiden. »Mein Blickwinkel jetzt ist hingegen …«, ich stocke, »… irgendwie anders.« Was vermag ich über meine Absichten oder meine Aussichten zu sagen? Auch wenn mein Kopf voller Gedanken ist, so ist mein Sprachvermögen tatsächlich beschränkt.

»Aber Susi, versuche nichts zu überstürzen. Ich bin nicht deine Mutter und ich bin bestimmt nicht die Frau, die nicht auch mal über eine rote Ampel marschiert oder kurzerhand im Auto Gas gibt und rüberbraust. Aber bei Marc bin ich mir nicht sicher, ob die Ampelschaltung da wirklich schon grün sein sollte. Du kennst Marc erst seit einigen Wochen. Ich habe mich zweimal länger mit ihm unterhalten. Und ich habe von einigen Seiten Geschichten gehört. Mehrfach. Was ich da hörte, das hat sogar mich rot werden lassen.«

»Erzähl, keine Andeutungen«, kontere ich und rutsche unruhig auf meinem Stuhl hin und her.

»Susi, ich habe das damals nicht ernst genommen, das ist Hörensagen und Geschwätz über drei Ecken. Aber natürlich genießt Marc den Ruf eines Womanizers. Oder nenn es Gigolo, meinetwegen auch Frauenheld.

Ich glaube, dass er in den letzten Jahren zahlreiche Beziehungen, vielleicht aber auch Affären hatte. Und die hielten angeblich immer kaum länger als einen Sommer. Das ist das, was ich gehörte habe.« Mit betretenem Gesicht schaut sie mich an und kneift die Augen dabei etwas zusammen. Ist das schon der Mitleidsblick?

Ich lasse das auf mich wirken. Ja, auch ich habe vereinzelt von diesen Geschichten gehört. Aber es hat mich kaum abgeschreckt.

»Ich rate dir: Sprich ihn drauf an. Und frag ihn, wie er das einordnet. Und ob er einen ähnlichen Blick auf seine Vergangenheit und seinen Ruf hat. Er sollte die Wahrheit am besten kennen.«

Ein Rat wie von einer großen Schwester. Sabrina hat mich immer schon beraten, in einigen Lebensfragen. Selten war es aber wirklich wichtig, so entscheidend wie in dieser Angelegenheit.

Wenig später verabschieden wir uns und versprechen, uns bald möglichst wiederzusehen.

Ich bin noch verwirrter als vor dem Gespräch. Ich weiß nicht mehr, was ich denken soll. Ich gehe beherzt zu meinem Auto und muss feststellen, dass auf einmal Tränen über meine hochroten Wangen kullern …

***

Die Tränen wollten nicht trocknen. Ich verharrte einige Minuten im Auto. Ich konnte nicht mal genau sagen, warum ich plötzlich so emotional reagierte. Vielleicht weil ich nach vielen stressigen Tagen einmal kurz zur

Ruhe gekommen war. Vielleicht auch, weil einem beim Erzählen ein Spiegel vorgehalten wird. Und natürlich nagten Sabrinas Worte an mir. Das war nicht neu für mich. Diese Zweifel, dieser Ruf, den Marc offensichtlich genoss, beschäftigte zumindest meine hintere Hirnkammer. Doch ich hatte ihn anders kennengelernt und ich hatte die Gerüchte auch erfolgreich verdrängt.

Plötzlich überfiel mich Hunger. Ich hatte im Pavillon nur einen großen Kaffee getrunken und morgens nur auf die Schnelle gefrühstückt. Jetzt sendete mein Körper Signale, die eindeutig waren. Ich hatte in den letzten Wochen bestimmt drei Kilo abgenommen. Die regelmäßigen Mahlzeiten mit der Familie hatte ich gleich mehrfach verpasst. Mit Marc war ich zuletzt zweimal beim Italiener, ansonsten gab es für mich immer nur schnell zwischendurch etwas zu essen.

Ich würde noch einen kurzen Abstecher ins Krankenhaus machen, dort könnte ich eine Kleinigkeit essen. Dann musste ich irgendwann auch wieder zu meiner Familie zurück. Ich war in den letzten Wochen sehr viel und sehr häufig geflüchtet. Gerade Nicoletta war dabei nicht immer ihrem Alter entsprechend betreut worden. Ich bin sonst die Mutti, die Hausaufgaben regelmäßig kontrolliert, auch wenn das Themenspektrum in der Grundschule noch überschaubar und leicht zu verstehen ist. Neben den schulischen Angelegenheiten kümmere ich mich um die Freizeitgestaltung des kleinen Wirbelwindes. Ich weiß sehr wohl, dass meine derzeitige Abwesenheitsphase kein Dauerzustand sein darf. Vielmehr muss ich die Flucht nach vorne antreten. Ich muss irgendwann Entscheidungen treffen …

Jan

21 – Aufschlag

Es ist nicht unbedingt das leise Knirschen des Sandes, was mir so gefällt. Es ist viel mehr, diese Struktur, diese geraden Linien auf dem größeren Feld. Die geben mir Sicherheit. Die strahlen für mich Ruhe aus. Ich liebe einfach Tennisfelder. Gerade im Sommer, wenn auf Sand gespielt wird, dann übt dieser Freiluftsport eine ganz besondere Anziehungskraft auf mich aus. Dieser lange, flache und ebene Boden, hinzu kommt die frische Luft. Auf einem frisch abgezogenen Sandplatz die ersten Spuren zu hinterlassen, das kommt einem Barfußgang an einem langen Sandstrand sehr nahe. Aber es gibt auch elementare Unterschiede. Statt Endlosigkeit und Meer gibt es auf dem Tennis Court klare Begrenzungslinien, ein Netz, das die eigene Spielhälfte einschränkt und zumeist eine Bank, auf der man kurz entspannen kann.

Und Tennis verkörpert für mich zudem immer noch diesen Hauch von Eleganz. Schon der Schläger symbolisiert mit seinen feinen, aber auch robusten Materialien eine Mischung aus Wucht, Präzision und Kraft. Diese Eleganz findet sich in der Kleidung und vielfach im Auftreten der Tennismitglieder wieder. Ich habe diesen Hauch von Chic, von sportlicher Eleganz und winzigster Lässigkeit immer geschätzt.

Auf dem Feld sieht es häufig anders aus. Ja, man muss die feine Technik beherrschen. Selbstverständlich setzt eine saubere Vorhand zwingend voraus, dass man dank wieselflinker Beinarbeit beim Schlag richtig zum Ball steht. Die Balance zwischen Aufwand, Können und Willen sind die entscheidenden Punkte, die das Tennisspiel für mich zu einem sehr schweißtreibenden Sport machen. Manchmal reicht es mir hingegen schon, einfach nur meinen Aufschlag zu üben und zu präzisieren. Ich hatte mir schon häufiger überlegt, dass ich eigentlich der perfekte Tennisprofi geworden wäre. Das Training macht mir unglaublich viel Spaß, ich habe echte Lust, kleinste Kleinigkeiten an meiner Technik, an meinem Tennisspiel zu verbessern. Und ich reise gerne. Ich würde das Reisen von Turnier zu Turnier wahrlich schätzen. Doof nur an der Geschichte, dass ich bei Weitem nicht das Talent besitze, das mich in die Sphären des Profisports hieven würde. Aber es sind die kleinen Träume, in denen ich – ähnlich wie im Sekundenschlaf – gerne für einen Moment aus meiner Welt ausbreche.

Im wahren Leben stand ich an dem Donnerstag auf Court drei in unserem hiesigen gutbürgerlichen Tennisverein. Die morgendlichen Wolken waren verflogen, um der Sonne ganz fleißig Platz zu machen. Es war früher Nachmittag und ich war mitten im Match, das hartumkämpft und alles andere als entschieden war. Mitten in der Woche zu dieser etwas früheren Uhrzeit einen Tennispartner zu finden, war wahrlich nicht leicht gewesen. Für meinen Kontrahenten war die Uhrzeit indes weniger eine Herausforderung. Peter war Grundschullehrer und höchstwahrscheinlich schon seit zwei bis drei Stunden im Feierabend. Wenn ich mich nachmittags auf die Suche nach einem Trainingskontrahenten begab, dann war Peter immer eine gute Adresse.

Freilich ist Peter schon ein sehr komischer Typ. Liegt das an seinem Lehrerjob? Sind Lehrer grundlegend anders als andere Menschen? Peter auf alle Fälle ist sehr akkurat, enorm korrekt und absolut ehrgeizig. Alle Bälle, die während eines Matches knapp zu entscheiden sind, lässt er in schöner Regelmäßigkeit wiederholen. Ich bin ganz klar der bessere Spieler von uns zweien, aber durch seinen unbändigen Willen kämpft sich Peter immer wieder zurück in einzelne Ballwechsel und ganze Matches. Auch Peters Optik ist herausstechend. Bei einem Stand von nur 1,70 Meter hatte sein Wachstum aufgehört, er hat einen extrem kleinen Kopf, muskelbepackte Oberarme und eben auch schwarze Haare mit kreisrundem Haarausfall im etwas fortgeschrittenen Stadium. Jedoch kann Peter sich auf seine kleinen, aber sehr schnellen Beine verlassen. Wir schlagen uns häufig für circa zehn Minuten ein, ehe wir zumeist zwei Sätze spielen. Ganz selten reicht es noch für einen dritten Durchgang, ehe uns beiden die Puste ausgeht. Aber unsere Partien sind immer hartumkämpft und spannend bis zum letzten Ballwechsel.

Nicoletta geht auf eine andere Grundschule, insofern bin ich überaus froh, dass unsere Schnittmenge tatsächlich nur das Tennisareal ist. In meinen Vorstellungen ist Peter auch in seinem Privat- und Berufsleben kein ganz einfacher Typ, seine Penetranz besitzt durchaus einen erhöhten Nervfaktor.

Ich war gut im Spiel und lag knapp vorne; wobei mein Kontrahent auch an diesem Nachmittag keinen Ball verloren gab. Meine scharfe Vorhand flog diagonal und landete hinten links bei ihm innerhalb seines Feldes. Ein nahezu perfekter Schlag von mir, ein feiner Punkt.

»Den Ball konnte ich nicht genau sehen. Den müssen wir noch mal wiederholen.« Ein typischer Satz von Peter. Ich schüttelte nur innerlich den Kopf.

Ich hatte den Ball deutlich einige Zentimeter im Feld gesehen. Aber ich gönnte ihm den Spaß und den Versuch. Ich führte 5:3 im ersten Satz. Beim Aufschlag des Pädagogen stand es 15:15, insofern bogen wir im Eiltempo in die entscheidende Phase des ersten Satzes ein. Ich murmelte ein kurzes »Okay« und dachte mir meinen Teil. Ich sah über die Netzkante in das verschwitzte und verbissene Gesicht meines Gegenübers. Manchmal macht Peter zwischen den Ballwechseln auch so komische Geräusche. So eine Mischung aus Pferdewiehern und leichtem Schluckauf. Ich hatte ihn früher einige Male darauf angesprochen, er hatte aber ganz verschämt den Kopf geschüttelt und keine konkrete Antwort gegeben. Daraufhin hatte ich nicht mehr nachgefragt und mich inzwischen an diese merkwürdigen Laute gewöhnt. Aber schön ist anders!

Vielleicht hatte mich seine Mauschelei – wenn es denn eine war, vielleicht war meine Vorhand ja tatsächlich viel zu schnell für Peters Augen gewesen oder sie war halt doch deutlich knapper, als ich das Aufspringen des Balles wahrgenommen hatte – etwas aus dem Konzept gebracht. Auf alle Fälle gingen die nächsten drei Punkte an Peter, der damit wieder deutlich besser im Spiel war.

Wir beäugten uns beim Seitenwechsel und ich versuchte es mit Smalltalk. »Ist ja doch noch mächtig heiß geworden heute …«, blinzelte ich ihn an und trocknete mit meinem Handtuch meine Stirn.

Er nickte. Und pustete ordentlich aus. »Bestes Tenniswetter«, sprach er. »Bestes Tenniswetter.«

Ich gewann den ersten Satz mit 6:4, ehe es im zweiten Durchgang wieder knüppeldick kam. In zwei Situationen mochte Peter nicht entscheiden, ob der Ball womöglich doch noch die Linie gekratzt hatte, merkwürdigerweise waren es immer vermeintliche Winner-Schläge von mir. Über die Jahre kannte ich ihn ganz gut und eigentlich hätte ich mich darauf einstellen können, dass er diese Spielchen, die Mätzchen machen würde. Einige im Verein kennen Peter so gut, dass sie gar nicht mehr mit ihm den Schläger schwingen und auf seine sportlichen Künste verzichten. Meine aktuelle Gesamtverfassung ist bekanntermaßen alles andere als sorgenfrei, und ich ging einigermaßen nervlich angezählt in die Begegnung. Aber ich ließ ihn gewähren. Ich hatte hingegen vielmehr mit meinem Aufschlag zu kämpfen, der viel zu häufig zu kurz war und folgerichtig im Netz landete. Wenn nicht zu kurz, dann waren meine Aufschläge manchmal auch zu lang, sodass sich meine Doppelfehler summierten.

Vielleicht war es ausgleichende Gerechtigkeit, dass zwei fiese Netzroller zu meinen Gunsten ausfielen. In beiden Fällen tanzte der Ball für wenige Momente auf der Netzkante, ehe sich die gelbe Filzkugel entschied, behutsam in Peters Feld zu tröpfeln. Unerreichbar und undankbar. Peter fightete auch im zweiten Durchgang bravourös, mit flinken Beinen brachte er die Bälle mit Eifer zurück, gleichwohl diktierte ich zumeist die Ballwechsel. Ich blieb konzentriert und konnte meine Aufschlagsspiele gewinnen. Nach hartem Kampf gelang es mir, den zweiten Satz mit 7:5 für mich zu entscheiden. Nach dem letzten Punkt fiel Peters Gratulation sehr bescheiden aus.

»Ich danke dir«, gab ich ihm mit auf den Weg. Peter verzichtete sowohl auf warme Worte als auch auf eine warme Dusche und radelte davon. Dagegen gönnte ich mir einen kühlen Schauer unter der Brause.

***

Manchmal ist das Schönste am Tennissport auch das Alsterwasser danach. Ich saß ganz gemütlich auf der Terrasse des Vereinsheims, in meinem Unterbewusstsein spürte ich das Unbehagen. Zu Hause würden die neuen und die alten Sorgen auf mich warten, die Situation glich einem Hamsterrad ohne Ausweg.

Zuvor würde ich mein frisches Alster genießen, zudem gönnte ich mir neuerdings den Luxus, hier und da eine Zigarette zu rauchen. Ich saß ganz gemütlich auf dem gut gepolsterten Sessel der Terrasse mit dem Blick auf die vier Courts, als ich rechts neben mir einen Schatten sah.

»Junger Mann, ist der Platz noch frei?«

Ich stutzte einen kurzen Moment, ehe ich Sabrina in voller Tennismontur erkannte. Tennisklamotten sind häufig einfach Tennisklamotten, die man auf freier Wildbahn auch nicht anzieht. Bei Sabrina sah das schlichte Dress eben trotzdem blütenweiß, charmant und unbekümmert aus.

»Ach du bist da, ja klar, setz dich.«

Ich begrüßte Sabrina mit einer herzlichen Umarmung und sie strahlte mich mit ihrer ganzen Wärme an.

Ich mag Sabrina immer schon sehr gerne, weil sie viel Herzlichkeit und Humor vereint. Und sie ist eine jener Personen, die immer einen Antrieb hat auszugehen,

Leute kennenzulernen und Neues zu erleben. Ich sehe sie regelmäßig im Tennisklub und häufig dann, wenn sie Susi abholt, wenn die beiden auf Tour gehen.

»Wie geht es dir? Hast du schon gespielt?«

Sie setzte sich an meinen Tisch auf einen der drei freien Plätze, und ich betrachtete sie. Sie hatte enorm viel Ausstrahlung und ich wunderte mich erneut über ihr Lächeln und ihre gute Laune, die regelrecht ansteckend schien.

»Danke, ganz okay. Ja, ich habe eben schon mit Peter gespielt.«

Ich wollte zunächst nicht zu viel von meinem Innenleben preisgeben, da ich ihren Standpunkt nicht einschätzen konnte. Sie ist die beste Freundin meiner Frau und mir war nicht klar, wie gut ihr Kenntnisstand über Susi, über mich und diesen Marc war.

»Ich habe in einer halben Stunde eine Tennisstunde bei Flori. Das gönne ich mir immer mal wieder«, strahlte sie mich an.

Ich bewundere Menschen, die trotz der vielen Jahre immer wieder Trainerstunden buchen. Dabei kann ich nicht einschätzen, ob Sabrina das tut, um tatsächlich ihren Aufschlag zu verbessern, oder ob ihr die Nähe und das Lob vom Tennistrainer viel wichtiger sind. Ihr Tennisspiel an sich ist akzeptabel, aber nicht viel mehr. Meines Wissens ist ihr sportlicher Ehrgeiz zudem auch nur begrenzt.

»Und mit Susi?« Sie schaute mich an. Mit so einem Katzenblick. Erwartungsvoll, aber eben auch ein klein wenig traurig.

»Funkstille wäre wohl freundlich formuliert. Tja,

schwierig.« Ich machte eine kurze Pause und dachte kurz nach. »Nee, ganz schwierig …«

Sie schaute mich an und suchte wohl auch die passenden Worte. Wir beide hingen kurz unseren Gedanken nach.

»Ach, alles scheiße, mal schauen, wie lange alle Beteiligten die Situation aushalten.« Ich vermied es, Sabrina anzuschauen und überdachte meine Situation, wie ich es vorher in gefühlt 23 schlaflosen Nächten auch getan hatte.

»Dieses Verhalten passt gar nicht zu Susi. Ich kenne Susi schon so viele Jahre, aber so emotional und zugleich durch den Wind, so habe ich sie selten erlebt. Und er passt nicht … passt überhaupt nicht … dieser Marc.« Sabrina stammelt selten. In diesem Moment tat sie es. Sabrina suchte nach Worten, was bei ihr wirklich selten der Fall ist.

»Was genau ist das für ein Typ? Im Internet sah ich nur Bilder von ihm, dem großen Yogatrainer und Fitness-Guru.« Mein fragender Blick barg jede Menge Skepsis.

»Naja, Guru. Ich weiß nicht. Ach, schwierig zu sagen. Er ist halt ein ganz feuriger Typ, aber keiner, mit dem man Pferde stehlen kann und der diese Pferde dann irgendwann auch wieder wohl behütet zurückbringen würde. Sicher hat er so etwas Leichtes und Unverbrauchtes, das wird mir ja auch gerne nachgesagt. Aber bei Marc glaube ich, dass das gar keine Substanz und keine Nachhaltigkeit hat, wenn du verstehst, was ich meine.« Ich nickte und war bei exakt den Gedanken, die mich schon länger beschäftigten. Die große Frage nach dem »Warum«.

»Ich hoffe für euch, dass es eine vorübergehende Phase ist, dass Susi wieder Bodenhaftung findet. Ich wünsche mir das für euch. Wenn ich sie sehe, dann sag ich ihr das so auch noch mal, doch zuletzt hatte ich das Gefühl, dass ich nicht ganz an sie herangekommen bin.«

Ich nickte nur. »Ja, tu das bitte.«

»Aber bei so einer Geschichte gibt es immer mehrere Personen und mehrere Gründe.« Sie schaute mich intensiv an. Mit großen Augen. »Auch du musst dich bemühen und zeigen, wo ihr Zuhause, wo ihr Heimathafen ist.« Anscheinend gefiel ihr die Metapher. »Du musst ihr Anker sein.« Sie schaute. Dann lächelte sie. Sie blinzelte mich an. »Okay, Cowboy, deine Patrone ist doch auch geladen, oder nicht?«

»Baby, ich bin Sheriff, Scharfschütze und Salonbesitzer in einer Person.« Ich strahlte Zuversicht aus – ob begründet oder nicht, da war ich mir selber nicht sicher.

»Gut, so, ich will dann mal.« Sabrina verabschiedete sich und drückte mich herzlich. »Du schaffst das, du machst das schon«, herzte sie mich und begab sich noch mal ins Vereinsheim.

Es war alles gesagt. Aber es war irgendwie auch alles offen.

Hat mir das Gespräch nun Angst gemacht, oder habe ich neuen Mut und Entschlossenheit dazugewonnen? In dieser Frage fehlen mir die klaren Linien, die meinen Blick auf den vor mir liegenden Tennisfeldern so einfach und symbolisch abbilden. Tennis ist irgendwie einfach. Die Liebe und das Leben sind hingegen furchtbar kompliziert.

Torven

22 – Schlüsselerlebnis

Der Traum ist aus! Die Hoffnungen sind dahin. Ich bin am Boden zerstört und fühle nichts. Nein, ich fühle eine riesige Leere. Eine einzige Enttäuschung. Wie ein Gebilde, das nach mühsamer Kleinarbeit auf einmal laut zusammenkracht und das ich mit riesigem Aufwand wieder aufbauen müsste. Nur fehlen mir dazu der Mut, die Kraft und der Wille.

Ich habe Sybille gesehen, wie sie Lars geküsst hat! Heute Morgen ist es passiert, so völlig nebensächlich. Der Tag hatte einen mit reichlich Sonnenstrahlen begrüßt. Zwar mischten sich ab und an einzelne Wolken in den Sonnenschein, aber alles ließ sich durchaus sehr passabel an. Und es war einer dieser Schultage, bei denen man zumindest hoffte, dass man durch das Ausfallen der letzten Stunde von einem erfolgreichen Tag sprechen könnte. In meinem minimalen Sybille-Eroberungsplan hatte ich mir vorgenommen, Sybille in der ersten Pause kurz anzusprechen. Die letzten Erfolge mit ihr hatten mir Mut und Flügel verliehen, ich flog auf sie, ich wollte sie im Sturm erobern, war mir aber bewusst, dass eine etwas zurückhaltende Taktik deutlich angebrachter war. Ihr Besuch bei meinem Basketballspiel war ein toller Anfang gewesen. Also hatte ich mir zurechtgelegt, dass wir doch in der Stadt shoppen gehen könnten. (Natürlich mag ich das überhaupt nicht. Natürlich brauche ich derzeit überhaupt keine Klamotten oder sonstige Sachen, und selbstredend bin ich pleite, sprich für meine Barreserven ist der Monat mal wieder viel zu lang. All das würde ich ihr natürlich mit keiner Silbe unter die Nase reiben, sondern ich würde in bester Schauspielmanier meine Begeisterung für eine Shoppingtour an sie herantragen.)

Da sie in die Parallelklasse geht, sind unsere Zusammenkünfte nur sehr unregelmäßig gegeben, meistens sehen wir uns beim Kommen zum und Gehen vom Unterricht oder auf dem Pausenhof. In dem weitläufigen Areal unseres Pausenhofes hatte ich Sybille aus sicherer Entfernung im Visier. Patrick aus unserer Klasse hatte sich auf dem Pausenhof zu mir gesellt, er berichtete von irgendwelchen Fußballern und zurückliegenden Spielen. Ich hatte dafür kein Ohr und hörte kaum zu, sah nur aus sicherer Distanz dem Treiben um Sybille zu. Sie sprach mit Lars, einem ihrer Klassenkameraden. Ich hatte die beiden schon häufiger beobachtet. Aus der Entfernung konnte ich leider nicht hören, worüber sie sprachen. Dann lachte Sybille und drückte ihm wie aus dem Nichts ganz nebenbei einen Kuss auf die Wange. Ich war perplex, dachte mir aber erst nicht so viel dabei, weil es eine Geste war, so ganz spontan, und der Treffer auf der Backe einigermaßen kurz und unpräzise war.

Ich verwarf meinen ursprünglichen Pausenplan und wollte später angreifen. Das Vorhaben sah in meinem Kopf so aus, dass ich nach dem Unterricht energischer und frontaler in die Offensive gehen wollte. Aber dieser zarte Kuss beschäftigte mich. Er war so unverhofft gekommen, so aus dem Nichts heraus. Wie ein Spatz, der sich munter aus der Luft fliegend zur Landung plötzlich auf der heimischen Fensterbank niederließ, als hätte er sich verirrt. Wie ein Falschflieger, der sich in seiner neuen Umgebung neugierig umschaute. Ich hatte Mühe, diesen Kuss einzuordnen. Vor allen Dingen natürlich, weil ich nicht der Adressat war.

Unsere letzte Stunde fiel nicht aus. Typisch. Aber man lebt ja von der steten Hoffnung. Ich hatte mir inzwischen den Plan verordnet, dass ich Sybille nach Schulschluss beim Fahrradständer ansprechen wollte. Sybille kommt – genauso wie ich – jeden Tag mit dem Rad zur Schule, und ich weiß genau, wo sie zumeist parkt. Ich kenne ihr Rad, ich kenne ihre Schultasche, ich kenne ihren Gang – ach, ich kenne eigentlich einfach alles von ihr. Ich wollte sie nicht auf den Kuss ansprechen, vielmehr wollte ich ausloten, was in den nächsten Tagen so gehen würde mit uns. Es galt, meine Position zu stärken und nicht auf andere zu schauen. Ein Spruch, der zweifelsohne von meinen Eltern stammt.

Direkt nach der wohlklingenden Schlusssirene im Klassenraum hetzte ich zur Fahrradstation, die seitlich von den Unterrichtsräumen liegt. Ich war froh, als ich ihr lila Gefährt sah. Ich wartete und beschäftigte mich auf intensive Weise mit meinem Fahrradschloss. So sehr und so detailgenau hatte ich mein Schloss noch nie untersucht. Ich ließ dabei den Hauptausgang nicht aus den Augen. Immer wieder kamen größere Gruppen aus dem Gebäude gestürmt und machten sich fix auf den Heimweg. Ich hatte mein Schloss derweil dreimal auf- und bestimmt viermal wieder abgeschlossen, hatte es abgenommen und den Schlüssel, in bester Schlüsseldienstmanier, immer wieder angepasst.

Inzwischen hatte ich mindestens fünf Minuten bei den Fahrrädern verbracht, viele Mitschüler waren längst davongeradelt. Ich wog das Schloss in meinen Händen hin und her. In meiner Hand hielt ich dabei den Schlüssel zum Glück. Ich wartete. Dann sah ich sie. Leider war sie nicht allein. Sybille kam aus dem Schulgebäude, neben ihr ging – wieder wie selbstverständlich – Lars. In bedächtigen Schritten kamen sie auf den Fahrradplatz zu. Ich vermutete nicht, dass sie mich in dem allgemeinen Gewühl schon ausgemacht hatten. Ich hielt mich bereit. Dann stoppten sie ihren ohnehin langsamen Gang und schauten sich an. Sie umarmten sich! Und ich schaute sprachlos zu. Ich war perplex. Ich war fassungslos und wäre am liebsten auf der Stelle bis nach Dänemark durchgerannt. Stattdessen blieb ich regungslos stehen. Immerhin ließ ich das schwere Fahrradschloss nicht fallen. Dann küssten sie sich. Dann nochmal. Und nochmal.

Mit jeder Menge Wucht feuerte ich mein verdammtes Schloss in meinen blöden Fahrradkorb und fuhr los. Die Wut im Bauch und die geballte Muskelkraft in den Beinen führten mich schnell fort vom Schulbereich. Wohin, weiß ich nicht mehr …

Ich fuhr rund zehn Minuten im höchsten Tempo. Dann bremste ich abrupt ab. Ich war in der Nähe des Stadtparks und fand eine ruhige Ecke. Ich setzte mich auf eine der zahlreichen Parkbänke. Obwohl es nicht leicht war, eine Parkbank ohne Dreck und ohne Hinterlassenschaften von umherfliegenden Vögeln zu finden, in einer ruhigen Parkecke, die leer und einigermaßen abgeschieden war, war es mir schließlich gelungen. Ich nahm nur einzelne Spaziergänger wahr. Zumeist waren es ältere Leute, die trotz der Hitze viel zu dick angezogen waren. Im langsamen Tempo zogen sie an meiner Bank vorbei. In meiner Wut hätte ich jeden erwürgen können. Ich war über jeden Passanten dankbar, der mir keinen Blick zuwarf, der mich nicht als Mensch wahrnahm. Mir war nach Weinen zumute, aber Jungs weinen nicht einfach los. So saß ich lange Zeit nur da. Fassungslos, enttäuscht und konsterniert. Ich war in den letzten Wochen so hoffnungsvoll, so voller Mut und Energie gewesen. Ich hatte gedacht, ich wäre auf einem guten Weg. Ich hatte gedacht, dass ich Chancen bei ihr hätte. Ich hatte sogar vermutet, dass auch sie ein gesteigertes Interesse an meiner Person habe. Waren meine kleinen Bemühungen zu wenig oder zu langsam gewesen? Oder war ich gar zu aufdringlich? Vielleicht war ich auch nicht ihr Typ?

Aber egal, wenn der Verteidiger ein Eigentor schießt, dann zählt auch dieser Treffer für die gegnerische Mannschaft. Aufstehen und weitermachen. In der Praxis klingt das so einfach. Mein Körper und mein Geist hatten eine Trägheit, die mich an magnetische Kräfte erinnerte. Nur führten diese Kräfte ins Nichts.

Der Himmel strahlte immer noch. Die Sonne brannte auf meinen Oberkörper, der nur von einem hellen T-Shirt umschlungen war. Ich schob alle Hoffnungen in den Wind und trödelte mit dem Rad auf meinem Heimweg. Mir war irgendwie, als würde ich in eine dunkle Zukunft radeln.

***

Keine zwei Stunden später laufe ich mit dem Basketball Meter um Meter. Ich renne, dribbele, prelle und feuere den Ball auf den Korb zu. Ich bin frühzeitig zum Training aufgebrochen, mein Körper und Geist lechzten nach Ablenkung. Meine einseitigen Gedanken sorgten für Hirnschmerz und ausgeprägten Liebeskummer in meinem Kopf. Zu Hause angekommen, war ich ohne Umweg in mein Zimmer gestürmt und hatte meine Schultasche frustriert in die Ecke gefeuert. Nach fünf Minuten des Schmollens war ich fix unter die Dusche gesprungen und hatte gehofft, dass der Brausekopf meine Enttäuschung wegspülen würde. Natürlich tat er mir nicht den Gefallen.

In der Sporthalle sind alle negativen Gedanken fast entschwunden. Ich habe den Ball wiederholt so erfolgreich in den Korb befördert, dass mir eigentlich zum ersten Mal an diesem Tag Glückshormone entgegengeflogen sind. Aber mir ist auch klar, dass auf jeden vermeintlichen Siegtreffer auch wieder eine Niederlage folgen könnte.

Jan

23 – Der Brief

Ich war müde und ausgelaugt. Drei Bier, zehn Zigaretten und zwanzig Songs im Proberaum zehrten an mir und meinem Körper. Wir hatten ordentlich gerockt und zwei neue Songs eingespielt, in einem Fall hatte ich sogar textlich mitgewirkt. Das neue Material stammte überwiegend aus der Feder von Tom, der sich musikalisch und zeitlich am meisten mit den Songs beschäftigt. Viele Details entstehen zudem als Gemeinschaftsarbeit der Band, im Proberaum wird nicht selten aus einem anständigen Lied ein feiner Pop- oder Rocksong. Aber solche Abende kosten auch Substanz, das Proben, das kreative Auslassen sowie Alkohol und Zigaretten fordern ihren Tribut. Die Zeiten, in denen einen der Körper für kleinere Sünden nicht bestrafte, sind bei mir leider seit vielen Tagen vorbei.

Ich kam recht spät nach Hause, der neue Tag hatte vor gut einer halben Stunde begonnen. Auf meinem Heimweg war zumindest der Mond ein leuchtender Begleiter gewesen. Ich huschte durch die Wohnungstür und vernahm absolute Stille, die digitale Uhr zeigte 00:39 Uhr. Ich schlich mich am Esszimmertisch vorbei, ehe ich stockte. Auf dem Tisch lag ein einzelner Brief, nackt und unschuldig. Ich erkannte die Handschrift meiner Frau. Der Brief war mit »Jan« beschrieben. Soweit sind wir also schon in unserer Beziehung, dachte ich mir. Soll es das nach 13 Ehejahren gewesen sein? Ich schluckte und verwarf den Gedanken. Ich bewegte mich im Zeitlupentempo auf den Brief zu und spürte eine innere Angst vor dem Inhalt. Ich hielt kurz inne, setzte mich auf den Stuhl und begann zu lesen.

Lieber Jan,

ich konnte dich heute Abend nicht mehr persönlich sprechen, deswegen meine Mitteilung in Briefform. Ich wollte wieder mal mit dir reden, bevor du zur Bandprobe gegangen bist. Aber das mit dem Reden hat in letzter Zeit bei uns leider nicht sonderlich gut geklappt. Und da ich manchmal beim Verfassen von Zeilen besser das ausdrücken kann, was in meinem Herzen vorgeht, auf diesem Weg die Nachricht an dich.

Dies ist kein Abschiedsbrief! Und dies ist auch kein Brief über unsere Trennung.

Dennoch möchte ich dir in einigen Zeilen die aktuelle Situation aus meiner Sicht erläutern.

Ich kann dir zum jetzigen Zeitpunkt nicht sagen, wie es weitergeht!

Ich kann dir auch nicht sagen, wie unsere Zukunft aussehen wird?

Ob dieser Weg, den ich derzeit eingeschlagen habe, richtig ist, das kann ich dir ebenfalls nicht beantworten. Ich weiß nur, dass es ein mutiger Weg ist, und er fühlt sich derzeit richtig an für mich.

Ich kann dir nur mitteilen, dass ich einerseits sehr glücklich bin mit Marc. Andererseits belastet mich die Situation, dass es mir mein Herz zerreißt. Ich weiß, dass ich im Moment keine gute Mutter, Ehefrau und Tochter bin. Ich merke, dass du, dass Torven und Nicoletta unter der angespannten Situation sehr leiden. Nichts liegt mir ferner. Es bricht mir das Herz und wir müssen da gemeinsam eine langfristige Lösung finden. Gerade im Hinblick auf unsere Familie. Ich bin mir auch darüber im Klaren, dass ich meiner Mutter mehr zur Seite stehen müsste.

Ich erspare es dir hier, weitere Details über Marc und mich zu berichten. Ich kann mir nicht vorstellen, dass es dich tatsächlich interessieren würde. Ich weiß nur, dass Marc mir unglaublich guttut. Ich bin mir bewusst, dass dies eine sehr egoistische Meinung ist.

Jan, ich bitte dich um Geduld. Das ist meine einzige Bitte, die ich an dich habe. Gib mir noch Zeit, wofür, das müssen wir beide abwarten.

Mach dir keine Vorwürfe, weil auch ich dir keine Vorwürfe mache. Du hast nichts falsch gemacht. Aber ob in letzter Zeit alles richtig war, darüber fällt es mir schwer zu urteilen. Vielleicht haben wir uns irgendwann in den vergangenen Jahren aus den Augen verloren. Morgens beim Frühstück oder abends, wenn du häufig unterwegs warst. Wir haben viele Stunden, viele Momente geschwiegen, haben nie über uns, unsere Gefühle und Wünsche gesprochen. Das bedaure ich. Ich habe zuletzt häufiger ältere Fotos von uns als Familie betrachtet. Auf diesen Fotos, die wir damals machten, sah ich viel Liebe, Zufriedenheit und Glück. All das vermisse ich in unserem gemeinsamen Leben. Vielleicht haben wir zu lange dahingelebt. Ohne Sorgen, ohne großen Spaß und ohne Abwechslung. Und wir haben auch verdammt lange keine Fotos mehr gemacht. Der letzte Fotoapparat ging vor einiger Zeit kaputt, und plötzlich ist wohl auch in unseren Herzen ein kleiner Riss entstanden.

Ich schreibe dir diesen Brief, da ich jetzt mit Marc vier

Tage unterwegs sein werden. Wir verreisen kurz. Während du diese Zeilen liest, sind wir schon unterwegs. Diese Reise hat sich eher spontan ergeben, sodass ich dich nicht besser im Vorfeld informieren konnte. Ich bin der Meinung, dass man manchmal im Leben eben jenen kurzfristigen Lockrufen folgen sollte. Ich bin am Montagnachmittag wieder zu Hause. Dann können wir gerne sprechen.

Nicoletta ist am morgigen Freitag bei Friederike und somit versorgt. Mir ist bewusst, dass der Zeitpunkt mit der Erkrankung meiner Mutter unpassend ist. Aber auch das werde ich meistern.

Erwarte ich Akzeptanz oder Verständnis von dir? Nein.

Ich bin mir sicher, dass du das in der Familie mit Nicoletta und Torven hinbekommst, und vertraue in der Angelegenheit auf deine tollen Fähigkeiten.

In Liebe
Susi

Ich habe den Brief gelesen und schlucke. Dann lese ich den Brief erneut. Meine Frau hat mich überrascht. Mit dem Brief, mit der Reise und mit den Andeutungen, die unser Leben betreffen. Und ich beginne, über Fehler nachzudenken. Fehler, die sich eingeschlichen haben, in Form von Abläufen, Tagen und Wochen, die tatsächlich reichlich mausgrau geworden waren. Jetzt werde ich einige Tage ohne Susi sein und somit genug Zeit haben, um über das Leben nachzudenken. Schon wenige Minuten nach dem ersten Lesen kann ich jedoch feststellen, dass dieser Brief nachwirkt.

Ich gehe leisen Schrittes in Nicolettas Kinderzimmer. Das Licht im Flur sorgt für einen schwachen Strahl in dem kleinen Raum. Ich drücke Nicoletta einen zarten Kuss auf die Stirn. Dann gehe ich wieder zurück. Ich denke an den Brief. »In Liebe« hat sie in den untersten Zeilen geschrieben. Welch ein großes Wort. Gerade, wenn man wenig später in den Armen eines anderen Mannes liegen wird. Ich beerdige den fiesen Gedanken und will den langen Tag beenden.

Ich betrete das eheliche Schlafzimmer, das mir in dem Moment noch größer als sonst vorkommt. Als ich das Licht einschalte, wirkt es indes noch einsamer als viele Nächte zuvor. Ich gehe ins Bett und versuche zu schlafen. Es gelingt mir nicht, ich bin zu sehr damit beschäftigt, über die aktuelle Situation, über die Liebe und das zugehörige Leiden nachzudenken.

Teil III

August

Jan

24 – Konto

Ich war keinesfalls chancenlos. Ich hatte eine Waffe und würde genau diese auch benutzen. Und jede Menge Wut wohnte in mir. Am Vortag hatte ich zumindest einen meiner Verfolger erschossen. Kaltblütig, von hinten. Vorher hatte man mich aufgespürt, beobachtet, gehetzt, verfolgt und versucht, mich mehrfach zu attackieren. Aber ich war vorsichtig und schnell. Ich hatte circa vier Kilogramm Marihuana gut in meiner Wohnung versteckt. Ich fragte mich, wer mich verraten hatte. Aber jetzt, als es um Leben oder Tod ging, da war es eigentlich auch egal. Vielleicht war es die große Blonde, die mit den langen Beinen und dem großen Mund, mit der ich vielleicht eine Nacht zu lange zusammen gewesen war.

Ich hörte ihn wieder. Den Feind. Sie schlichen um das Haus. Waren es zwei oder drei? – Ich war unsicher. Auf alle Fälle waren es ganz finstere Typen, die keine Sekunde zögern würden. Es gab nur einen Ausweg. Ich oder sie? Irgendwer würde sterben. Die Waffe lag ruhig in meiner Hand und ich malte mir aus, wie ich sie vernichten würde. Dann wurde ruckartig und mit lautem Wumms die Tür aufgebrochen. Ich hatte das kaum registriert, da flog schon im hohen Bogen eine Rauchbombe durch die Tür. Innerhalb von drei Sekunden breitete sich der Nebel in dem Sommerhaus aus. Angespannt stülpte ich mir mein T-Shirt über das Gesicht, zugleich rannte ich ins Schlafzimmer. Nach einem hektischen Blick hopste ich in den leeren Kleiderschrank, der quasi genau für diesen wichtigen Moment bereitzustehen schien. Ich verharrte dort und wartete eine Ewigkeit. Ich lauschte. Waren das leise Schritte im Haus? Ich war unsicher. Ich wartete weiter. Als ich eine ganze Zeitlang keine Geräusche mehr ausmachen konnte, öffnete ich die Schranktür einen minimalen Spalt. Es war kaum noch Rauch vorhanden und auch keine Verfolger waren zu sehen. Ich spürte die Waffe in meiner feuchten Hand. Immer im Anschlag bereit, immer den Blick nach links und rechts, so verließ ich auf leisen Sohlen den Schrank und das Schlafzimmer. Ich spähte ins Wohnzimmer, wo ebenfalls kein Feind mehr auszumachen war.

Aber ich irrte mich gewaltig! »Keine Bewegung. Ich bring dich jetzt um«, sprach die tiefe Stimme. Der Unbekannte stand direkt neben mir. Ich hatte ihn nicht kommen sehen. Er stank unangenehm nach Schweiß, nach Bier und Knoblauch. Er atmete laut. Ich spürte den Revolverlauf direkt an meiner Schläfe. Ich spürte einen Schmerz, weil er mir seine Pistole fest an meinen Schädel drückte. »Deine Flucht ist vorbei. Endgültig.« Er spannte den Abzug. Seitlich sah ich seine Entschlossenheit. Und seinen Hass. Er drückte ab.

Und dann wachte ich auf.

Diese ersten Minuten nach solchen Träumen sind Verwirrung und Erleichterung zugleich. Verwirrung deshalb, weil diese düstere Szenerie schon sehr weit von meiner Realität entfernt ist. Und Erleichterung, weil der Kampf um Leben und Tod kein wesentlicher Bestandteil meines Lebens ist. Aber meine aktuellen Sorgen scheinen mir nichtsdestotrotz ähnlich problembeladen zu sein.

Jeder Traumdeuter hätte bestimmt seine wahre Freude an den Gangster-Fantasien. Ich dagegen bin ob der Heftigkeit eher irritiert. Ich bewege meine Knochen, schaue mich um, ob nicht doch noch irgendwer im Hinterhalt lauert. Der Wecker zeigt 6:23 Uhr und das Bett neben mir ist leer. Wieder einmal.

Ich gehe den anstehenden Tag im Geiste durch, überlege und überschlage, was mich erwartet. Ich hatte also 44 Jahre gebraucht, um desillusioniert im Bett aufzuwachen und mir die Sinnfrage zu stellen. Worin besteht der Sinn des Lebens? Können Beziehungen überhaupt langfristig funktionieren? Und inwieweit kann eine Familie zusammen harmonieren, wenn einzelne Puzzleteile nicht mehr hineinpassen in das ehemals heile Bild?

Mich erwartet ein handelsüblicher Mittwoch, der zumindest auf meiner Seite relativ wenig Verpflichtungen mit sich bringen wird. Das Wecken von Nicoletta ist oberster Agenda-Punkt, ehe sich das Zubereiten vom Frühstück anschließen wird. Letzte Übung wird es sein, Nicoletta auf den Schulweg zu schicken. Torven ist immer noch auf Klassenfahrt, insofern werden die Teilnehmer an unserem Frühstückstisch sehr überschaubar sein. Ich werde in die ein klein wenig traurigen Augen von Nicoletta schauen, die mich einmal mehr fragen wird, wo ihre Mama steckt. Nicht zum ersten Mal. Bei den ersten Erklärungsversuchen hatte ich noch recht kreative Antworten gegeben. Mutti fühlt sich nicht gut und schläft deswegen woanders, die Mutti musste früher ins Büro. Oder die Mutti hat heute Nacht bei der Oma im Krankenhaus übernachtet. Aber ich habe diesbezüglich die Kreativität verloren, sodass ich statt kreativer auch ehrlicher geworden bin. Inzwischen stelle ich mir vermehrt selbst die Frage, wie es ihr geht und vor allen Dingen, wie es mit uns weitergeht?

Ich bin mir auch nicht sicher, ob und inwiefern Susi schon mit Nicoletta und Torven reinen Tisch gemacht hat. Auf alle Fälle ist die aktuelle Situation belastend, gerade für die Kinder. Nicoletta ist stiller geworden, in sich gekehrter. Ihre Naivität und Fröhlichkeit sind natürlich nicht gewichen, aber sie versprüht ihre Glücksfunken in deutlich überschaubarerer Dosierung.

Nicht alleine die höllische Geschichte mit Susi belastet mich, durch den Verlust meines Jobs bin ich in ein ordentliches Loch gefallen. In den letzten Jahren war ich es immer gewöhnt, einen geordneten Tagesablauf zu haben. Morgens raus aus den Federn, früh zur Arbeit hetzen, ein rund neunstündiger Bürotag mit Stress und kreativem Druck, daheim dann Familienmensch mit Sonderaufgaben.

All das hat sich radikal geändert. Nach dem Aufstehen, nach dem Frühstück falle ich ins Nichts. Da ist eine große Leere. Da ist der große Gedanke an die Zukunft. Nach dem Abräumen von Nutella und Erdbeermarmelade erwarten mich Unsicherheit, Zukunftsängste und der Wille nach Veränderung. Ich zermartere mir den Schädel. Was will ich machen, was kann ich machen? Was macht mir Freude? Wozu bin ich in meinem Alter überhaupt noch leistungsfähig? Und wer will mich noch? Wer sucht auf dem Arbeitsmarkt nach einem am Boden zerstörten Familienmenschen, der ohne Frau, ohne Illusion und leider auch ohne den großen beruflichen Elan, ohne den riesigen beruflichen Ehrgeiz irgendwo einsteigen will?

Wenn ich auf meine berufliche Laufbahn schaue, dann habe ich durchaus schon einige Einbahnstraßen betreten. Nach dem Abitur begann ich eine Bankausbildung. Aber meine Vorstellungen wichen dann doch von denen meiner Ausbilder ab, nach knapp der Hälfte der dreijährigen Ausbildung warf ich die Brocken hin. Ich studierte zwei Semester Philosophie, ehe ich entschied, dass dieser Weg mich ebenfalls wenig weiterbrachte. Ich lernte Susanne kennen und wir waren sehr fix ein Paar. Und ja, sie war es wohl, die mir den richtigen Weg ebnete, auch wenn ich die erste Zeit beruflich noch weiter tingelte und nicht gleich sesshaft wurde. Ich arbeitete ein Jahr im Bereich Gastronomie, wo ich viel arbeitete, aber nur wenig Geld verdiente. Blinker nach links und Gaspedal durchgetreten. Es folgte eine Station bei einem Lokalblatt als Schreiberling, bei dem ich regelmäßig sogenannte redaktionelle Beiträge über Anzeigenkunden formulierte. Aufgrund einer dieser Lobhudeleien begann meine kaufmännische Karriere. Ich war einige Jahre als Einkäufer bei einem Einzelhandelsriesen beschäftigt. Eine feine und erträgliche Beschäftigung, ehe ich nach vier Jahren wieder wechselte. Ich wurde abgeworben und landete in einem kleinen Verlag, der sein Geld mit Schulbüchern und Ratgebern im Gesundheitsbereich verdiente. In dem Verlag übernahm ich viele unterschiedliche Aufgabenfelder, sodass ich auch im Bereich Werbung und Marketing reichhaltige Erfahrungen sammelte.

Nach drei Jahren endete die Epoche und nach kurzer Suche landete ich in der Werbeagentur bei meinem ehemaligen Chef Ludwig Kreiser. Anfangs hüpften wir auf der gleichen Wellenlänge. Als ich nach und nach feststellte, dass der Chef sich immer weniger einbrachte, da kapitulierte auch ich.

Es gab dieses eine Schlüsselerlebnis, als mich ein kleiner Zettel völlig aus der Fassung brachte. Es war einer dieser Kontoauszüge, die die hiesigen Bankautomaten allerorts in schnellstem Druckertempo auswerfen. Er lag auf dem Boden vor dem Büro des Chefs. Er war ihm anscheinend aus der Hosentasche oder aus dem Sakko gerutscht. Unschuldig lag das Papier auf dem Boden, ich sah zunächst nur das rote Logo der Sparkasse. Ich war auf dem Weg zum Pausenraum gewesen, als mir dieser rechteckige Kontoauszug ins Auge fiel. Ich war schon zwei Schritte weitermarschiert, aber dann hielt ich inne. Ich überlegte und schaute mich verlegen um. Keiner war zu sehen, keiner hatte mich im Blick. In unserer Bürogemeinschaft waren im Hintergrund nur leise Stimmen zu vernehmen. Ich zögerte, doch dann hob ich ihn auf. Ich schaute zuerst auf den Namen. Ludwig Kreiser war tatsächlich dort als er Kontoinhaber ausgewiesen. Und dann sah ich Zahlen. Viele Zahlen. Und große Zahlen. Der Kontostand betrug irgendeinen Eurobetrag um die 27 000. Ich schluckte. Ich schaute auf die Daten der Kontobewegung. Als dritte Position sah ich die Überweisung Gehalt GF mit einem satten Betrag. Ich blickte einmal mehr nach links und rechts, ob ich mich nicht doch irgendwer beobachtete. Keiner. Ich stierte wieder auf den Auszug und sah erneut die gut 11 0000 Euro als monatliches Gehalt für unseren Inhaber und Geschäftsführer. Ich überlegte kurz, ob ich das Papier einstecken sollte, warf es dann aber zurück auf den Boden. Ich marschierte in unseren Pausenraum zu unserem Kaffee-Vollautomaten und zog mir einen starken Kaffee. Mir fehlten die Worte, aber es war sowieso keiner in der Nähe, mit dem ich hätte sprechen können. Ich wusste inzwischen nur, der Chef konnte ruhig mal eine gute Bohne mehr bezahlen.

***

In den letzten Wochen habe ich – so gut es ging – vermieden, den Tag im Jogginganzug zu bestreiten. Als ich mir nach dem Aufstehen die Socken anziehe, stelle ich mir die alltägliche Klamottenfrage. Ich entscheide mich für Jeans und ein helles T-Shirt, der späte Augusttag verspricht zumindest Temperaturen, die einigermaßen nach Zitroneneis und Sonnencreme schmeckten. Ich absolviere eine Runde durchs Haus, hole die Zeitung herein, werfe einen Blick auf die Schlagzeilen (»Wer bezahlt die Griechenland-Krise?«) und kümmere mich um den Frühstückstisch. Von Susi keine Spur, ganz gelegentlich findet man unverhofft noch eine Nachricht oder Notiz, in der sie versucht, ihre Abwesenheit zu erklären oder zu rechtfertigen. Diesmal finde ich nur Stille vor.

Ich gehe auf leisen Sohlen in Nicolettas Kinderzimmer. Im Halbdunkel kann ich sie schlafend in ihrem Bettchen ausmachen. Brav liegt sie da. Sie atmet leise und hat einen Arm über die Bettdecke gelegt. Ich genieße den Moment, höre und schaue ihr beim Schlafen zu. Ich setze mich auf die Bettkante und betrachte meine schlafende Tochter. Der Moment hat zugleich so etwas Ruhiges, etwas Unschuldiges und Sehnsuchtsvolles. Ich stehe auf. »Guten Morgen, aufwachen mein Schatz.« Ich ziehe ihre Jalousie hoch, lasse etwas Sonne in den Raum. Ich gebe ihr einen sanften Kuss auf die Wange. »Stopp«, sagt sie leise im Halbschlaf. Ich küsse sie erneut ganz sachte. »Halt! Stopp! Dein Bart kitzelt!«

***

Auch dieses Frühstücksmahl war wieder mit einer leichten Prise Schwermut belegt. »Wann ist Mami wieder hier?«, war eine von Nicolettas Fragen. Eine Antwort fiel mir auch dieses Mal schwer. Eine halbe Stunde später ist sie aus dem Haus. Auf sie wartet die noch recht frische Erfahrung der 3. Klasse, auf mich wartet ein wenig Abwasch und ansonsten die Freiheit und Freizeit. Ich sitze auf dem biederen Küchenstuhl und überdenke für einen längeren Moment mein Leben. Irgendwann später, ich habe das Zeitgefühl verloren, packe ich meine Tennistasche. Ich bringe in letzter Zeit viele Stunden auf dem Tennisplatz zu. Wenn der Verlust des Jobs etwas Gutes hatte, dann, dass ich zumindest meine Rückhand ordentlich verbessern konnte.

***

Am Abend stoße ich spät zur Band. Ich konnte mich erst aufmachen zu unserem Proberaum, als Nicoletta brav in ihrem Bett lag. Wir werden am Wochenende wieder zahlreiche Stunden mit den CD-Aufnahmen verbringen. Das Recording in dem Studio war eine gänzlich neue Erfahrung für uns. Das Abliefern auf den Punkt, der Hang zur Perfektion und das perfekte Abstimmen der einzelnen Instrumente, all das hat uns mächtig beeindruckt. Alleine das Einspielen, das exakte Stimmen der Instrumente zeugt von der neuen Professionalität. Es sind drei Wochenenden in dem professionellen Studio geplant. Ob der Kinderbetreuung hatte ich darauf gedrungen, dass nur die beiden Tage an den Wochenenden für mich in Frage kommen. Die Band hatte zähneknirschend eingewilligt. Den Rest hat Jean Rubin koordiniert.

Zuvor hatten wir lange an der Songauswahl gedeichselt. Wir hatten 15 eigene Titel zur Auswahl. Jean Rubin begleitete uns dreimal in den Proberaum und war entscheidend in die Auswahl der Stücke involviert. Sprachen wir am Anfang von unserem Agenten, so hatten wir uns inzwischen für die Formulierung »unser Manager« entschieden. Aber die Person Rubin, der trotz der Hitze zumeist seinen langen Ledermantel trägt, ist uns weiterhin suspekt. Sein Hang zur Perfektion und sein kluger Umgang mit Menschen imponieren uns dagegen.

An den ersten beiden Wochenenden hatten wir erst sieben Songs aufgenommen. Insofern hängen wir im Zeitplan hinterher. Auch die beiden Tontechniker merkten schnell, dass das Metier mit den Plattenaufnahmen absolutes Neuland für uns war. Wir waren wahnsinnig bemüht, doch gerade an den ersten beiden Tagen packten uns die Nervosität und die Angst vor Fehlern, die auf den Aufnahmen zu hören sein würden.

»Keine Bange, wir mischen das Zeug sowieso noch dreimal ab und können zahlreiche Töne wieder löschen«, nahm uns Theo, der Wortführer der beiden Techniker, mit der Zeit die Angst. Als wir am ersten Abend die Aufnahmen hörten, staunten wir nicht schlecht. Das waren wir, wir saßen gemütlich auf dunklen Bürostühlen im Tonstudio und lauschten quasi zum ersten Mal unserer eigenen Musik. Ein verrücktes Gefühl, die Töne erklangen in einer sensationellen Art und Weise. Die Stimme von Tom und unsere Texte klangen überirdisch.

»Ich kitzel da noch ordentlich was raus, ich leg da noch mehr Groove unter«, meinte Theo lässig, mit einer Kippe zwischen den Lippen. Mit einem breiten Grinsen verließen wir das Tonstudio. Das alles nur, um uns nach einer kurzen Nacht zu Hause, am nächsten Morgen wieder mit neuem Elan an die Instrumente zu setzen.

Rubin hatte uns gewarnt, jeder Tag im Tonstudio kostete viel Geld. Aber die Erfahrung war einzigartig und mit jedem neuen Song wurden wir besser, selbstbewusster und lauter.

Torven

25 – Paris

In unserem Zimmer stinkt es ganz gewaltig. Irgendeine ungesunde Mischung aus überfälligen Socken, alten Klamotten und frischem Schweiß. Typischer Männergeruch halt. Von uns vieren hat in den letzten Tagen noch nicht einer geduscht – vielleicht auch deshalb, weil die in die Jahre gekommene Dusche nur bedingt dazu einlädt. Obwohl das Zimmer nicht besonders groß ist, sind wir mit vier Personen in dem Raum untergebracht. Der ganze Gebäudekomplex hatte seine besten Jahre hinter sich, daran konnten auch die überall sorgfältig ausgelegten rot-schwarzen Teppiche wenig ändern. Es nennt sich Hotel, doch für viele von uns ist es mehr oder weniger eine bessere Jugendherberge. Aber weit vor der Abfahrt nach Paris hatte man uns gewarnt, für den Preis sei in dieser berühmten Weltmetropole nicht unbedingt mit nachhaltigem Komfort zu rechnen. Aber solche Warnhinweise ignoriert man sehr schnell und hat sie nicht mehr auf der Festplatte, sodass wir in den ersten Stunden wiederholt die Nase gerümpft hatten.

Mit jedem Tag gewöhnten wir uns mehr an Geruch und Enge, auch wenn die Sauberkeit nicht wirklich zunahm. Auch die Putzfrau scheint ihren Dienst zumindest bei uns im Zimmer eher im französischen Laisser-faire-Modus zu verrichten.

Es ist der fünfte Tag auf unserer Klassenfahrt in Paris. Wir sitzen in unserem Zimmer und wir haben noch rund zwei Stunden Freizeit, dann wird wieder der gemeinsame Treffpunkt warten. Wir, das sind Tille, Benjamin und Frederik. Tille, der eigentlich Tillmann heißt, wobei ich außer seinen Eltern keinen Menschen kenne, der ihn so ruft, spielt auch mit mir im Verein Basketball. Tille ist einer, der kraxelt durch dick und dünn, der nimmt das Leben und die Schule nicht so bierernst wie die meisten anderen aus meiner Klasse. Ben ist da eine ganz gesunde Mischung, ein hervorragender Schüler, aber eben auch einer, dem vieles zufällt, der mit wenig Aufwand häufig wunderbare Erfolge vorweisen kann. Vielleicht ist es sein gutes Elternhaus, vielleicht sein feiner Charakter, aber wahrscheinlich ist Benjamin einfach einer, der begabt oder hochbegabt ist und dem seine Cleverness wenig zu Kopf steigt. Frederik sollte eigentlich gar nicht mit in unser Zimmer. Fred ist ein Spießer und ein Schleimer – ansonsten aber ganz in Ordnung. Somit haben wir in unserem kargen Zimmer eine ganz bunte Mischung. Unser kleines Zimmer ist hauptsächlich geprägt durch die zwei Hochbetten – Tille und ich schlafen oben –, ansonsten haben wir zwei Sessel und einen Schreibtisch, der schon wackelt, wenn man ihn nur anschaut.

»Was ist, spielen wir noch eine Runde Karten, oder wollt ihr nur abhängen?«, fragt Tille in die Runde. Er hat mehr so den rotzigen Ton drauf, dabei beherrscht er in der Kommunikation eigentlich die ganz große Klaviatur.

Fred liegt mit Hose und Hemd auf seinem Bett und hält einen Reiseführer über Paris in seinen Händen. Er ist einer der wenigen, der neben den Broschüren, die wir schon im Vorwege von der Schule bekommen haben, noch Extrainformationen über Paris im Gepäck hat.

»Wir können auch noch mal raus? – Paris erleben und einatmen.« Ben zieht die Nase nach oben, als würde er einen lieblichen Duft einsaugen. Für einen kurzen Moment herrscht Stille in unserer Männerbude.

»Nö, ich bin die letzten Tage genug gelatscht«, gebe ich zum Besten. Wir hatten die letzten Tage dermaßen viele Ausflüge gemacht, dass ich mich wundere, dass meine Füße noch nicht von Blasen gepeinigt sind.

»Stimmt, hab auch kein Bock auf schon wieder raus. Nachher geht es ja schon wieder weiter. Latschen, gucken und staunen.« Tille macht ein Gesicht, als müsste er zehn Folgen der Topmodels in der Endlosschleife begutachten.

Fred liegt nahezu bewegungslos auf seinem Bett. Er hat zweimal kurz aufgeschaut. Er fährt sich mit der Hand durch seine frisierten Haare und fühlt sich entweder nicht angesprochen oder hat keine Meinung zu unserer Debatte. Stattdessen blättert er fleißig in seinem Hochglanz-Reiseführer.

»Ok, dann Karten.« Tille holt die Karten vom Tisch und schon ist klar, dass wir erneut pokern werden. Ausnahmsweise ohne Geld, wir hatten am zweiten Abend festgestellt, dass der Trip für alle Beteiligten sowieso teuer genug werden würde.

Tille und ich bringen uns auf den etwas abgehalfterten Sesseln in Position, Ben mischt von seinem Bett aus die Karten.

»Fred, bist du wieder dabei oder chillst du?«, frage ich unseren Streber und gucke ihn an.

Er schaut uns erwartungsvoll an und rollt sich elegant aus seinem Bett. »Logisch, aber habt ihr auch noch Kippen?«

Ab und zu überrascht er uns mit seiner unterkühlten Art und seiner plötzlichen Schlagfertigkeit ganz gewaltig. Wenig später brennen verbotenerweise die Zigaretten in unserem Zimmer. Das ist einer der Vorteile der alten Bude, so etwas wie einen Rauchmelder gibt es in diesen antiken Mauern noch nicht.

***

Vor vier Tagen hatte sich der Bus mit 22 Schülern aus unserem Französischkurs und unserer Lehrerin Frau Bengtson auf den Weg nach Frankreich gemacht. Nach über acht Stunden Busfahrt waren wir zwar ausgelaugt, aber eben auch neugierig auf die französische Hauptstadt. Schon in den ersten Tagen lernten wir Paris auf verschiedenen Ebenen kennen. Wir durchkreuzten zahlreiche Ecken der Metropole und sahen die unzähligen Sehenswürdigkeiten. Gleich am ersten Tag führte das Programm uns zum Eiffelturm. Auch wenn mir in vielerlei Hinsicht die Romantik abgeht, dieses hohe und einzigartige Bauwerk strahlte für mich eine reizende und wundervolle Stimmung aus. Da störte es auch nicht, als sich die riesigen Menschenmengen auf Bildern ablichten ließen, wenn gedrängelt wurde, wenn unterschiedliche Kulturen raufschauten auf diesen imposanten Turm, der so hoch und so einzigartig ist. Die Luft vibrierte, es lag eine so friedliche und wohltuende Stimmung in der Luft. Als wir bei einsetzender Dunkelheit die Rückfahrt zu unserem Hotel antraten, war bei den Jungs und Mädels ganz viel Gefühl mit im Spiel. Ich hatte zwar keine Tränen gesehen, aber funkelnde Augen, Wehmut und jede Menge Gänsehaut waren Begleiter an diesem lauen Sommerabend.

Schon vorher, auf der über achtstündigen Busfahrt nach Paris hatte ich zudem einen dieser magischen Momente erlebt. Viele aus der Klasse hatten sich bei der eintönigen Busfahrt schlafen gelegt. Ich hatte ziemlich weit hinten alleine im Bus gesessen und gedankenverloren die grünen Wiesen, die Wälder und Straßen im Fahrtempo an mir vorüberfliegen lassen. Auf einmal hatte Franziska vor mir gestanden, nachdem sie von den vorderen Reihen kommend den Weg im Bus nach hinten zu mir gesucht hatte. Sie hatte sich vor mir aufgebaut, mir zugezwinkert und gemeint: »Na, träumst du gar nicht von der Stadt der Liebe?« Dabei hatte sie mich mit Zuckermund angelächelt und mich einen Moment zu lange angeschaut. Ihre warmen Augen hatten sich in mein überraschtes Gesicht gebohrt. Ich hatte gestutzt, verlegen zurückgelächelt, zugleich hatten mir die klugen Worte gefehlt, die einem dann immer erst viel, viel später einfallen.

Daran erinnerte ich mich, als sie mit entschlossenen Schritten vor dem Eiffelturm wieder vor mir auftauchte. Erneut strahlte sie, zwinkerte mir kurz zu und legte dann im Schatten des Eiffelturms einmal kurz den Arm um meine Schulter. Ich schaute sie seitlich an. Sie drückte mir einen zarten Kuss auf die Wange und flüsterte mir einen einzigen Satz ins Ohr. Aber der hatte es in sich. Er irritierte mich. Und ihr süßes Parfüm, das blieb wie ein winziger Farbklecks in meiner Nase kleben.

Vorher hatte ich Franziska nie ganz auf der Rechnung gehabt. Sie gehört in unserer Klasse zu der stilleren Gruppe. Sie ist ein nettes, braves Mädchen und auch ganz hübsch. Aber ich hatte sie nie im Blick, ich hatte mir nie ausgemalt, sie näher kennenzulernen oder gar irgendwelche anderen Geschichten. Wenn ich recht überlege, dann hat sie sich zuletzt schon ordentlich gemausert – engere Jeans, die Frisur etwas frecher und auch in der Persönlichkeit reifer und offener. Je länger ich über Franziska nachdenke, desto attraktiver finde ich sie.

Die letzten Begebenheiten mit Sybille hatten mich enttäuscht. Ich war nicht mehr der unbedarfte Junge, dem die Frauenwelt zu Füßen liegt. Ich war desillusioniert und beleidigt, meine Traumfrau im XL-Format war aus meinem Sichtfeld entschwunden. Nachdem ich sie mit Lars vor unserer Schule gesehen hatte, war ich ihr ein wenig aus dem Weg gegangen. Ich würde sie nicht mehr zum Basketball oder zum Bier nach vier einladen. Ich verordnete mir eine Sybille-Diät. Und ich schmollte und grollte.

Den zweiten Tag haben wir in Louvre verbracht. Dort haben wir gefühlt 3000 Bilder begutachtet. Wir betraten Räumlichkeit um Räumlichkeit, die riesigen Zimmer und die übergroßen Bilder wollten kein Ende nehmen. Große prunkvolle Räume und überall hingen überdimensionale Bilder, alte Bilder, auf denen überwiegend sehr alte Menschen so mittelprächtig getroffen waren. Als dann Bild 3001 hermetisch abgeriegelt war, sahen wir die Mona Lisa. Ein verdammt kleines Bild mit einer riesigen Wirkung.

***

Es war eine tolle Reise, auch weil den meisten aus meinem Kurs klar war, dass die Schulzeit sich dem Ende zuneigte. Wir sind seit kurzer Zeit im 13. Jahrgang, dem Abi-Jahrgang. Im Unterricht vergeht keine Stunde, in der das magische Wort Abitur nicht fällt. Es gibt sicherlich viele in der Klasse, die bei dem Wort feuchte Hände bekommen oder Anspannung verspüren, für mich ist dieser Abschluss indes nicht überlebensnotwendig.

Insofern war die Reise der erste Vorbote einer längeren Abschiedstour. Irgendwann wird unsere Schulzeit zu Ende gehen – ich halte das für gut und richtig. Doch die Paris-Tour war so facettenreich und ein so großer Impulsgeber, dass wir alle inspiriert und beeindruckt waren. Wir alle leben nicht in einer solchen Metropole. Diese Reise hat uns kulturell, sprachlich, aber auch menschlich enorm vielschichtige Erfahrungen vermittelt.

Frau Bengtson, unsere schwedische Französischlehrerin, hatte uns schon vor Reiseantritt eindringlich gewarnt. Bei permanenter Ruhestörung oder bei erhöhtem Alkoholkonsum würde sie den ertappten Schüler schnurstracks in den Zug Richtung Heimat verfrachten. Die Spielregeln waren allen bestens bekannt, und fast alle hatten sich dran gehalten. Sicherlich hatten wir in unserer kargen freien Zeit ein schnelles Bierchen getrunken. Und zweimal hatte zum etwas feudaleren Abendessen sogar Wein auf der offiziellen Speisekarte gestanden.

Frau Bengtson war zufrieden mit unserem Sozialverhalten, ähnlich, wie wir zufrieden mit der Klassenfahrt waren. Die letzten zwei Nächte hatten wir auf zwei Zimmern ordentlich gefeiert, ohne dass unsere Lehrerin das mitbekommen hatte. Da wir keine ordentlichen Bezugsquellen für Alkohol hatten, wurde dabei umso mehr geraucht. Den einen Abend hingen wir zu acht im Zimmer von Katschi, der als Wiederholer sowieso ein Jahr älter als alle anderen ist. Bis zwei Uhr morgens hockten wir aufeinander, ehe wir doch noch den kurzen Weg ins Bett fanden.

***

Der etwas knurrige Busfahrer hat vor zwei Stunden das finale Kommando für die Rückfahrt gegeben. Es ist ein guter Tag, um Abschied zu nehmen, leichter Nieselregen hat vor unserem Hotel eingesetzt. Wir haben unseren Koffer und jede Menge Erinnerungen und Erlebnisse im Gepäck.

Auch mich hat die Reise emotional geflasht. Die verschiedenen Eindrücke von Paris waren gigantisch. Ich bin mir sicher, dass ich irgendwann zurückkommen will in diese Stadt, die so viel Atmosphäre ausstrahlt.

Tille sitzt auf der Rückfahrt neben mir im Bus. Er schaut zufrieden in die Runde und hat gerade die Kopfhörer seines ipod abgenommen.

»Alter, alles klar bei dir?«, schaut er mich fragend an.

Ich sinniere noch über die Stadt. Die verschiedenen Eindrücke haben mich beeindruckt. Ich will ihm meine Begeisterung für den Triumphbogen, für Notre-Dame, für die kleinen Gassen, für die Seine, für Montmartre und andere Highlights nicht auf die Nase binden, deswegen schweige ich mich aus.

»Jo, alles klar. War ne geile Tour«, antworte ich ihm, weil diese wenigen Worte dann irgendwie ja doch für eine Menge stehen. Ich nicke ihm zu, was meine Begeisterung ein wenig unterstreichen soll.

»Stimmt.« Dann sagt er nichts mehr, sondern schaut auf sein Handy. Jungs können mit intensivem Schweigen so wunderbar kommunizieren. Eine männliche Gabe, die man schwerlich erklären kann.

Dieses häufige Aufs-Handy-Schauen ist sicherlich auch ansteckend, wenig später fummele ich ebenfalls an meinem Smartphone herum.

Meine Gedanken schweifen wieder ab, und ich denke über Paris nach. Ich sinniere über die Reise, die elektrisierende Stimmung und unsere außergewöhnliche Gemeinschaft.

»Du, sag mal, läuft da was mit dir und der Franzi?« Tille schaut mich an. Zuvor hat er bestimmt 80 Kilometer erfolgreich geschwiegen.

»Ich meine, falls du mal ein Zimmer oder später einen Trauzeugen brauchst, sag doch gerne Bescheid.« Tilles Onkel hat ein Hotel in der Stadt, insofern hat er den Spruch mit dem Zimmer schon häufiger angebracht.

»Wieso, wie kommst du da drauf?«, stelle ich mich ein wenig scheuer als ich bin.

»Hey, ich habe eure Umarmung am Eiffelturm mitgekriegt, die war ja nun kaum zu übersehen.

»Ach so, nee, alles gut. Ich hab das im Griff, und wenn ich Rat brauche, dann bist du der Erste, den ich frage«, zwinkere ich ihm zu.

Ich habe zwar nur wenige Geheimnisse vor Tille, den ich über die Jahre schätzen gelernt habe, aber die aktuellen Wasserstandsmeldungen bezüglich meiner Frauengeschichten werde ich ihm nicht gleich auf die Nase binden. Zumal ich selbst unsicher in Bezug auf Franziska bin. Ich grübele lange Zeit still vor mich hin. Dazu habe ich auf der langen Rücktour viel Zeit. Ich bekomme den einen Satz von Franzi nicht mehr aus dem Ohr, den sie mir am Eiffelturm zugeflüstert hat. »Mit dir möchte ich noch mal die ganze Welt erobern …«

Susi

26 – Kurschatten

Es stand keine Sahne auf dem Frühstückstisch. Es sind manchmal die Kleinigkeiten, an denen sich Veränderungen ablesen lassen. Die letzte Sprühdose war aufgebraucht und wir hatten es versäumt, für Nachschub zu sorgen. Als ich kurz darüber nachdachte, fiel mir auf, dass ich das Wort »wir« in dem Zusammenhang zuletzt deutlich weniger benutzte. Der Familiensinn war dahin. In unseren vier Wänden bewegten wir uns manchmal wie Schauspieler. Wie schlechte Schauspieler. Außer Nicoletta, die hatte von all den Veränderungen bisher nur Konturen wahrgenommen. Alle anderen agierten zwar betont rücksichtsvoll und sensibel, aber eben auch ohne Herz und echte Emotionen.

Ich war wie immer die Erste am Frühstückstisch und sortierte Brot, Margarine, Marmelade und Nutella, exklusiv für die Tochter. Da Jan immer noch ohne Job ist, nahm er nicht mehr mit der gewohnten Regelmäßigkeit am Frühstück teil. Inzwischen stand jeder Teller da, wo er stehen sollte. Ich hatte zuvor Nicoletta geweckt, die ich auch in wenigen Momenten unten am Tisch erwartete. Dann schlich auch Torven langsam die Treppe herab. Er war erst vor zwei Tagen von seiner Kursfahrt aus Paris wiedergekommen. Wie zu erwarten war, hatte er sehr wenig berichtet. Aber zwischen den Zeilen war zu vernehmen, dass ihm die Tour mit seiner Klasse richtig gut gefallen hat. Mit kleinen, müden Augen und in kleinen Schritten kam er in die Küche spaziert. Sein sparsamer Blick war wohl nicht nur der Müdigkeit geschuldet. Seine Antennen hatten längst vernommen, dass man in der Beziehung seiner Eltern von einer handfesten Krise sprechen durfte.

»Hallo Großer«, begrüßte ich ihn und hoffte, ein mildes Lächeln zu ernten. »Müde schaust du aus, hast du noch Nachholbedarf an Schlaf nach eurer Fahrt nach Frankreich?«, fragte ich ihn.

»Kann sein.« Seine Antwort fiel trocken und etwas gleichgültig aus.

»Du hast noch gar nicht so viel berichtet von eurer Reise, das musst du unbedingt mal noch nachholen«, bat ich ihn.

Er schaute mich an. So ein klein wenig entgeistert. Und fast schon ein wenig böse.

Immerhin, er nickte. Das wirkte aber alles andere als überzeugend. Wir schauten beide zur Treppe, als Nicoletta mit ihren kleinen Beinen und ihrem pinken Mädchendress die Treppe herunterspazierte.

»Hallo Schätzchen«, begrüßte ich sie und versorgte sie links und rechts mit einem Küsschen.

»Du Mama, frühstückt Papa heute wieder nicht mit?«, war ihre erste Frage, als sie auf ihrem Stuhl Platz genommen hatte.

»Ich glaube nicht. Ich glaube, der Papa schläft noch«, erwiderte ich. Ich versorgte Nicoletta mit Brot und schmierte ihr – wie fast jeden Morgen – ein Brot mit Erdbeermarmelade.

»Gibt es keine Sahne?«

»Heute nicht, wir haben leider vergessen, sie einzukaufen.« Ich schaute Torven ein wenig schuldbewusst an.

»Ach so.« Mein Sohn nahm die Antwort relativ gelassen hin.

»Berichtest du denn heute Abend ein wenig von der Reise?«, fragte ich ihn erneut und hoffte, mit meinem Interesse ein wenig Wohlbefinden bei ihm auszulösen. Ich war mir bewusst, dass ich meine Mutterrolle zuletzt nur ungenügend ausgefüllt hatte. Häufig hatte ich in der Vergangenheit beim gemeinsamen Essen gefehlt. Ich dachte an viele Mahlzeiten, die ich bei Marc wahrgenommen hatte.

Torven schaute mich an. »Vielleicht«, sagte er und stand abrupt auf vom Frühstückstisch.

Ich wollte mir meine gute Laune nicht verderben lassen. »Wieso nur vielleicht?«

Jetzt warf er mir einen bösen Blick zu. »Ach Mama, bei der anhaltenden Sprachlosigkeit hier im Haus, da kann ich mir mein Recht ja vielleicht auch mal rausnehmen, einfach nichts zu erzählen.« Er hatte ordentlich seine Stimme erhoben und war immer lauter geworden. Ohne weiteren Kommentar ging er die Treppe hoch, um sich für die anstehende Schule zu rüsten.

Nicoletta schaute mich mit großen Augen an.

»Torven ist sauer«, meinte die Kleine, schüttelte fragend den Kopf und blickte ihrem Bruder ganz verknittert hinterher. Dann sah sie zu mir. Ich schenkte ihr ein Lächeln, wenn es auch ohne Frage etwas gequält daherkam.

***

Der Tag läuft im Eiltempo weiter. Wenige Minuten später sind beide Kinder auf dem Schulweg und ich habe einen kurzen Moment für mich. Von Jan ist noch nichts zu hören und zu sehen. Er schläft oben – oder tut zumindest so. Wir befinden uns immer noch in dem unerfreulichen Stadium, dass wir uns größtenteils aus dem Weg gehen – trotz unseres komfortablen Einfamilienhauses kein leichtes Unterfangen.

Ich mache mich auf den Weg, heute ist einer der beiden Tage, an denen ich arbeite. Meinem Bürojob hatte ich zuletzt wenig abgewinnen können, mitunter wurde ich in dem 30-Mann-Betrieb komisch angeschaut, da ich in den letzten Wochen doch einige Tage gefehlt hatte. Ein Verhalten, das man vorher nicht von mir gekannt hatte und das eigentlich nur wenig zu meiner Person passt.

***

Am Nachmittag besuche ich meine Mutter in ihrer citynahen Wohnung. Ich bin überglücklich, dass sie ihre Reha-Maßnahme erfolgreich absolviert hat. Meine Mutter hatte zwei Wochen im Bergischen Land verbracht, dort hatte man sie in vielen Belangen wieder an die Normalität des Lebens herangeführt. Gerade hinsichtlich der eigenen Mobilität und der Selbständigkeit hat sie wieder enorme Sicherheit erlangt. Diese zwei Wochen in fremder Umgebung hatten ihr extrem gut gefallen. In den letzten Tagen berichtete sie mir von ihren Tagesprogrammen, und endlich war in ihrem Gesicht wieder ein Hauch von Zufriedenheit und Optimismus erkennbar. Sie erzählte vom Fachpersonal, von vielfältigen Eindrücken und Impulsen, die sie mitgenommen hatte. In puncto Bewegung, Fitness, Körpergefühl und Ernährung war sie umfassend informiert worden. Aber es gab laut ihrer Berichte auch einen unschönen Punkt, da sie in der Reha-Klinik mehrfach von Männern umgarnt worden war.

Unter anderem hatte ein älterer Herr sich mächtig an sie herangemacht. »Der Herr Thomsen ist mir manchmal auf Schritt und Tritt gefolgt, der war mir fast schon lästig.«

»Aber ist das nicht auch mal wieder schön, begehrt zu werden? Und sei es nur, um ein wenig zu flirten?«, fragte ich sie.

»Nö, dein Vater hat mich 37 Jahre lang geliebt. Das war echte Liebe. Diesen Liebesspeicher trage ich noch in meinem Herzen. Da brauche ich nicht so einen dahergelaufenen Kurschatten, der mich notgeil von der Seite anspringen will«, erwiderte sie mit aller Vehemenz.

»Mutter, bitte«, solche Direktheit bin ich von ihr nicht gewohnt. Immerhin, es war ein gutes Zeichen, dass sie wieder ganz auf dem Damm ist. Das von ihr gewählte Wort Liebesspeicher gefiel mir hingegen gut. Der Begriff geht mir seither nicht aus dem Sinn.

»Nein, der Herr Thomsen kam eines Tages nach dem Abendbrot in mein Zimmer gestürmt. Er fing an, mich zu begrabbeln und kam immer dichter an mich heran, ich hatte Mühe, ihn zurückzuweisen und habe ihn wenig später resolut aus meinem Zimmer befördert«, schilderte Hilde. Ich war baff.

»Aber der ließ nicht locker. Er umgarnte mich anfangs, und später lauerte er mir an den verschiedensten Ecken auf. Ich war ganz froh, als er vier Tage vor meinem Reha-Ende abreisen musste. Den und seine permanenten

Avancen habe ich nicht vermisst. Aufgeblasener Schnösel, der …«

Meine Mutter schimpfte und ich hakte nicht mehr nach. Aber irgendwie gingen ihre Worte nicht mehr aus meiner Gedankenwelt. Hatte meine Mutter sie mit Bedacht an mich gerichtet? Inwieweit weiß sie über meine aktuellen Schieflage Bescheid? Ich hatte das brenzlige Thema ihr gegenüber immer verschwiegen, ihre Krankheit an sich ist schwierig genug, aber ich habe auch mitbekommen, dass meine Familienmitglieder sie zuletzt wieder vermehrt besucht hatten.

Ihre Worte geben mir zu denken. Mit mulmigem Gefühl mache ich mich auf zu Marc. Wie viel von Herrn Thomsen steckt in Marc? Ich verwerfe den Gedanken sehr schnell und drücke auf das Gaspedal.

Jan

27 – Spinat

Das blöde an gefertigten Einkaufszetteln ist doch, dass man sie zwar regelmäßig mit viel Mühe schreibt, aber genauso regelmäßig dann im entscheidenden Moment – nämlich beim Einkaufen – auf dem heimischen Küchentisch vergisst. Soll wohl so sein! So geschehen auch am heutigen Dienstag, der ziemlich heiß daherkam.

Seit meiner Arbeitslosigkeit hat sich mein Aufgabenbereich ordentlich gewandelt. War ich früher für Marketingstrategien, für Konzepte und vielfach auch für ein neues Firmenbranding zuständig, habe ich früher mit Kunden um Budgets und Werbeetats verhandelt, so prüfe ich aktuell vielmehr Einkaufspreise in kleineren Haushaltsmengen von Senf, Maisdosen oder frischen Möhren. Cent-Beträge und Eier-Güteklassen statt Budgetplanungen und Werbekampagnen im sechsstelligen Bereich. Außerdem gehören nun Putzen, Waschen und das Betüddeln von Kindern zu meinen Aufgaben. Das mag einen durchaus auch ausfüllen und sorgt zudem für reichlich Stress – freilich auf einer ganz anderen Ebene. Eine gänzlich neue Erfahrung ist dabei für mich, dass die Wertschätzung nach der Erledigung dieser Schattenaufgaben noch geringer ausfällt als im vorherigen Job. Außer man kauft die richtigen Sachen ein, dann gibt es hier und da aus kindlichem Mund ein Sonderlob. »Oh, wer hat denn die leckere Kinder-Schokolade gekauft?«,

»Oh, dieser Pudding mit den vielen Schokostückchen, der ist aber lecker.«

Ich habe mich für den größeren Familieneinkauf gegen den Discounter entschieden, der von mir auserkorene Lebensmittelriese ist zwar jetzt auch nicht der kleine Tante-Emma-Laden um die Ecke, sondern vielmehr eines jener größeren Geschäfte, die Lebensmittel so lieben und die sich reichlich Auswahl an Frische auf die Fahnen geschrieben haben. Mein Einkaufswagen war bereits mit Obst, Brot und Konfitüre erfolgreich bestückt, unterdessen versuchte ich immerhin imaginär, einen strengen Blick auf den daheim auf dem Tisch liegengelassenen Einkaufszettel zu werfen. Standen noch Gurken und Erbsen auf dem Wunschplan? Überraschend hatte sogar Susi einige Beiträge zum Wocheneinkauf beigetragen. Unsere Kommunikation ist immer noch sehr dürftig und überschaubar, der Einkaufzettel hatte jedoch nahezu 48 Stunden seinen Platz auf dem Küchentisch gefristet, sodass auch Susi ihn im Laufe der Stunden vervollständigt hatte.

Inzwischen war ich bei den Kühlregalen angekommen und wunderte mich einmal mehr, wie schnell der kühle Funke überspringt. Klar waren die Regale an dem Vormittag gut temperiert, aber sobald man mit seinem Wagen nur in die Nähe von Butter, Sahne und Co. kommt, fröstelt es einen, als ob ein deftiger Herbststurm aufgekommen wäre. Ich überlegte, ob ich drei oder vier Milchtüten einkaufen sollte? Solche Überlegungen waren mir bisher fremd gewesen. Ich hatte mich immer geärgert, wenn morgens keine frische Milch im Haus war, denn irgendwie war es für mich selbstverständlich gewesen, dass unsere Bevorratung mit frischer Milch niemals zur Neige gehen würde.

Kurz vor dem Kassenbereich stellte ich mir die Frage, ob eine neue Fernsehzeitung überhaupt noch notwendig sei. In meinem früheren Leben hatte ich die Abende, an denen keine Bandprobe auf dem Zettel stand, häufig mit Susi vor dem Fernseher verbracht. Mal mit Wein, mal zärtlich Hand in Hand, mal mit einem Film, einem Quiz oder einer Talkshow. Diese Zeiten sind längst passé, an den meisten Abenden sehe ich Susi gar nicht mehr, weil einer von uns beiden aus dem eigenen Heim geflüchtet ist. Als wir vorgestern Abend beide daheim waren und rund eine Stunde schweigend das biedere Programm verfolgten, ging ich schließlich alleine ins Schlafzimmer hoch. Es war zuvor ein sehr lautes Schweigen gewesen, eine Stille, die in meinen Ohren wehtat.

Ich entschied mich gegen eine Fernsehzeitung, mir fehlte der Glaube an unterhaltsame TV- Abende. Ich schaute stattdessen in meinen Einkaufswagen, der bereits zu zwei Drittel gefüllt war. Das sollte reichen. Ich hatte genug Lebensmittel, ausreichend Nervennahrung, und was immer mir nun an Spülmitteln oder Geschirrspültabs fehlen mochte, das musste warten. Was wir nicht haben, das brauchen wir auch nicht, hatte meine Großmutter früher immer gerne gesagt.

Ich begab mich zu einer der vier Kassen und wog ab. Wo war die hübscheste Kassenkraft und wo war die kürzeste Schlange? An Kasse 1 saß eine dunkelhaarige Frau, ein jüngerer Jahrgang, bei der jedoch selbst vor dem Gesicht die Tattoos nicht Halt machten. An Kasse 2 saß eine flotte Mitarbeiterin, rote Haare und alterstechnisch irgendwo im Bereich 40 plus angesiedelt, die Dame kam zudem freundlich und gutgelaunt daher. Oder doch Kasse 3, dort waren in der Schlange der Wartenden weniger Kunden, die Mitarbeiterin schien indes älter und langsamer zu agieren. Ich entschied mich für Kasse 2 und rollte meinen Einkaufswagen der patenten Kassenkraft entgegen. Vor mir machte ich fünf Kunden aus, die ebenfalls ein ganz ordentliches Sortiment erwerben wollten.

»Darf ich mich ganz schnell vordrängen? Ich habe es furchtbar eilig.« Es war ein zackiger, ein barscher Ton, der mich fast zusammenschrecken ließ. Da ich zuvor gedankenverloren vor mich hin gewartet hatte, hatte ich die junge Frau gar nicht kommen sehen. Jetzt stand sie seitlich von mir, mit ihren sechs Teilen, die sie ungeschickt übereinandergestapelt hatte. Sie machte zudem einen gehetzten und genervten Eindruck, auch wenn sie äußerlich sonst eine sehr passable Figur abgab. Da ich es weder am heutigen noch am folgenden Tag wirklich eilig hatte, nickte ich nur kurz und schaute wieder in Richtung meiner Einkäufe.

»Danke«, sagte sie, räusperte sich, atmete kurz durch und balancierte ihren Stapel mit beiden Händen. Zum rettenden Rollband fehlten ihr noch rund drei Meter und zwei Kunden. Ich betrachtete sie nunmehr von hinten und hatte einen ganz angenehmen Blick auf ihr süßes Hinterteil, das wohlproportioniert in einer blauen Bermudahose steckte. Ihr beiges Oberteil war ebenfalls einigermaßen flott und luftig. Zudem trug sie einen Pferdeschwanz, der ihrem dunkelblonden Haar eine sportliche Note gab. Ein gepflegtes Äußeres und ein sonniges Outfit, dachte ich nur kurz und verwarf den Gedanken.

Einige Momente später war die Frau erlöst und konnte ihre Einkäufe auf das Band befördern. Sie hatte also sechs Teile, und eins davon war gefrorener Spinat. Genau in dem Moment fiel mir wieder ein, dass ich Spinat auch auf meinem heimischen Einkaufszettel notiert hatte. In meinem Einkaufswagen war das grüne Gemüse indes nicht gelandet. Nicoletta aß für ihr Leben gerne Nudeln mit Spinatsoße, nun hatte ihr trotteliger Vater dem Genuss der Leibspeise seiner Tochter vorerst einen Riegel vorgeschoben.

»Sie Glückliche, Sie haben ja im Gegensatz zu mir an den Spinat gedacht«, sprach ich die Dame vor mir von hinten an.

Sie schaute mich an, und ihr Blick war weit weniger gehetzt als vor zwei Minuten. »Möchten Sie den kurzfristig haben, ich habe mir eben tatsächlich überlegt, wann ich den Spinat überhaupt essen soll«, sah sie mich mit großen Augen an.

»Das kann ich doch nicht annehmen, Sie haben ihn bestimmt nicht ohne Grund ausgewählt.«

»Wer weiß, wer weiß.« Ihr Mund und ihre Zähne blinzelten mich an. Dann sah ich plötzlich einen etwas fragenden, unsicheren Blick in ihrem Gesicht. »Sagen Sie …«, sie zögerte einen winzigen Moment. »Kennen wir uns nicht?« Sie schaute mich mit großen, fragenden Augen an.

Ich überlegte und schwieg kurzzeitig.

»Doch ja. Ich kenne dich …« Sie zögerte, schien ihr Hirn zu durchforsten und bewegte kurz den Kopf seitlich.

»Du bist Jan. Der Jan aus der Schule damals. Warte …« Sie schaute mich etwas unsicher an.

Ich wartete. Und grübelte.

»Jan Winkelreuter. Stimmt, der Jan von damals …« Sie lächelte. »Du bist der Jan, der in jungen Jahren schon so eloquent und meistens auch so clever daherkam.«

Ich schmunzelte über ihre Einschätzung. Zugleich grübelte ich und bohrte in meinem Namensgedächtnis, was zumeist ganz gut funktionierte. »Tina. Richtig, dann bist du die Tina.«

Sie nickte und zwinkerte mir mit dem linken Augen gekonnt zu.

Eben waren wir noch anonyme Kunden gewesen, die sich in dem Konsumtempel monoton an den Tiefkühltruhen vorbeigeschlängelt hatten. Schon da war sie mir aufgrund ihrer Schnelligkeit und ihrem flotten Outfit aufgefallen. Plötzlich umarmte sie mich. Sie drückte mich, und ich nahm ihr dezentes Parfüm wahr. Zwei Meter vor uns piepste der Scanner im Eiltempo. Tinas Einkäufe würden sehr bald schon über den Scanner gezogen werden. Doch irgendwie waren wir beide paralysiert und schauten uns nach der Umarmung für einige Sekunden ungläubig an. Es sind diese kurzen Sekunden, in denen man sein Gegenüber mustert und von Kopf bis Fuß abscannt. Ich hatte das zuvor ja schon intensiv von hinten gemacht. Von vorne war der Anblick sogar noch besser.

Tina war an der Reihe. Zumindest an der Kasse. Sie hatte sich kurzerhand eine Tüte unterhalb des Rollbandes gegriffen, wahrscheinlich war ihr die mutige und kreative Trageform der Einkäufe auf lange Sicht dann doch zu risikobehaftet.

Sie bezahlte und wartete auf mich, mein Blickt schielte indes immer mal wieder rüber zu ihr.

Ich hatte deutlich mehr Einkäufe, und als ich meinen Betrag von 47,53 € per Karte bezahlte, stand sie immer noch wartend mit ihrer Einkaufstüte hinter dem wuseligen Kassenbereich.

»Ich hatte es ja eigentlich eilig, aber jetzt würde ich dich doch sehr gerne noch auf einen Kaffee einladen.«

Ich strahlte sie an. Bedenkt man meine letzten trostlosen Wochen, dann schien die Aussicht auf ein gemütliches Heißgetränk im Supermarkt fast die Ausmaße eines Dates anzunehmen.

»Oh, ja gerne«, erwiderte ich. »Hier vorne gleich?« Ich deutete auf den Backshop, der vor dem Ausgang auch einige Sitznischen beherbergte. »Oder hast du noch einen Geheimtipp hier auf der Ecke?«

»Gerne gleich hier.« Mit ersten Schritten bewegte sie sich schon Richtung Bäcker und Kaffeeausschank.

Wenige Momente später saßen wir auf großen, roten Sitzmöbeln und hatten sowohl den Supermarkt als auch den umtriebigen Backshop im Blick. Ich überlegte, wie lange ich Tina nicht mehr gesehen hatte. Zu Schulzeiten war ich einer ihrer zahlreichen Bewunderer gewesen, da sie schon in jungen Jahren die Lehrer und Schüler gleichermaßen durch ihre Zielstrebigkeit und ihre Eleganz beeindruckt hatte. Bei ihr erahnte man schon nach kürzester Zeit, dass sie den erfolgreichen Weg einer Karrierefrau einschlagen würde. Der heutige Weg hatte sie zumindest eilig an Kasse 2 geführt.

»Erzähl, wie geht es dir? Wohnst du hier auf der Ecke?« Sie sah mich erwartungsvoll an. Selbst auf dieser plumpen Sitzgarnitur strahlte sie Eleganz und innere Schönheit aus. Ich war begeistert und genoss ihre schmucke Anwesenheit.

Ich erzählte. Ich berichtete von meinen zwei Kindern, von dem Häuschen im Schäferkamp, das nur rund fünf Minuten von dem Einkaufszentrum entfernt war. Ich erzählte ihr von meinen musikalischen Ambitionen und der Band. Wir haben schließlich zuletzt mit der Musik einen hoffnungsvollen Weg eingeschlagen, auch wenn wir nicht zwingend zu Grammy- oder Echo-Kandidaten avancieren werden. Dann erzählte ich, dass ich mich seit vier Monaten in der Findungsphase befinde und mich beruflich gerade umorientiere. Sie lauschte meinen Erzählungen und fragte immer an den richtigen Stellen interessiert nach.

Ich ließ meine Worte sacken, trank den durchaus leckeren Kaffee und schwieg sie einen Moment an. Der Teil mit meiner beruflichen Neuausrichtung hatte mich ein wenig betroffen gemacht, doch Tina hakte in dem Bereich mehrfach nach. Mein derzeitiges Drama mit meiner Frau verschwieg ich lieber.

»Nun, da hat sich ja viel bei dir getan. Ich selbst bin seit vier Jahren in der Hotelbranche tätig«, sagte sie und trank einen letzten Schluck von ihrem Latte Macchiato.

»Was genau machst du da? Hotelmanagement?«

»Kann man so sagen.« Sie bedachte den Moment mit einer Pause, schaute mir in die Augen. »Ich bin seit zwei Jahren Geschäftsführerin der *Alpha*-Kette.«

Ich hatte von den Hotels gehört, die sich zuletzt ordentlich ausgebreitet haben. Das passt zu ihr. Sie war nie die Frau, die in der zweiten Reihe gut aufgehoben war. Sie war immer schon eine Frau, die beruflich und privat bestimmen und entscheiden wollte, und eine Person, die an der Supermarkt-Kasse stets den kürzesten Weg suchen würde. Tina Saller, eine Schnellstarterin, die auf dem Karrierepfad jede Abkürzung auch ohne Navigationsgerät gefunden hat.

Ich hatte während der Schulzeit zwar einen recht guten Draht zu ihr gehabt, aber irgendwie war zwischen uns immer eine gewisse Distanz geblieben. Auf dem gemeinsamen Gymnasium hatte sie zwar nicht viele Freundschaften, zumindest aber einige richtig gute, die sie mit aller Macht pflegte. Und sie war begabt, in vielen Angelegenheiten. Ich erinnere mich an ihre vielen Talente, nur im Schwimmen, da war sie immer die Langsamste im Becken gewesen.

»Ein stressiger Job, da bleibt auch schon mal die ein oder andere Beziehung auf der Strecke, an manchen Tagen arbeite ich zehn bis zwölf Stunden, kurz einkaufen und dann geht es schwupps weiter«, so Tina. Es gelang ihr, selbst solche Neuigkeiten mit einem Lächeln zu verkaufen.

»Ja, das kenne ich von meinem alten Job auch«, erwiderte ich.

»Und jetzt bist du auf der Suche?«

»Ja, kann man so sagen.«

»Wir suchen immer gute Leute. Wir haben extrem expandiert. Alleine in den letzten Monaten haben wir zwei große Häuser neu aufgemacht«, berichtete sie.

»Ich habe von der *Alpha*-Gruppe schon gehört. Interessante Geschichte. Und du da bei denen an der Spitze, toll«, schmierte ich ihr etwas Honig um den Mund.

»Hast du neben deiner Marketing-Vergangenheit auch schon Erfahrungen im PR-Bereich gesammelt?«

»Ja, ich habe früher auch mal journalistisch gearbeitet und zahlreiche Texte geschrieben.«

»Sehr interessant, Jan. Vielleicht fällt mir in diesem Kontext bald was ein, ich habe da so eine Idee«, ließ sie mich wissen. »Jetzt muss ich aber wirklich erst einmal los …«

»Klar, nur zu.«

»Ich gebe dir meine Karte, du kannst mich ja gerne Ende der Woche mal anrufen, dann können wir uns noch mal treffen. Vielleicht auf einen Kaffee, der noch besser ist als dieser hier«, schaute sie erst mich und dann unsere Kaffeebecher erwartungsvoll an.

Ich war bereit und würde von meiner Seite gar nicht erst einige Tage warten müssen – das sagte ich ihr aber nicht.

Sie stand auf, zupfte ihre Hose kurz zurecht und umarmte mich mit aller Herzlichkeit. Wieder war ich angetan von ihrer Parfümnote.

Sie überreichte mir ganz bedächtig ihre Visitenkarte und berührte mich dabei für einen minimalen Moment. »Ich höre dann von dir, Jan.« Sie hatte den ersten Schritt schon getätigt, ehe sie innehielt und in ihre Tüte griff.

»Ach hier, der Spinat. Für dich – mach was draus!«

***

Abends koche ich tatsächlich Nudeln mit Spinatsoße. Vorher habe ich Tinas Visitenkarte intensiv betrachtet. Ich hatte im Anschluss an unser Treffen den Namen Tina Saller bei Google eingegeben. Die Erfolgsgeschichte der Hotelkette ist sehr eng mit ihrem Namen verbunden. Ich las von Expansion und dem guten Ruf, den die Hotelkette inzwischen genoss. Nun esse ich mit der kurzzeitig glücklichen Nicoletta die Pasta und denke dabei immerzu an die charmante Tina.

Torven

28 – Pizza

Es gibt bei mir eine einfache Faustformel: Je größer mein Hunger, desto ungehaltener werde ich. Manchmal kann ich auch richtig sauer werden! Auch an diesem Spätnachmittag merke ich, wie die Unzufriedenheit in mir aufsteigt. War es zunächst nur ein zarter Groll, dann kommt langsam eine mittlere Wutwelle über mich. Ich muss dringend was essen. Schnell. Viel. Und etwas, was mir schmeckt (in gewissen Sachen bin ich durchaus wählerisch).

Ich habe mich heute Nachmittag eine halbe Stunde mit schulischen Sachen beschäftigt, ferner habe ich nahezu die doppelte Zeit mit meinem Handy verbracht und im Anschluss fast zwei Stunden am Computer gedaddelt (es kann schon mal passieren, dass mir dabei etwas das Zeitgefühl abhanden kommt). Meine letzte Schulnote, eine sehr schwache Vier in der Geschichtsarbeit, lässt mich auch nicht gerade fröhlich pfeifend durch die Weltgeschichte blicken. Vielmehr stapfe ich runter in die Küche, wo mein erklärtes Ziel der heimische Kühlschrank ist – hoffentlich mein Freund und Helfer in der Not.

Am Nachmittag hatte ich meinen Vater kurzzeitig im Wohnzimmer am Schlagzeug spielen gehört, inzwischen sitzt er im Wohnzimmer und versteckt sich hinter einem Buch.

»Hallo Dad, ich muss dringend was essen«, lasse ich ihn mein dringendes Anliegen wissen.

Er steht auf und bewegt sich Richtung Küche. Ein Kühlschrank, zwei Männer und zwei sehr fragende und sparsame Blicke.

»Mist«, sage ich. »Ich finde da nicht viel!« Manchmal neige ich übrigens auch zu Untertreibungen, wie in diesem für mich hoffnungslosen Fall. Aus meinem Blick muss eine Mischung aus Vorwürfen und Verzweiflung sprechen.

»Tja«, er wühlt und schiebt im Kühlschrank die Wurstreste von links nach rechts, was die Sache auch nicht viel besser macht. »Wie wär es mit einem Tomatenbrot oder Salami? Und hier ist auch noch Schinken. Oder Salamibrot mit Tomate? Oder irgendwas mit Sahne.«

Ich schaue ihn nur sparsam an. Ich habe Hunger, ich weiß nicht, ob er meine Message richtig verstanden hat. »Haben wir nichts anderes?«

»Nee, der Nicoletta habe ich eben schon ein Brot gemacht, die geht dann auch gleich schon ins Bett.«

Ich sehe ihn an, und ich glaube, dass er meine Verzweiflung und meine Enttäuschung sehr schnell von meinem Gesichtsausdruck abliest.

»Wollen wir uns 'ne Pizza bestellen? So eine richtig flotte Vater-Sohn-Bestellung mit gekühltem Bier?« Plötzlich keimen in seinem Gesichtsausdruck Zuversicht und Fürsorge auf.

Ich nicke (mit entspanntem Gesichtsausdruck). »Und wie wäre es dazu noch mit Eis von Ben & Jerrys?«

»Meinetwegen auch das«, sagt er und schaut mich dabei zuversichtlich an.

Wir finden den Flyer von unserem Lieblingslieferanten und bestellen zwei Pizzen, zwei Bier und ein Cheesecake-Eis für mich. Leider meint der Lieferdienst, dass die Wartezeit bis zu 45 Minuten betragen könnte. Er entschuldigt sich dafür, legt auf und lässt uns hungrig in unserer Küche warten. Ich hoffe, dass er sich irrt. Und ich hoffe auch, dass ich zwischendurch nicht verhungern werde.

Wir sitzen auf den Küchenstühlen, auf denen sonst so häufig auch meine Mutter Platz genommen hatte. Die ist aber irgendwo anders. Ich schaue in die müden und ein wenig traurigen Augen meines Vaters. Es war so vieles unausgesprochen in den letzten Wochen. Es hatte in so kleinen Kratern gebröckelt. Aus unserer Idylle war ein Trümmerhaufen geworden. Es wurde so vieles totgeschwiegen oder manchmal auch beschönigt. Immer flackerten mal einzelne Hinweise auf, aber nie konkrete Aussagen oder Tatsachen. Ich frage mich schon lange, ob es einen Plan B gibt oder eventuell doch so etwas wie Hoffnung?

»Du, wie soll das eigentlich alles weitergehen, das mit dir und Mama?« Ich habe endlich die Frage gestellt, die mir schon seit einiger Zeit auf der Zunge lag.

Mein Vater schluckt und wartet einige Sekunden mit seiner Antwort. »Ach Torven, wenn ich das wüsste …« Er schaut ein wenig scheu auf den Tisch, auf dem noch der Flyer des Lieferdienstes liegt.

»Ich kann dir ja mal meine Sicht der Dinge schildern, dann bist du halbwegs informiert. Und ich weiß halt nicht, was deine Mutter dir alles erzählt hat. Ich hätte auch längst auf dich zukommen sollen. Oder vielleicht auch wir, deine Mutter und ich. Fakt ist, dass im Moment viel Unsicherheit herrscht und wir schauen müssen, dass irgendwann eine Entscheidung getroffen wird, egal, wie die ausfällt.« Die Worte sind ihm nicht leicht gefallen, aber fast scheint es mir, als würde sich ein Stein, eine Blockade lösen.

»Vor einigen Wochen hat deine Mutter einen anderen Partner kennengelernt. Er heißt Marc und sie sind sich beim Yoga über den Weg gelaufen. Ich habe keine Ahnung, ob sie dir das alles schon erzählt hat? Sie fühlt sich halt zu diesem … zu diesem Marc hingezogen. Also noch nicht so hingezogen, dass sie hier ausgezogen ist, aber du hast sicherlich auch mitbekommen, dass sie in letzter Zeit schon häufiger bei ihm übernachtet hat.«

Er ist aufgestanden und hat sich eine Flasche Mineralwasser und ein Glas geholt. Ich warte hingegen auf mein Bier – ich bin jetzt deutlich mehr in der Bierstimmung.

»Ich habe sie letztes Wochenende noch einmal angesprochen, deine Mutter. Ich habe gesagt, dass diese Gesamtsituation für die Familie schwer zu ertragen ist. Gerade für Nicoletta ist dieses Hin und Her deiner Mutter furchtbar kompliziert. Wäre ich nicht den ganzen Tag hier zu Hause, hätte ich meinen blöden Job nicht verloren, dann wäre hier Land unter. Aber all das scheint deine Mutter nur wenig zu kümmern. Auf alle Fälle sind wir in unserem kurzen Gespräch übereingekommen, dass sie sehr bald eine Entscheidung treffen muss.«

Den Tatsachenbericht meines Vaters habe ich in ähnlicher Form auch schon von meiner Mutter gehört, die mich vor einigen Tagen zur Seite genommen und mit mir ein ähnlich ernstes Gespräch geführt hat. Ich habe von dem ebenso charmanten wie sportlichen Marc erfahren, der in den Augen meiner Mutter in einer so ganz anderen Welt lebt und ein komplett anderes Leben führt. Meine Mutter berichtete von ihrem Zwiespalt, von ihren Gewissensbissen und ihrer großen Unsicherheit – dabei flossen von ihrer Seite sogar jede Menge Tränen.

»Welche Entscheidung genau?«

»Deine Mutter muss sich entscheiden. Entweder zieht sie zu ihm, dann aber auch mit aller Konsequenz, dann lässt sie euch Kinder hier bei mir zurück und muss zusehen, wie sie mit diesem, mit diesem …« Er zögert und führt den Satz nicht zu Ende, sondern schaut verbittert Richtung Fenster. Ein kurzes Schweigen stiehlt sich in den Raum.

Ich sammele derweil meine Worte. »Kennst du den Typen, weißt du, was das für einer ist?«

»Nein, interessiert mich auch nicht. Ich muss zudem sehen, wie es mit einem neuen Job bei mir weitergehen soll. Da kümmere ich mich nicht auch noch um dahergelaufene Affen, die sich an verheiratete Frauen ranmachen.«

Wieder habe ich das Gefühl, dass es ihm guttut, sich mal auszukotzen. Hoffentlich braucht der Pizzabote doch noch etwas länger mit seiner Lieferung.

»Aber glaubst du, dass es richtig ist, ihr die Pistole auf die Brust zu setzen? Glaubst du nicht, dass sie damit vielmehr die Flucht zu diesem Anderen, zu diesem Typen suchen wird …?«

»Im Moment glaube ich gar nichts. Deine Mutter ist reif genug, um eine Entscheidung zu treffen. Eine vernünftige Entscheidung. Und wie ich, nein, wie wir alle es wünschen, eine Entscheidung für die Familie.«

»Und kämpfst du denn gar nicht um sie? Du willst Mama doch behalten, wir sind doch eine Familie!«

Ich habe solche Sätze wohl noch nie ausgesprochen. Vielleicht mal still und heimlich gedacht, aber jetzt im Gespräch werde selbst *ich* sentimental. Dann, wenn etwas droht wegzufallen, exakt in dem Moment vermisst man genau das, was vorher immer wie selbstverständlich vorhanden gewesen ist. Und sei es so etwas Banales wie die eigene Familie. Ich starre meinen Vater an. Ich habe ihm einen Tipp gegeben, ich glaube das war der erste wirklich ernsthafte Hinweis, den ich meinem Vater je gegeben habe. Kein vorheriger Hinweis in meinem 17-jährigen Leben erschien mir so bedeutsam wie dieser.

»Natürlich will ich sie zurückhaben. Natürlich soll sie bleiben, aber sie muss bitte die Entscheidung zugunsten meiner Person und unserer Familie treffen. Vielleicht hast du recht«, mein Vater, zögert und überlegt. Ich glaube, er überlegt, ob er weiter aussprechen soll, was in seinem Kopf vorgeht. »Vielleicht ist ein letzter Kampf, ein letzter Impuls von mir alles, was ich tun kann, um Susi zu halten.« Er trinkt einen großen Schluck Wasser und geht mit den Worten nach oben, dass er Nicoletta im Kinderzimmer ins Bett bringen würde.

Ich decke den Tisch und wenig später kehrt mein Vater entspannter und entschlossener zurück. Ich bin mir sicher, dass Nicoletta meinem Vater, zumindest im Unterbewusstsein, jede Menge Kraft gibt.

»So, die Pizza kann jetzt kommen, Nicoletta liegt in ihrem Bett.« Es ist ein zaghaftes Lächeln, das über sein braungebranntes Gesicht huscht.

Kaum ausgesprochen, klingelt der Pizzabote an der Tür. Ich genieße das Zischen beim Öffnen der Bierdose und betrachte voller Freude meine Pizza mit scharfer Salami und Fetakäse.

»Was macht eigentlich die Band, wann habt ihr mal wieder Auftritte?«

»Wir haben am Wochenende unsere letzte Session von unseren CD-Aufnahmen. Sämtliche Auftritte wurden von uns erst einmal hinten angestellt. Dafür haben wir jetzt einen Manager, der sich künftig um unsere Konzerte kümmert. Diese Aufnahmen brauchen viel Zeit und viel Vorbereitung, aber es ist eine unglaubliche Erfahrung, in einem Tonstudio mit echten Profis zu arbeiten. Das wird richtig geil, wenn das Zeug fertig ist.« Plötzlich strahlen seine Augen und ich lächele ihn an. Ich freue mich für ihn.

»Und bei dir, hast du dich neulich mit diesem Mädchen getroffen?« Er schaut mich gespannt und erwartungsvoll an. Ich habe keine Ahnung, woher er von meiner Verabredung mit Franziska weiß.

»Ja, habe ich. Woher weißt du davon?« Ich hatte kaum jemanden eingeweiht, weil mich sonst die Erwartungen und Nachfragen nur nerven würden.

»Ich war vorgestern kurz bei Oma Hilde. Ich habe lange mit ihr über deine Mutter gesprochen, und sie berichtete mir, dass du so ein prächtiges Mädchen aus deiner Klasse erwähnt hast.«

Stimmt, der Bumerang war gelandet.

»Mein Treffen war ganz gut, mal gucken, wie sich das entwickelt.« Ich verschweige meinem Vater, dass wir zum Schluss vor ihrer Haustür eine halbe Stunde gekuschelt haben. Ich will da keine vorschnellen Details oder auch nur kleinere Informationen zugeben, zumal ich mir der Sache selber noch nicht ganz sicher bin.

»Mal schauen, wie das so weitergeht mit uns. Wichtig ist aber erst einmal, dass hier im Hause wieder alle miteinander sprechen und nicht alles unausgesprochen bleibt. Ich habe es so satt, dass du und Mama so tun, als wäre alles in bester Ordnung. Ich bin in einem Alter, in dem ich Wahrheiten vertragen kann. Ich bin in einem Alter, in dem ich morgens keine Schlagsahne mehr brauche. Diese Extrawürste, die Extraportionen hängen mir mittlerweile zum Halse raus. Ich verzichte morgens auf die Sahne – ich kann das Zeug fast schon nicht mehr sehen.« Ich habe meinen anfänglichen Frust endlich rausgelassen und schaue meinen Vater entschlossen an.

Ich habe meine Pizza aufgegessen, mein Vater hinkt meinem Tempo indes hinterher. Das Gespräch scheint ihn zu beschäftigen, sein Pizzakarton ist fast noch zur Hälfte gefüllt.

Ich will Franziska gleich noch mal über *WhatsApp* anschreiben, im Unterricht bin ich noch etwas zurückhaltend, was unseren täglichen Umgang angeht. Aber bevor ich hochgehe, will ich bei meinem Vater noch eine letzte Message anbringen.

»Bitte, Papa, kämpfe um Mutti. Zeig ihr, dass es nur einen Menschen gibt, der ihr das geben kann, was sie braucht. Zeig ihr, wer der wahre Superheld auf diesem Erdball ist.«

»Batman?« Jan lacht und zwinkert mir zu. Er umarmt mich für eine erstaunlich lange Zeit und drückt mir einen zarten Kuss auf meine Stirn.

»Mach ich. Versprochen. Und wir beide essen demnächst mal wieder Pizza.«

Ich begebe mich in mein Zimmer. Als ich die zwölf

Stufen nach oben stolziere, habe ich das Gefühl, dass ich im Laufe des Gesprächs die Wandlung von einem Teenager zu einem echten Kerl errungen habe. Dafür gibt es jetzt keine Urkunde. Dennoch bin ich ein klein wenig stolz auf mich. Und in mir keimt Hoffnung auf, dass mein Vater die Ärmel hochkrempelt und neues Feuer entfacht. Vielleicht habe ich aber auch noch den Geschmack der scharfen Salami auf meiner Zunge.

Susi

29 – Afrika

Ich saß im Kino und heulte. Ich konnte die Tränen nicht unterdrücken und schluchzte aus vollem Herzen. Nur gut, dass die Dunkelheit mir ein wenig Schutz gab. Die Plätze und Reihen neben mir waren zwar weitestgehend leer, das Schluchzen war aber bestimmt dennoch für andere hörbar. Lag es an dem Film, der meine Emotionen so intensiv geweckt hatte? Oder war es vielmehr der heftige Streit am Vormittag gewesen, der mir noch in den Knochen steckte?

Am Morgen schien die Welt noch rosarot und zuckersüß zu sein. Ich war wieder mal bei Marc aufgewacht und wir genossen bei ihm unsere Zweisamkeit. An diesem Sonnabend musste selbst Marc nicht arbeiten, sodass wir den Tag in aller Ruhe angehen konnten. Das Frühstück hielt Croissants mit Butter bereit, danach las ich gegen 11:00 Uhr ganz entspannt die Zeitung und stolperte übers Kinoprogramm. Ich entdeckte meinen absoluten Lieblingsfilm und war sofort begeistert. *Jenseits von Afrika* würde um 16:30 Uhr im *Regina*-Kino laufen. Ich war sofort Feuer und Flamme. Ich hatte den Film etliche Male gesehen, sowohl im Kino als auch auf DVD. Aber von dieser tragischen Liebesgeschichte holte ich mir meistens alle zwei Jahre ein Update. Ich hatte die große Hoffnung, nein, vielmehr verspürte ich den Wunsch, dass meine Idee, den Film im gemütlichen Kinosessel zu schauen, auf Gegenliebe bei Marc treffen würde. Aber ich stieß mit meinem Plan auf eine Mauer.

»Ich gucke mir doch so einen alten Schinken nicht im Kino an, dafür ist mir meine Zeit zu schade«, so seine lapidare Aussage.

Ich schaute ihn mit meinem besten Dackelblick an, von dem ich hoffte, dass er ihn erweichen würde. »Und wenn du es mir zuliebe tun würdest?«

Er kniff das Gesicht zusammen. »Nö, ohne mich.«

Die Mauer war höher als gedacht. Viel höher. Ich las die Zeitung weiter und ärgerte mich. Es beschäftigte mich. Als ich wenig später das Reisejournal der Zeitung durchblätterte, sprach ich Marc, der sich mit seinem Laptop beschäftigte, erneut an. Zeit für eine zweite Chance, dachte ich mir. »Wir sind ja bereits einmal für drei Tage wunderschön nach Prag verreist. Wohin würdest du denn demnächst noch mal gerne mit mir verreisen?«

»Du, im Frühjahr gehe ich immer surfen. Für zwei bis drei Wochen, zudem versuche ich auch immer, irgendwo günstig im Mittelmeerurlaub ein richtig feines Tauchrevier zu finden.« Er hatte beides schon mal erwähnt, für beide Sachen fehlten mir sowohl die Lust als auch der Mumm.

»Aber ich rede jetzt ja von einem gemeinsamen Urlaub, wo würde es dich mit mir zusammen hinziehen?«

»Mein Schatz«, seine Stimme klang einigermaßen energisch. »Ich möchte auf das Tauchen nicht verzichten. Natürlich sehr gerne mit dir.« Damit schien die Unterredung für ihn beendet. Sein Standpunkt war vertreten. Männer können anscheinend in wenigen Worten ganz viel von ihrer eigenen Meinung vertreten. Seltsam!

Ich vergrub mich wieder in meiner Zeitung und ärgerte mich noch mehr. Ich würde später noch mal versuchen, ihn ins Kino zu locken. Vielleicht wäre ein späterer Zeitpunkt günstiger, der Film war es einfach wert. Ich war inzwischen von meiner spontanen Idee begeistert und wollte den Streifen auf alle Fälle sehen.

Später war jedoch auch kein besserer Zeitpunkt. Stattdessen brach ich einen Streit los. Er blieb energisch bei seinem Nein und wurde sogar giftig. »Schnapsidee.« Außerdem war es ihm auf einmal wichtig, nicht alles gemeinsam zu machen. Er bestand darauf, dass jeder seinen Freiraum haben sollte. Bei einer intakten Beziehung, die erst gut drei Monate zwischen uns lief, irritierte mich diese Aussage. Marc zeigte sich wenig kompromissbereit, und ich scheute mich nicht, ihm dieses Fehlverhalten vorzuwerfen.

»Deine Engstirnigkeit grenzt mich ein, das mag ich nicht«, war einer seiner Kernaussagen, die einige Stunden in meinem Kopf rumgeisterten. Und auch seinen finalen Satz, »Dann geh doch alleine in dein blödes Kino«, als ich seine Wohnung schließlich verlassen wollte, hätte er sich gerne sparen können. Mit seiner DVD-Sammlung von *The fast and the furios* und den zahlreichen Bruce-Willis-Filmen konnte ich persönlich auch nur wenig anfangen.

Im Kino ist dann alles aus mir herausgebrochen. Ich hatte mich ein wenig frustriert aufgemacht und hatte mir ein Kinoticket und eine Bionade gekauft. An diesem sommerlichen Tag war ich in dem Kinosaal lange Zeit die einzige Besucherin, ehe sich doch noch ein Pärchen und ein älterer Herr in das Lichtspieltheater verliefen. Ich hatte den Film lange nicht mehr auf der großen Leinwand gesehen, aber manche Dialoge hätte ich gut und gerne mitsprechen können. Die Weite von Afrika, die Karen Blixen in dem Film so sehr berühren, hatte mich ebenfalls schon beim ersten Mal gepackt. Auch wenn der Film aus dem Jahr 1985 stammt, so hat er für mich keinen Deut an Aktualität verloren.

Vielmehr veranstaltete der derzeitige Gefühlsdschungel in meinem Kopf ein fieses Verwirrspiel, das den Charakterköpfen aus dem Film sehr ähnelte: Klaus-Maria Brandauer als untreuer Ehemann Bror von Blixen, Meryl Streep als furiose Kämpferin Karen Blixen. Und natürlich Robert Redford als heldenhafter Gigolo Finch Hatton. Wer von diesen drei Personen kam dem Trio um Jan, Marc und meiner Person am nächsten?

Redford öffnete sein Herz für Meryl Streep, die sich – gefangen in ihrer unglücklichen Ehe – unsterblich in den Helden verliebt. Aber sie muss einsehen, dass sie den umtriebigen Großwildjäger nicht zähmen kann. Finch Hatton kommt mit Tieren besser klar als mit den Menschen. Und nach vielen Schicksalsschlägen geht Karen alleine zurück nach Dänemark. Wie weit ist Afrika entfernt? Wer ist der Gute, wer der Böse, und wie kann man eine solche Dreierkonstellation meistern?

Ich schluchzte und weinte, wie ich es bei dem Film lange nicht mehr getan hatte. Als der Abspann lief, hatte ich mich kaum beruhigt. Ich blieb lange sitzen und wusste nicht, wie es jetzt, wie es heute und auch übermorgen mit mir weitergehen sollte.

Ich beschloss, dass ich mir mit einem Gedicht meine Gefühle von der Seele schreiben wollte. Das hatte ich früher häufiger getan, und meistens ging es mir danach besser, ich fühlte mich dann merkwürdig befreit.

Ich verlasse nun das Kino auf leisen Sohlen und schäme mich, mich in der Öffentlichkeit mit meinem Gesicht blicken zu lassen, das verheult, verspannt und verlebt aussehen muss. Ich frage mich, wohin ich mich zum Verfassen des Gedichtes zurückziehen soll? Bei Marc, der sich zuletzt nur wenig feinfühlig gezeigt hat? Oder lieber irgendwo allein, wo ich ganz bei mir selbst sein kann? Oder doch zu Hause im Schäferkamp? Ich halte den Schäferkamp für die beste Wahl – dort ist schließlich noch immer meine Basis, meine langjährige Wohlfühloase.

***

Als ich nach meinem kurzen Spaziergang mein Auto erreiche, beschleicht mich minimal das schlechte Gewissen. Ich sende Marc zumindest eine Nachricht, damit er nicht länger auf mich wartet.

»Ich bin noch mal nach Hause in der Schäferkamp gefahren, bitte warte nicht auf mich.«

Ich hoffe, dass ich mit der Nachricht Ruhe und Zeit finden werde. Seine Antwort lässt gar nicht lange auf sich warten.

»Musst du wissen. Schade, ist dann so!«

Was soll denn sein Ausrufezeichen? Blöder Hampel, denke ich. Ich grübele, ob ich den Schwarzen Peter gezogen habe, oder ob der feine Herr nur bockig ist. Ich weiß es nicht. Ich weiß so vieles nicht.

Jan

30 – Angebote

Er hatte das seinerzeit mit sehr viel Bedacht zu uns gesagt: »Leute, das hier ist kein Plattenvertrag. Und das ist auch kein Dokument, das euch die große Karriere prophezeit. Das ist ein Vertrag, der unsere Zusammenarbeit besiegelt. Darin sind Rahmendaten, die Konditionen, die Gagen und die Rechteverwertung juristisch geregelt.«

»Brauche ich dafür meinen Anwalt oder können wir dir trauen?« Tom lachte zwar, aber hinter seiner schnippischen Frage steckte ein Portion Wahrheit. Keiner von uns vermochte einzuschätzen, wie seriös und wie gut die Vereinbarung und die Zusammenarbeit mit Jean Rubin für uns als Band tatsächlich sein würde. Dazu sind wir musikalisch zu sehr Laien und Hobbymusiker. Ein ordentlicher Jurist ist in unseren Reihen auch nicht zu finden. Aber ohne Vertrauen und ohne Risiko auch keine Ernte, insofern rückten unsere Zweifel schnell in den Hintergrund. Wir lasen die Künstler-Vereinbarung, die sich über drei Seiten erstreckte. Manche Formulierung war kompliziert und beinhaltete formaljuristisch bestimmt einen höheren Reifegrad, doch immer dann, wenn Zahlen auftauchten, wurden wir indes aus dem Paragraphensumpf wieder wachgeküsst. Wir diskutierten mit Jean über zwei inhaltliche Punkte, dann gab es kein Vertun, wir unterschrieben und besiegelten die Zusammenarbeit. Unter Männern gab es dazu zusätzlich einen festen Handschlag.

Einer der Knackpunkte waren die CD-Aufnahmen. Es gab mehrere Möglichkeiten, die größte Differenz machte sich aus unserer Sicht im Umfang und in dem finanziellen Gesamtpaket bemerkbar. Wir entschieden uns einmal mehr für die mittlere, die solide Variante. Es sollte ein Plattenstudio in nur 50 Kilometer Entfernung sein. Eingeplant waren vier Wochenenden. Der Plan sah vor, dass wir innerhalb von acht Tagen hoffentlich zwölf Lieder einspielen würden, davon sollten zehn auf der CD erscheinen. Rubin hatte uns informiert, dass an Kosten rund 4000 Euro auf uns zukommen würden. Dafür würde die CD mit einer Auflage von 3000 Stück an den Start gehen. Mit dieser CD würden wir dann zukünftig werben.

Auch unser professionelles Video nahm planerische Formen an, bei einem künftigen Gig würde ein Team mit zwei jungen Filmemachern und Kameramännern uns entsprechend in Szene setzen. Auch das würde noch einmal 1500 Euro an Kosten verschlingen. »Die CD und die Videos, das sind dann beides eure Visitenkarten«, versicherte uns Rubin. Hinzu kam die neue Homepage, an der ich hinter den Kulissen mit früheren Wegbegleitern bastelte. Immerhin das war ein Freundschaftsdienst, bei dem keine Kosten anfielen.

Dieser neue Weg der Professionalität hatte mehrere Auswirkungen. Wir spazieren nicht mehr zur Bandprobe, wir schweben auf dem Weg dorthin. Hochmotiviert und hochkonzentriert. Und wir geben uns unseren kleineren Träumereien hin. Aber allen in der Band ist klar, dass zwischen unseren normalen Berufen und dem Geldverdienen mit Musik ganze Gebirgslandschaften mit zahlreichen Stolperfallen liegen.

Die anfallenden Summen ließen bei Bernd die Laune etwas sinken. Seine Skepsis war von Beginn an am größten gewesen. Würde außer den Kosten auch so etwas wie ein Mehrwert herausspringen? Schließlich hatte jeder von uns irgendwo in den hinteren Gedankengängen auch gespeichert, was wir in den letzten Jahren in Instrumente und Equipment investiert hatten. Da kam für uns Musikanten bestimmt ein neuwertiger Kleinwagen zusammen. Ein teures Hobby.

Aber Jean Rubin strahlte auch ein wenig Zuversicht aus. Er lässt uns nicht immer wissen, was er genau vorhat, was für weitreichende Beziehungen er besitzt und wie sein Plan A oder sein Plan B aussehen. Dabei haben wir innerhalb der Band schon mehrfach gegrübelt, ob dieser kleingewachsene Agent nur uns gegenüber so verschlossen ist, oder ob es vielmehr seinem Naturell entspricht. Er stehe in aussichtsreichen Verhandlungen und hoffe, uns alle schon bald tüchtig überraschen zu können. Mehr wollte er zu diesem Zeitpunkt nicht verraten.

Unsere Sessions in dem Tonstudio gefielen uns von Mal zu Mal besser. Am Anfang merkte man uns die Unsicherheit an. In unserem einfachen Proberaum hatten wir die neuen Stücke reichlich ausprobiert und wiederholt durchgespielt, aber als es zum ersten Mal für uns »Aufnahme läuft!« hieß, war die Anspannung zwischen uns Musikern greifbar.

»Macht euch locker, denkt einfach, wir spielen für die Leute, die unsere Mucke hören wollen«, warf Tom in den Raum.

Nichtsdestoweniger ließ die Anspannung erst im Laufe der Zeit nach. Als wir abends beim Abmischen den beiden Tontechnikern über die Schulter schauten, da staunten wir bis über beide Ohren. Unsere Musik klang so, als wenn sie eine Radiostation über den Sender schicken würde – hochprofessionell. Wir verließen stets mit einem breiten Grinsen das Studio.

Dann war der Moment gekommen, als einer der beiden Techniker verriet: »Danke, das war es, wir sind durch. Und ihr auch. Prima.« Klappe, die CD war eingespielt, jetzt musste nur noch abgemischt werden. Ich war stolz und glücklich – nach Wochen der Anspannung erreichte meine Gefühlslage endlich mal wieder neue Sphären.

***

Ich hatte es gar nicht abwarten können, Tina Saller wieder zu kontaktieren. Dabei war ich mir selber unsicher, ob es mehr an ihrer Person, ihrer Grazie und ihrer perfekten Ausstrahlung lag. Oder war es doch die Möglichkeit, jobtechnisch schneller als erwartet wieder einen Brötchengeber zu finden? Die Aussicht, in dieser neuen Branche durchzustarten, zauberte mir kurzzeitig ein freudiges Lächeln auf mein Gesicht. Tina hatte mich bei unserem kurzen Treffen an meine erste Zeit mit Susi erinnert. Insofern fieberte ich der Kontaktaufnahme entgegen. Kleine Schmetterlinge und kleine Anzeichen von Nervosität waren auftretende Nebenwirkungen, als der geplante Anruf näher heranrückte.

Ich war ein wenig irritiert, als mein Anruf tatsächlich etwas unspektakulär verlief. Wenn ich auf eine Fortsetzung unseres Mini-Flirts gehofft hatte, so erstarb der Wunsch sehr schnell. Tina wirkte selbst am Telefon gestresst und unter Strom. Immerhin gab sie fix die Richtung vor und bat mich, sie zwei Tage später im Büro aufzusuchen. Dort würden sie mich um 11:00 Uhr erwarten, ich solle mich überraschen lassen. Plötzlich schienen die Menschen, die mir zuletzt ihre Visitenkarte überreicht hatten, heimliche Überraschungspakete zu schnüren. Ich grübelte und zweifelte, ob es wirklich um ein Jobangebot gehen würde – und ich hoffte und betete.

***

Zwei Tage später stehe ich vor dem Spiegel, trotz des biederen Telefonates knistert es wieder bei mir. Ich trage schon eine Jeans mit einem karierten Hemd, entscheide mich dann jedoch kurzerhand anders. Für den anstehenden Businesstermin halte ich eine dunkle Stoffhose für passender. Das Hemd bleibt an, ein passendes Sakko lasse ich alleine im Schrank zurück.

Tina sprach im Telefonat von der Firmenzentrale, in der Tat handelt es sich um eines der neueren Hotels, die die expandierende Kette inzwischen aufgemacht hatte. Beim Betreten stelle ich fest, dass ein kleiner Trakt tatsächlich mehr Büro als Gästebereich ist. Nach kurzer Anmeldung nehme ich im Wartebereich Platz. Ich grübele, ob das die unverhoffte berufliche Chance ist, die auf dem Silbertablett daherkommt? Gut eine Stunde später bin ich schlauer. Und glücklicher – viel glücklicher.

Sie bot mir eine überaus interessante Stelle an, eine Mischung aus PR-Kraft, Key Accounter und Qualitätsmanager. Der Job ist mit einiger Reisebereitschaft behaftet, Tina sprach von zwei Tagen in der Woche, die man mit dem Auto umherpendeln würde. Das Beste am Job ist indes die geplante Bezahlung. Sie berichtete lang und breit von den Aufgaben der neuen Position. Tina sucht schon seit längerer Zeit eine Unterstützung und eine Führungskraft mit weitreichenden Kompetenzen. Sie benötigt einfach einen Spezialisten, dem sie vertrauen kann und der mit einem frischen Blickwinkel viele Ecken des aufstrebenden Unternehmens durchleuchten würde. Mit einem Blick auf meine berufliche Vergangenheit traute sie mir den Job zu. Das Gehalt ist der Hammer, es liegt gut 30 Prozent über dem, was ich nach vier Jahren bei der Werbeagentur bekam. Ich musste fast schlucken und hätte fast noch einmal nachgefragt, als sie den Betrag nannte. Sie wiederholte später das Gehalt, und sie wertete die Summe vielmehr als Einstiegsgehalt. Ich war entzückt, ich war perplex. Ich war begeistert!

Sie wolle meinen Lebenslauf noch zwei Investoren präsentieren, aber sie sei bezüglich meiner Anstellung enorm hoffnungsvoll. In dieser Hinsicht vertraue ich ihr vollends, ihr zackiges und resolutes Auftreten, gepaart mit ihrer Position als Geschäftsführerin überzeugen mich in dieser Angelegenheit.

»Überleg dir bitte gut, ob du diesen Job machen möchtest, ob auch die temporäre Reiserei für dich längerfristig in Frage kommt. Wir würden erst in drei Monaten starten, da ich noch einige Formalien klären muss. Aber vertraue mir, ich werde das erfolgreich regeln.«

Ihre Zuversicht, die ihr entspanntes Gesicht ausstrahlte, klang in meinen Ohren zuckersüß. Ich nickte, ich lächelte sie an und strahlte meinerseits Zuversicht aus. Ohne Umschweife bekundete ich größtes Interesse.

Eigentlich ist es mehr als das, weil das nach der beruflichen Chance klingt, auf die ich zuletzt so sehr gehofft habe. Ich bin wieder im Rennen!

»Und noch eine Sache. Ich will dich als Mitarbeiter. Jan, ich will dich als Manager. Ich möchte dich nicht als Liebhaber. Damit das klar ist. Ich stelle dich nicht ein«, sie schaute mich streng an und wiederholte den Satzanfang. »Ich stelle dich nicht wegen deiner schönen braunen Augen ein. Klaro?«

Mir blieb ein wenig die Spucke weg, und mir fiel spontan kein guter Konter ein. »Klar«, sagte ich. »Du bist die Chefin. Klingt aber alles super und plausibel«, gab ich mich handzahm und setzte mein charmantes Lächeln auf.

Dann wäre das ja auch geklärt. Wenn ich neben dem Job noch mit einer anderen Hoffnung angereist bin, dann war der Zahn schnell gezogen und ich begebe mich in jener Angelegenheit mit einem Korb auf die Heimreise. Vielleicht auch besser so. Ich bin ja schließlich verheiratet.

Torven

31 – Sahnetorte

Ich hatte eine ganz spezielle Aufgabe bekommen. Ich trug für meine Verhältnisse feinen Zwirn, und mein ganzes Auftreten zeugte von Respekt und Professionalität. Hinzu kam, dass meine Motivation bis unter die Fußnägel reichte. Es war der 4. September, und für acht Uhr abends war die große CD-Release-Party der Band *Das alte Geschirr* angesagt. Als Ort hatten sich die Jungs nach kurzer Suche für das *Vivento* entschieden. Ein recht nobler Schuppen, der mit viel Neon, mit vielen Nischen und einer ordentlichen Bühne daherkommt.

Auf der Bühne waren schon reichlich Equipment und Instrumente aufgebaut, als Höhepunkt an dem Abend sollte der Gig der Band stattfinden. Mein Auftrag an diesem hoffentlich denkwürdigen Abend war aber ein anderer. Gemeinsam mit zwei Damen vom *Vivento* sollte ich den VIP-Bereich betreuen, das klang nach einer feinen Herausforderung. 80 Personen standen auf der VIP-Gästeliste, dabei war ich auf einen Namen besonders stolz: Franziska!

Neben Franziska hatten sich einige Redakteure und sogar ein lokaler Fernsehsender angesagt. Ferner wurden neben den VIPs auch rund 250 Konzertbesucher erwartet, die ihre Eintrittskarte handelsüblich bezahlen mussten. Insofern versprach das eine ganz kuschelige Atmosphäre in dem Klub zu werden.

Der abgeschirmte VIP-Bereich hielt einige Köstlichkeiten bereit: gut belegte Schnittchen, Weintraubeneis, jede Menge Mojitos und tatsächlich auch Sahnetorte. Die hatte mein Vater wohl speziell für meine Person auffahren lassen. Und überall hingen Plakate mit der Aufschrift »Achten Sie auf das Geschirr« – eine Idee, die im Vorfeld meinem Vater eingefallen war. So gab es zu den kleinen Snacks eben auch besonderes Geschirr. All die Speisen und das Fingerfood wurden auf altem Porzellan mit vielfältigem Blumenmuster gereicht. Sehr old school, aber irgendwie traf diese Mischung genau den Zeitgeist und den Spirit der Band.

Die letzten Tage vor der CD-Veröffentlichung waren ganz schön nervenaufreibend gewesen. Mein Vater hatte gewaltig gezittert, da sich die Fertigstellung der heißersehnten CD immer wieder verzögert hatte. Selbst bei dem CD-Cover hatte es unvorhergesehene Probleme gegeben, sodass man kurzerhand auf bestehende Bandfotos von Olli Schramm zurückgriff. Ich persönlich fand das super, mit dem Artwork von Olli wurde der runde Silberling für mich sogar noch griffiger. Vor zwei Tagen hörte die sehr spezielle Zitterphase meines Vaters auf, der CD-Erstling sollte tatsächlich fertig gepresst sein.

Die Anspannung bei meinem Dad wurde mit Näherrücken des Termins dennoch immer greifbarer, viele Kleinigkeiten mussten im Vorfeld der geplanten Veranstaltung organisiert werden. Zwischendurch hatte mein Dad aber auch enorm entspannte Momente, fast so, als ob er einen speziellen Plan in der Tasche hätte. Es schien mit ihm wieder steil bergauf zu gehen. Auch meine Mutter schien einige Stunden mehr zu Hause zu verbringen als in den vorherigen Wochen. Ich möchte nicht von einer entspannten Stimmung sprechen, aber irgendwie war so etwas wie ein Friedensabkommen oder eine Waffenruhe zwischen meinen Eltern zu registrieren.

Dann hatte mein Vater mir lang und breit von Jean Rubin erzählt. »Egal, wie komisch er aussieht. Egal, was andere oder eben auch du über ihn denken, er wird bei dem großen Termin der Chef sein. Er wird an dem Abend ein wenig die Richtung vorgeben, okay?« Die Ansage über den neuen Agenten war einigermaßen deutlich gewesen. Mein Vater hatte mich vorgewarnt, weil der Typ mit seinem langen, schwarzen Ledermantel sehr schräg daherkommen würde, so wie eine Gestalt aus den 80er-Jahren. Ich war gewarnt.

Tatsächlich schien sich selbst Manager Rubin in Schale geschmissen zu haben. Er trug ein auffällig gelbes Hemd und darüber eine stylische schwarze Lederjacke. Das Leben ist manchmal Geschmackssache. Für mich kam er ein wenig zu sehr *Blues Brothers*-mäßig rüber, aber dieser lange Mantel hätte mich höchstwahrscheinlich noch mehr irritiert.

Ich selbst hatte mich in ein weißes Hemd und einen feines, braunes Sakko gezwängt, das ich zuvor erst einmal getragen hatte. Ich war bereit, und dann kam sie: Franziska sah wunderschön aus! Ich war verzückt. Sie trug ein dunkelrotes Sommerkleid, oben etwas freizügiger (ich glaube, das nennt man Spaghetti-Träger), das ihre prima Figur und ihren dunklen Teint unterstrich. Ich war immer noch verwundert, dass mir Franziska lange Zeit so unscheinbar vorgekommen war. Im Zuge unseres genaueren Kennenlernens mochte ich sie zunächst erst charakterlich und von ihrer ganzen Wesensart wahnsinnig gerne, inzwischen war aus meiner Sympathie echte Hingabe geworden. Vor drei Tagen hatte meine alte Flamme Sybille mich gefragt, ob ich ihr Karten für das heutige CD-Release und das Konzert besorgen könnte.

»Kannst du vielleicht zwei Karten für mich und Lars organisieren?«, hatte sie mich mit schiefen Kopf und großen Augen gefragt.

Ich hatte kurz gezögert, doch dann entschlossen geantwortet: »Tut mir leid, das kann ich leider nicht, da habe ich keine Aktien drin. Vielleicht kann ich dir aber demnächst die erste CD mal mitbringen.«

»Auch okay«, hatte sie gesagt. »Lars war sich auch noch nicht ganz sicher, ob er da überhaupt hinwollte.«

Blöde Kuh, hatte ich nur kurz gedacht und mich abgewandt. Dass ich inzwischen mit Franziska zusammen bin, war – so denke ich – noch nicht zu ihr vorgedrungen.

Franziska stürmte in ihrem Kleid und in ihren bunten Sneakers auf mich zu. Sie lief mir nicht entgegen, in meinem Blickwinkel schwebte sie. Wir umarmten uns lange, ehe ich mich wieder an meinen Auftrag erinnerte. Es war im VIP-Lager noch einiges zu regeln.

Aber irgendwie sahen an diesem Abend alle besonders gut aus. Olli Schramm hätte ich fast nicht wiedererkannt. Es schien so, als hätten seine Haare zum ersten Mal im Leben Bekanntschaft mit Haargel gemacht. Er sah flott aus. Der fesche Olli herzte ganz viele Menschen und war bei solchen Smalltalk-Veranstaltungen voll in seinem Element. Auch Sabrina, Mamas gute Freundin, war mit ihrem knappen schwarzen Lederrock ganz vorne dabei. Dann fiel mir ein, dass ich die Hauptpersonen lange nicht mehr ausgemacht hatte: die Band. Die neuen Plakate hatten schon draußen die Jungs mehrfach angekündigt. Vom Eingangsbereich bis hin zu den Toiletten hingen die Musiker im XXL-Format. Als ich sie dann sah, stutzte ich über das Outfit der Musiker. Die Jungs hatten sich nicht sonderlich in Schale geschmissen, sondern einfach ihr normales Bühnenoutfit aus dem Schrank geholt – T-Shirt, Jeans –, schließlich sollte *Das alte Geschirr* fleißig Musik machen.

Auch meine Mutter hatte ich in dem Menschenauflauf längere Zeit nicht mehr gefunden. Ich hatte daheim bemerkt, dass sie ungewöhnlich lange vor dem Spiegel gestanden hatte. Nachdem mein Vater schon gegen 14:00 Uhr aufgebrochen war, registrierte ich im Anschluss eine leichte Nervosität bei meiner Mutter.

Gestern hatte ich auch Oma Hilde gefragt, ob sie ausnahmsweise mal für ein Stündchen vorbeikommen wollte. Sie hatte müde gelächelt und nur den Kopf geschüttelt. »So was ist nichts mehr für mich, die CD höre ich mir sicherlich mal an.« Sie strahlte nach ihrer Gesundung immerhin schon wieder zarte Zuversicht aus.

Es wurde zunehmend lauter und hektischer hinter den Kulissen. Ich kümmerte mich im VIP-Bereich um die entsprechenden Ausweise, ich betreute zwei Redakteure und war für Jean Rubin Ansprechpartner bei besonderen Fragen. Franziska hatte derweil auf einem Barhocker Platz genommen. Auch wenn ich viel von links nach rechts wirbelte, ich hatte sie fast immer im Blick und sie warf mir mit einem Strahlen regelmäßig Handküsschen zu. Es war jedes Mal wie eine Ladung Benzin, die mich antrieb und mich immer wieder aufs Neue entzückte. Prompt rannte ich in dem geordneten Chaos noch schneller und aufrechter.

Bei aller Euphorie und bei der allgegenwärtigen Feierlaune – plötzlich stutze ich. Ich sah meine Mutter etwas undeutlich in dem Gewühl. Ich war perplex, denn sie war nicht allein. Neben ihr tauchte Nicoletta auf, die wie selbstverständlich große, dunkle Kopfhörer trug. Sie sah mich, lief auf mich zu und strahlte über beide Backen. »Ich darf heute länger aufbleiben. Ich darf heute auch Cola trinken. Mein allererstes Konzert von Papa«, grinste sie und schüttelte freudig ihren Kopf und ihre kleinen Locken. Ich umarmte sie und kümmerte mich wenige Augenblicke später wieder weiter um andere Gäste.

Als ich gerade die Fototasche eines Fotografen verstauen wollte, erfolgte ein lauter Knall. Ich erschrak, aber das war nur das Zeichen, dass der offizielle Teil losging. Jean Rubin betrat die Bühne, der Applaus fiel einigermaßen verhalten aus. Ich schaute in die Menge, so ganz voll war die Bude nicht, aber die, die gekommen waren, sahen alle prächtig und glücklich aus.

Jean Rubin sprach zur Menge, dank seiner ruhigen Art und seiner feinen Wortwahl lauschten alle diesem kleinen Menschen auf der Bühne mit voller Aufmerksamkeit. Er fasste in kurzen Worten die letzten Jahre der Band zusammen, sprach von den Vorbereitungen zu den CD-Aufnahmen und bat dann unter großem Applaus die vier Protagonisten auf die Bühne. Andreas kam als Erster, seine Frau hatte mich vorhin vor lauter Aufregung gleich nach den Toiletten gefragt. Dann erschien mein Vater, der beim Applaus selbstbewusst und freundlich in die Menge grüßte. Bernd kam mit einem trockenen

Grinsen und verbeugte sich in bester Schauspielermanier. Als Letzter erklomm Tom »The Rock« die Bühne, der heimliche Leader der Band. Gefühlt wurde bei ihm auch am meisten applaudiert.

Die Band stand neben Rubin auf der Bühne, inzwischen hatten sich die zwei Fotografen vorne in Position gebracht. Rubin berichtete über die zurückliegenden CD-Aufnahmen, und dann war der Moment gekommen, dass das Bühnenbild präsentiert wurde. Das neue Bandlogo und das CD-Cover wurden unter Applaus enthüllt, und auch der Name der ersten CD wurde feierlich geoutet. *Das alte Geschirr* ging mit dem Titel *Wechseljahre* an den Start – ich war nur froh, dass die CD nicht Sahnestücke hieß. Und dann hatte Rubin noch ein Schmankerl für alle Beteiligten: »Ich habe in den letzten Tagen einen ersten größeren Deal für die Band unter Dach und Fach gebracht. Die Nachricht ist so frisch, dass die Band es selber noch nicht weiß.« Er schaute in die Menge und schaute dann die vier Bandmitglieder an. »Liebe Leute, ich bin sehr froh, allen berichten zu können, dass *Das alte Geschirr* demnächst gleich viermal im Vorprogramm von Pohlmann spielen wird.«

Ordentlicher Applaus ertönte, die Bandmitglieder inklusive meines Vaters strahlten und klatschen sich ab. Pohlmann, ein recht populärer Deutschrocker, den kenne ich sogar. Ein deutscher Liedermacher, der bestimmt immer so vor 800 Leuten bei seinen Konzerten spielt. Fett, dachte ich. Ich ging langsam auf Franziska zu. Ich strich ihr eine Haarsträhne zur Seite und küsste sie. Nach dem heftigen Kuss lächelte sie mich an. Franzi war schön. Ach quatsch, die ganze Welt war schön!

»Ob wir da auch in den Backstage-Bereich dürfen?«, fragte sie mich. Ich nickte nur und genoss den Moment.

***

Die drei Kameramänner waren längst in Position gegangen, mit drei Kameras sollte der heutige Abend in bewegten Bildern als Video festgehalten werden. Die drei Profis hinter der Kamera sollten mit den richtigen Einstellungen und späteren Schnitten die Band ins richtige Licht rücken.

Und dann spielten sie endlich. Nach der Begrüßungsrede von Rubin und kurzen Grußworten des Veranstalters hatte es nur eine zehnminütige Pause mit kurzen Bühnenarbeiten an der Technik gegeben, dann kamen die vier unter tosendem Beifall auf die Bühne zurück.

Es war ein beherzter Auftritt. Es war das schönste Konzert meines Lebens, was zweifelsohne an meiner traumhaften Begleitung lag. Wir haben einige Lieder einfach weggeknutscht. Insofern fällt es mir schwer zu sagen, ob der Auftritt der Band perfekt war. Stimmungsvoll und erfolgreich war er auf alle Fälle …

***

Der letzte Ton liegt über eine halbe Stunde zurück und die allermeisten Konzertbesucher haben sich längst auf den Heimweg begeben. Nicoletta sitzt müde in einer der Nischen, in der eine gemütliche Couch steht. Sie hat die Kopfhörer noch auf, was ihr wohl gar nicht bewusst ist. Ich geselle mich Hand in Hand mit Franziska zu einem Kreis mit meiner Mutter, Olli, Sabrina und zwei Frauen, die ich nicht kenne. Meine Mutter sieht mich kommen und grinst mich an. Sie zwinkert mir mit ihrem linken Auge kurz zu und scheint sich über mein Glück zu freuen. Die Band ist wohl noch backstage. Ich kann mir gut vorstellen, dass sie diesen Erfolg für einige Momente gemeinsam hinter der Bühne feiern und auskosten wollen. Alle sind ins Gespräch über die feine Location vertieft, als mein Vater mit frischem Jeanshemd zu der Gruppe dazustößt. Das Schulterklopfen und Umarmen will fast kein Ende nehmen, als meine Mutter als Letzte an der Reihe ist.

»Ich bin wahnsinnig stolz auf dich, mein Liebling«, sagt meine Mutter. »Spätestens jetzt bist du ein echter Rockstar.« Sie gibt Jan einen langen innigen Kuss. Alle schauen interessiert zu. Ich auch. Vielleicht kann ich beim Küssen ja doch noch was lernen.

»Lob ihn nicht zu sehr, schließlich hat er noch keine Autogrammkarten, und außerdem hält er dieses Rockerleben sowieso nicht mehr lange durch.« Olli lässt sich auch heute Abend gerne für eine mittelgute Pointe erweichen.

»Ich danke euch allen«, beginnt mein Vater nach den 47 Umarmungen eine kleine Rede. »Es war ein perfekter Abend. Die Band war super, die Stimmung war grandios und wir alle sind absolut happy. Danke für eure tolle Unterstützung in den letzten Wochen.« Er schaut zufrieden in die kleine Runde. Er stockt einen kurzen Moment, ehe er weiterspricht. »Ich habe mich besonders gefreut, dass auch Nicoletta mit dabei war.« Er grinst. Alle schauen in die Ecke, in der Nicoletta sitzt. Sie ist eingeschlafen, selbst die Kopfhörer hängen ihr halb im Gesicht, quer über ein halbes Ohr und mitten durch ihre Lockenlandschaft. Aber sie schläft ruhig und wirkt zufrieden.

»Ich danke dir dafür, dass du meine Tochter mitgenommen hast.« Mein Vater blinzelt meine Mutter an und gibt ihr einen sanften Kuss. Natürlich ist es im Laufe des Abends heiß in dem Klub geworden. Aber meine Eltern schaffen es kurzfristig, eine noch wärmere Atmosphäre in diesem kleinen Kreis zu erzeugen. Wir tauschen uns in der Gesprächsrunde noch weiter über einzelne Songs und die neue CD aus.

Nach kurzer Zeit erhebe ich das Wort und setze die Beteiligten über meine nächsten Pläne in Kenntnis: »So, ich werde jetzt noch ein Stück Sahnetorte essen!« Alle müssen schmunzeln. Das Schönste ist, dass Franzi mich auch dabei begleitet.

Susi

32 – Richterin

Der Kinofilm hatte mich tagelang aufgewühlt. Hatte ich das Kino schon einigermaßen benommen verlassen, so hielt der Schleier, der mich in den darauffolgenden Tagen begleitete, nahtlos an. Eine Nebelwolke, die mich umhüllte, ein Gefühlsritt, so unruhig und so unscharf, als ob ich auf einem alten Esel sitzen würde, der sich planlos und ohne Ziel auf einem steinigen Untergrund bewegt. Obwohl ich den Film zuvor unzählige Male gesehen hatte, obwohl ich auch das Buch zweimal gelesen hatte, diese Dreiecksgeschichte beschäftigte mich aufs Neue.

Ich hatte in der darauffolgenden Nacht einen langen Traum, der so intensiv, so greifbar war, dass auch dieser Traum es schaffte, mich längere Zeit zu beschäftigen. Es ging wieder um *Jenseits von Afrika*, nur war ich keine Beobachterin, sondern eine Richterin, die ein Urteil sprechen sollte. Die Perspektive hatte für mich gewechselt. In dieser Dreiecksgeschichte sollte ich auf der Richterbank darüber befinden, wer richtig und wer falsch agiert hatte, und ein Urteil fällen. Alle Seiten hatten ihre Argumente und ihre Gefühle vorgebracht, doch von vornherein war klar, dass der Prozess keinen Gewinner hervorbringen würde. Als das Urteil gesprochen wurde, ereignete sich urplötzlich die größte Veränderung. Nicht Karen Blixen saß auf der Anklagebank, sondern ich selbst saß dort wie ein Häufchen Elend. Im Traum war klar erkennbar, wie eingeschüchtert und verunsichert ich auf dem einfachen Stuhl auf das Urteil wartete. Sind Träume manchmal auch ein Abbild der aktuellen Befindlichkeit? Auf alle Fälle hatte ich reichlich Mühe, nach den Verwirrungen in der Nacht meine Gedanken sauber zu sortieren.

Ich habe die Kinokarte aufbewahrt. Irgendwie hatte mir der Nachmittag trotz der dunklen Abgeschiedenheit meine Augen geöffnet. Zugleich hatte mich der Drang nach Freiheit, das afrikanische Lebensgefühl wieder gepackt. Ich war von der Natur, von den Tieren und der Atmosphäre neu angefixt. Ich war bislang noch nie auf dem Kontinent gewesen, aber ich spürte eine besondere Hingabe für Afrika, für die Landschaft, die Natur, die Tiere und die Menschen. Auf einmal ergab meine umfangreiche Elefantensammlung – zuletzt ein wenig eingestaubt – wieder einen Sinn. Es war die große Herde der Tiere, die mich rief, der ich mich gerne anschließen wollte. Doch vorher warteten andere Aufgaben auf mich.

Ich fuhr nach Hause, begrüßte die Kinder und verzog mich in eine stillere Ecke. Ich wollte schreiben und hoffte, damit den Film neuerlich zu verarbeiten. Ich wollte meine Gefühle in Worte kleiden, und ich wollte meine Seele zu Papier bringen. In der Vergangenheit hatte ich das bereits häufiger getan, hatte mit kleinen Gedichten, mit minimalen Erzählungen mein Inneres befreit. Keine Ahnung, warum ich das zuletzt eine ganze Zeit vernachlässigt habe. So saß ich in der Ecke, kochte mir zwischendurch einen gemütlichen Tee und blickte auf das weiße Papier. Sicherlich gibt es Menschen auf diesem Planeten, die ihre Gefühle in den Computer hacken können. Aber meine Gefühle in schnellem Tempo auf die Tastatur zu projizieren und sie dann auf dem Monitor zu sehen, das ist nicht mein Verständnis von Gedichten und Poesie. Der Computer und das Verfassen von Gedichten schließen sich bei mir irgendwie aus. Ich bevorzuge tatsächlich noch das klassische Buch, auch die neuen E-Book-Reader kommen mir nicht ins Haus. Ich habe für diese erlesenen Stunden ein kleines Büchlein mit Ledereinband und einen besonderen Füller, wodurch mir schon beim Schreiberlebnis und bei dem zärtlichen Warten aufs Trocknen der Tinte das Herz ein wenig aufgeht. Gleichwohl schreibe ich immer auf einem Schmierzettel vor, ehe ich im Anschluss nach kurzer Prüfung das Gedicht in mein wertvolles Buch übertrage.

Ich habe mich geistig entleert, für den ersten Rohentwurf brauchte ich knapp zwei Stunden, dann war ich so zufrieden, dass nun in meinem Buch in schönster Schreibschrift die Zeilen auftauchen. In meinem Herzen und mit meinem Gedicht bin ich diesem riesigen Kontinent Afrika wieder ein Stück nähergekommen. Mein Traum lebt wieder.

Ich lese noch einmal meine Zeilen und bin einigermaßen zufrieden, weil die Worte in meinen Augen das Land, die Freiheit und den friedlichen Gedanken widerspiegeln.

Der Boden ist heiß und mein nackter Fuß knirscht im Sand
Der Wind weht um einzelne Bäume
Trockenheit umhüllt die heiße Serengeti

Die Weite, die wilden Tiere und die Dürre
Schwarze Hände, rote Sonne und weißer Sand

Ich beobachte die Tiere
Sie sind wild und friedlich
Abgeschieden und menschenleer

Die weite Prärie, nur Dürre und Bäume
Ein großer Stamm mit Elefanten zieht vorbei
Giraffen und Zebras folgen in bedächtigem Abstand
Der ältere Löwe thront auf dem Stein.

In der Hitze des Tages
Spüre ich Freiheit und Ferne

Ein alter Jeep bringt mich weiter ins Land
Ich bleibe lebenslustig und unerkannt

Die Trommeln klingen leise,
Ein bunter Kontinent
Und Afrikas Sonne lächelt süß

Als ich von meinem Stuhl aufstehe, ist es Zeit, mich wieder meiner Familie zu widmen. Raus aus dem Schneckenhaus und hinein ins wilde, pralle Leben. Nicoletta ist schon im Bett, ich habe ihr zumindest zwischendurch einen herzhaften Gute-Nacht-Kuss gegeben. Jan will sich gleich aufmachen zur letzten Probe, morgen wird der große Abend der Band sein, an dem ihre erste CD unters Volk kommen soll.

Draußen ziehen dunkle Wolken auf, als Jan vor mir steht und sich kurz verabschiedet. All diese Szenen, die im früheren Leben so normal und so einfach waren, sind jetzt kompliziert und umständlich. Er steht im Flur und sucht seine leichte Sommerjacke. In seinen Händen hält Jan einige Noten und sein Täschchen mit den zahlreichen Trommelstöcken. Er ist im Begriff zu gehen, zögert aber einen Moment.

»Schön, dass du hier warst.« Er schaut mich etwas verlegen an und scheint nach Worten zu suchen. »Und schön auch, dass du mal wieder geschrieben hast.« Er deutet auf den inzwischen leeren Stuhl, auf dem ich eben noch Worte zu Papier gebracht habe. Er nickt und zwingt sich zu einem kleinen Lächeln. Ich gehe vier Schritte auf ihn zu und stehe ganz dicht vor ihm.

»Danke.« Ich mache einen weiteren Schritt auf ihn zu und gebe ihm einen Kuss auf die Wange.

Er sagt nichts, scheint den kurzen Moment aber innerlich zu genießen. Wir haben uns Ewigkeiten nicht mehr berührt, dieser merkwürdige Umstand ist uns beiden in diesem kurzen Augenblick bewusst. Insofern zählt diese sanfte Geste doppelt, sage ich mir selbst. Er überlegt noch kurz und sagt nur »Gute Nacht, es dürfte spät werden bei mir«, ehe er das Haus verlässt. Aber er schaut mir noch tief in die Augen, als er die Haustür schließt. Ich selbst grübele über die sanfte Berührung. War das ein Anfang? Aber der Anfang wovon? Es klingt komisch, schließlich kenne ich Jan seit fast 20 Jahren …

***

Der nächste Morgen hält jede Menge Aufregung bereit. Es ist der Tag der CD-Veröffentlichung. Es ist ohne Frage Jans großer Tag. Die Band hatte lange auf dieses Ereignis hingearbeitet. Dementsprechend ist Jan angespannt, von

Vorfreude hingegen keine Spur. Man merkt ihm in jeder Faser seine Nervosität an. Schon sein Zähneputzen hört sich an diesem Morgen anders an, unrunder als sonst. Er agiert wie in Trance. Sicherlich, in den letzten Wochen waren Jan und ich im Zusammenspiel ganz andere, fast fremde Menschen. Trotzdem scheint ihn der anstehende Termin mächtig aus der Bahn zu werfen.

Das Frühstück ist noch geprägt von den Ritualen der Kinder, sodass seine Nervosität weniger ins Gewicht fällt. Ich berichte Jan, dass ich am heutigen Vormittag arbeiten muss und somit zeitnah das Haus verlassen werde.

»Schon okay, ich bin heute ab 13:00 Uhr weg, wir proben dann noch mal und haben rechtzeitig unseren letzten Soundcheck.«

»In Ordnung, dann weiß ich Bescheid, wir sehen uns heute Abend«, lasse ich ihn wissen. Nach dem kurzen Kuss von gestern herrscht zwischen uns wieder die alte Distanz, sodass unser Umgang wieder mit Boxerhandschuhen erfolgt.

Spätnachmittags überlege ich länger, wie ich Nicoletta unterbringen soll, ich will sie nicht schon wieder bei den Nachbarn abliefern. Mir ist auch klar, dass es heute Abend gut und gerne über Mitternacht hinausgehen wird.

***

Ich habe es nicht abgesprochen, aber ich sehe auch wenig Alternativen, also werde ich Nicoletta einfach mit zur Veranstaltung nehmen. Ich hoffe, dass Jan sich freut, wenn seine Tochter zum ersten Mal live dabei ist und seinen größten Auftritt verfolgt. Ich freue mich auf den Abend, weil neben der Band auch Sabrina, Olli und viele weitere Bekannte vor Ort sein werden.

Zwischendurch telefoniere ich mit Marc, weil ich mir gerne nach der kürzeren Abstinenz ein Stimmungsbild von ihm abholen wollte. Das entpuppt sich als keine gute Idee. Marc ist wenig verständnisvoll und reagiert im Laufe des Gesprächs genervt. Er zeigt wenig Toleranz dafür, dass ich noch Zeit und Kraft in die Beziehung mit Jan investiere. Seine verständnislose Art sorgt bei mir für Kopfschütteln. Was erwartet er von mir, dass ich mich meiner Ehe entledige wie einer alten Hose, die nicht mehr passt? Wie eine Weinflasche, die leer ist und kurzerhand entsorgt wird? Mir fehlt meinerseits das Verständnis für seine Sicht der Dinge. Ich bin irritiert.

***

Nicoletta freut sich und ist schon im Auto unglaublich gesprächig. Für sie ist es ganz großes Kino, am Abend mit Erwachsenen zu feiern. Zwar mag sie Jans Schlagzeugspiel nicht wirklich, aber die seltene Verlockung, lange aufzubleiben, Cola zu trinken und mit Torven, Olli, Sabrina und ihren Eltern den Abend zu verbringen, hat sie in Hochstimmung versetzt. »Bald bin ich ein richtig großes Mädchen«, spricht Nicoletta und kichert dabei. Ich lasse den Satz so stehen und denke mir nur meinen Teil. Als wir im Veranstaltungsort *Vivento* ankommen, fällt mir als Allererstes die Lautstärke auf. Auch wenn die Band noch lange nicht spielt, die Geräuschkulisse ist durch die Gespräche und die Hintergrundmusik nicht eben leise. Ich denke an Nicoletta und bin froh, dass ich die dicksten Kopfhörer, die unser Haushalt hergibt, für unsere Tochter mit eingepackt habe.

Als Zweites stelle ich fest, dass alle irgendwie richtig gut drauf sind. Das Personal am Eingang hat uns freundlich und besonders herzlich begrüßt, und auch alle Gäste geben sich locker, gelöst und tiefenentspannt. Torven, der vorzeitig angereist war, scheint im VIP-Bereich eine Aufgabe für den Abend mitbekommen zu haben. Im Mittelpunkt steht heute aber Jan, der später als eine der Hauptpersonen seinen wichtigen Auftritt auf der Bühne haben wird. Ich sehe es als meinen Job an, mich um Nicoletta zu kümmern, die jedoch nach kürzester Zeit – trotz des Gedränges – schon auf Torven zustürmt.

Auch wenn ich noch Auto fahren und daher auf Alkohol verzichten muss, es ist ein fantastischer Abend. Olli Schramm verbreitet in seiner Jeansjacke jede Menge gute Laune, es ist einer dieser Abende, an dem sich seine Wege mal wieder mit Sabrina kreuzen. Die beiden Freunde kennen sich durch etliche Veranstaltungen in unserem Haus sehr gut. Einigermaßen überraschend für mich ist Sabrina an dem Abend allein erschienen, an ihrer Seite finden sich aber fast immer Typen, die sie bewundern oder sie offensichtlich oder auch eher heimlich im Profil betrachten. Viele Männer schauen ihr mit offenem Mund nach, inklusive Olli, wie ich aus der Entfernung amüsiert feststellen darf.

Als der neue Manager der Band auf die Bühne tritt, wird es still. Dieser etwas kleine und in meinen Augen schwer durchschaubare Typ spricht von der neuerlichen Geburtsstunde, die *Das alte Geschirr* quasi mit dem heutigen Abend feiert. Über sein Mikrofon rieseln jede Menge warme Worte, aber irgendwie ist der Typ nicht so recht nach meinem Geschmack. Wenig später braust großer Applaus auf und Jan und die Band kommen auf die Bühne.

Ich hatte ihn schon zigmal auf verschiedensten Bühnen gesehen. Dabei sitzt er als Schlagzeuger zumeist hinten etwas versteckt. Aber genau in dem Moment, als Jan die Bühne betritt, als die kleine Nebelwand sich langsam auflöst und die farbigen Scheinwerfer erst nur die Konturen von ihm zeigen, da flippe auch ich aus. Sein blaues Jeanshemd, das so lässig sitzt, die eng geschnittene Hose, die seinen schlanken Körper unterstreicht – irgendwas macht der Typ mit mir. Längst vergrabene und verborgene Gefühle kommen in mir auf, sein breites Lächeln in die Menge fasziniert mich aufs Neue und er schaut von der Bühne, als suche er irgendwen. Ich gröle mit aller Kraft in den tosenden Applaus, als die vier Musiker nacheinander auf die Bühne stolzieren. Dieser Manager im XS-Format spricht währenddessen Lobeslieder, ohne dabei zu singen. Das Cover wird präsentiert, der neue Schriftzug der Band öffentlich gemacht und zwei, drei Fotografen schießen jede Menge Fotos. Mein Stolz wächst von Minute zu Minute.

Ich weiß nicht, wo Torven ist, weil der sich schon längere Zeit intensiv um ein ganz niedliches Mädchen kümmert, aber ich habe zumindest Nicoletta an meiner Seite. Denn dieser Moment, als Jan oben auf der Bühne steht, ist ganz komisch. Ich habe Gänsehaut, ich bin aufgeregt, ich bin stolz, ich kann meine Gefühle schwer einordnen. Weil es über das Gefühl von Stolz schon hinausgeht. Bin ich glücklich, bin ich verliebt oder bin ich wieder da, wo ich vor Monaten zuletzt war? Ich schaue in Nicolettas Gesicht, die ebenfalls strahlt. »Paps sieht toll aus, da oben auf der Bühne«, freut sie sich und grinst mich breit an. Ich nicke. Meine achtjährige Tochter hat verdammt noch mal recht.

***

Rund 15 Minuten später geht das Konzert los und die Luft explodiert. Die Stimmung in dem Raum kocht und ist wie elektrisiert. Wie schon am Eingang, als ich eine so lockere und fröhliche Stimmung wahrnahm, so platzt auch bei der Livemusik der Knoten sofort. Frontmann Tom »The Rock« gibt sich charmant am Mikrofon, selbst ich als Laie muss feststellen, dass sich Tom rein gesanglich in letzter Zeit enorm gesteigert hat. Früher habe ich manchmal etwas geschmunzelt und die Musik meines Mannes etwas abgetan, ganz anders ist es heute Abend. Die Töne der Band treffen bei mir diesmal voll ins Schwarze – voll ins Herz. Und nicht nur bei mir. Ich habe mich längst zu Sabrina und Olli gesellt, Nicoletta trägt ihre Kopfhörer, wippt aber trotzdem munter im Takt mit. Mir fällt es schwer, genau zu sagen, was mir in meiner Stimmung an der Musik so gut gefällt, auf alle Fälle macht sie mich irgendwie leichter, entspannter und sorgloser, sodass ich mir wenig später doch ein Bier gönne. Das gehört für mich zu einem Rock-'n'-Roll-Abend dann eben doch dazu.

Lange, nachdem die letzten Akkorde verklungen sind, mischen sich die vier Musiker unters Volk. Auch Jan gesellt sich mit stolzem Schwung und funkelnden Augen zu unserer Gruppe, die aus Torven, Sabrina, Olli und zwei anderen besteht. Ich gebe ihm spontan einen Kuss, weil ich an diesem Abend einfach viel Zuneigung für meinen Ehemann empfinde. Ich bin ein wenig irritiert, weil ich den ganzen Abend nicht an Marc gedacht habe und meine bei ihm verweilende Zahnbürste mir plötzlich sehr, sehr fremd vorkommt. Irgendwas hatten die letzten Monde mit mir gemacht. Ich fühle mich wie ein Gourmet, der in einem Restaurant wählen kann zwischen Nouvelle Cuisine und braver Hausmannskost. Im Moment scheint mir die gutbürgerliche Kost deutlich schmackhafter.

Ich schaue auf die Uhr, 0:30 Uhr – tüchtig, denke ich mir. Nur gut, dass Nicoletta schläft, wenn auch nicht eben bequem. Ich würde mir gerne noch einen kleinen Snack aus dem VIP- Bereich gönnen. Die laute Musik hat mich hungrig gemacht. Ich schlendere in den abgesperrten Bereich und sehe Reste von Schnittchen, Muffins, Torte und vielen Getränken. Das alles spricht mich wenig an. Ich stolpere über chinesische Glückskekse, die mit Sprüchen versehen sind. Ich bin in der richtigen Stimmung, um mich mit den schicksalhaften Sprüchen der Kekse zu beschäftigen. Ich lese drei bis vier davon relativ emotionslos durch, ehe ich innehalte. Ich drehe den Keks, auch wenn mir klar ist, dass das den Inhalt des Spruches nicht verändert. In dem Moment kommt Sabrina auf mich zu, die sich wohl verabschieden will. Die Müdigkeit in ihren Augen ist offensichtlich.

»Na, hast du einen guten Rat gefunden?«, blinzelt sie mich an.

»Ja, äh, vielleicht.« Ich fühle mich ein klein wenig ertappt. Sie gibt mir einen Kuss und verabschiedet sich.

Ich überlege, ob ich ihr das Sprichwort vorlesen soll, entscheide mich dann jedoch dagegen.

»Wenn du etwas ändern willst, was du nicht ändern kannst, dann ändere deine Einstellung dazu.«

Der Spruch gefällt mir so gut, dass ich den Glückskeks einstecke. Ich verzichte auf einen Snack, die weisen Worte und der aufwühlende Abend haben mich satt gemacht.

Jan

33 – Baum

Ein ganz eigenartiger Geruch machte sich in unserem Haus breit. Für mich war der Duft schwierig einzuordnen. Es war so ein Duft, der setzte sich in der Nase fest und wollte partout nicht mehr verschwinden. Ein merkwürdiges Aroma, es roch so bunt, es roch so interessant und auch so lecker, aber es war schwierig für mich, es exakt einzusortieren. Das mochte auch daran liegen, dass meine Geruchsnerven nicht so überproportional ausgeprägt sind. Ich stellte unterdessen in einem Anflug von Glück fest, dass der Tisch perfekt gedeckt war. Für vier Personen. Ich war jetzt schon zufrieden, obwohl noch gut dreißig Minuten Zeit blieben. Auf der gelb-braunen Tischdecke hatte ich zahlreiche Accessoires verteilt, die dem Tisch eine besondere Note gaben.

Susi war bei ihrer Mutter. Ich hatte sie eindringlich gebeten, um 19:00 Uhr daheim zu sein. Dann würde es ein Festmahl geben. Zu viert. Nicoletta und Torven waren in meinen Plan eingeweiht, sie waren quasi schon seit Stunden, ach quatsch, sie waren schon seit Wochen bereit. Nicoletta lief alle fünf Minuten aufgeregt in die Küche, wo sich seit zwei Stunden der fremde Mann aufhielt. Mit einem breiten Grinsen kam sie dann wieder zu mir ins Wohnzimmer und schaute voller Vorfreude auf den Tisch, der an diesem Abend so ganz anders aussah.

Wieder rannte Nicoletta in die Küche, wieder musste

sie laut lachen, als sie am Herd den schwarzen Mann mit seiner hohen, weißen Kochmütze anstarrte. Er schaute sie putzmunter und lange an, seine Hände hatten zumeist einen Kochlöffel, ein Messer oder andere Utensilien in Beschlag. Mit seinen weißen Zähnen im dunklen Gesicht schenke er Nicoletta stets ein breites Grinsen. Wenn er nicht allzu sehr abgelenkt wurde, dann kochte unser Gast fleißig.

Ich hatte unseren Agenten Jean Rubin vor zwei Tagen gefragt, ob er einen afrikanischen Koch kenne, der ins Haus kommen würde. »Gib mir drei Anrufe, dann regel ich das«, hatte Rubin ebenso souverän wie kurz angebunden geantwortet. Rund zehn Minuten später hatte er mir die Kontaktdaten von Bafou Chariko gegeben, der nun in unserer Küche intensiv werkelte und Speisen zubereitete. Bafou kommt aus dem Senegal und ist seit einigen Jahren in wechselnden Restaurants als Koch tätig. Heute war er exklusiv von mir gebucht, um gute afrikanische Küche in den Schäferkamp zu zaubern.

Ich hielt einige Überraschungen für meine Familie bereit. Die CD-Veröffentlichung war längst Schnee von gestern, die Welt hatte sich weitergedreht, es gab weitere Neuigkeiten, die ich meiner Familie feierlich präsentieren wollte.

Nicoletta drehte unterdessen weiter ihre Runde und lief erst um den gedeckten Tisch, um sich dann in der Küche ein Update der afrikanischen Kochkünste abzuholen. Sie hatte ordentlich gestaunt, als der Koch Bafou seine zwei Pfannen und zwei große Taschen mit den Zutaten für den heutigen Abend in die Küche geschleppt hatte. Nicoletta hatte zunächst die Welt nicht mehr verstanden, dass ein fremder Mann in unserer Küche hantierte, Gemüse putzte und Fleisch vorbereitete.

An die umtriebigen Küchenaktionen hatte sie sich nach meinen Erklärungen inzwischen gewöhnt, derweil hatte Torven zwar zweimal interessiert geschaut und einmal nachgefragt, sich dann aber schnell wieder seinem Smartphone gewidmet. Inzwischen war er wieder in seinem Zimmer, um sich dort höchstwahrscheinlich immer noch seinen munteren Handyangelegenheiten mit weiblicher Kontaktaufnahme hinzugeben.

»Wann kommt Mama? Wann geht es los?« Die Aufregung meiner Tochter schien noch immer ein kleines Steigerungspotenzial zu besitzen. Vielleicht ist es bei Kindern aber auch immer so, je länger der Verlauf, je größer die Wartezeit ist, umso mehr quengeln sie in den letzten Minuten.

»Bald, es geht bald los.« Ich versuchte, Ruhe und Gelassenheit auszustrahlen. Dabei spürte ich eine gewisse Anspannung. Ich hatte mir einige Ideen und ein gewisses Vorhaben für diesen Abend zurechtgelegt, aber mir fehlte die Sicherheit, ob mein Plan tatsächlich aufgehen sollte.

Das schlimmste Fragezeichen war, ob Susi auch wirklich kommen würde und nicht auf einmal dem Abend fernbliebe. Meine geplante Überraschung konnte nur gelingen, wenn sie überhaupt zur abgemachten Uhrzeit erscheinen würde. In den letzten Wochen hatte sie im Familienleben häufiger unentschuldigt gefehlt. Gleichwohl hatte ich freiwillig auf ein Entschuldigungsschreiben verzichtet, weil der häufige Aufenthaltsort während ihrer Fehlstunden heftige Kopfschmerzen bei mir verursachte.

Für den heutigen Abend hatte ich indes ein gutes Bauchgefühl. Dieser Abend musste einfach gelingen. Auch die Kinder spürten wohl, dass etwas Besonderes in der Luft lag, in dieser exotischen Luft, diesem fremden Aroma, dieser Brise im Haus, die heute so anders wehte als sonst.

Ich schaute auf die Uhr, noch zehn Minuten. Ich prüfte mit kritischem Blick den gedeckten Tisch und bot ein letztes Mal meine Hilfe in der Küche an. Bafou grinste mich an und sagte in überzeugtem Ton: »Na, na, na, nix helfen, du störe nur.« Er verpackte die Absage mit einem so charmanten Lächeln, dass bei mir kein schlechtes Gewissen aufkam.

Ich ging ins Wohnzimmer und öffnete die Weinflasche, als ich die Eingangstür hörte. Susi war das, meine Frau ist tatsächlich gekommen. Ich ging ihr entgegen und schaute sie mit großen Augen an. Sie sagte nichts, sondern schaute sich um, die auffällige Tischdeko war dabei kaum zu übersehen. Dann roch, nein schnupperte sie – fast so, wie es Hasen den halben Tag machen. Meine Frau zog den Duft tief durch die Nase ein und versuchte, ihn zu orten, zu sortieren.

»Interessant …«, war ihr erstes Wort an diesem Abend. Sie schüttelte den Kopf. »Verrückt«, sagte sie, und es huschte ein bescheidenes Lächeln über ihr Gesicht. Aber sie war einigermaßen perplex. Als sie dann noch Geräusche aus der Küche hörte, es handelte sich um kurze Silben und eine fremde Stimme, da war sie gänzlich irritiert.

»Wer kocht da in meiner Küche?«, stammelte sie und wollte einen Schritt auf die Küche zumachen.

Ich stellte mich ihr in den Weg und stand dicht vor ihr. »Warte. Und vertrau mir, ich hole erst einmal unsere Kinder«, ließ ich sie wissen und versuchte, so entspannt wie möglich rüberzukommen. »Du darfst dich derweil setzen. Ich kläre dich gleich auf, möchtest du vorher noch deine Hände waschen oder dich frisch machen?«

Susi schaute mich irritiert an. »Ja, gute Idee.« Sie hielt inne. »Das mache ich dann mal.« Ein minimaler Blick mit einem zarten Lächeln umspielte ihre Lippen. »Und dann bin ich ja mal sehr gespannt!«

***

Wir sitzen zu viert am üppig dekorierten Esstisch. Die gelbe Tischdecke grenzt an ein größeres Tuch im Leopardenmuster. Schleich-Tiere – Elefanten, Zebras und Giraffen – finden sich ebenso auf dem Tisch wie Löffel aus dickem Holz, bunt verteilte Holzschalen, Kaffeebohnen und eine einzelne weiße Orchidee. Drei Personen lächeln an diesem Tisch voller Freude, voller Erwartungen, nur Susi bekommt den Mund irgendwie nicht zu. Ein leicht skeptischer Blick ist bei ihr auszumachen und sie schaut von einem Familienmitglied zum nächsten. Ich stehe auf. Ich will den Worten besonderen Nachdruck verleihen, sodass ich hoffentlich im Stehen die richtigen Worte finden werde.

»Meine liebe Susi. Die letzten Wochen waren für uns alle nicht leicht. Wir sind in eine Krise hineingeraten, aus der es – so wirkte es zwischenzeitlich – keinen positiven Ausweg zu geben schien. Wir haben uns …«, zum ersten Mal stocke ich ein wenig, aber ich verstärke meinen Blick und schaue meiner Frau noch fester in die Augen, nachdem ich die erwartungsvollen Gesichter meiner beiden Kinder gesehen habe. »Wir haben uns in den letzten Wochen ein wenig auseinandergelebt und waren querbeet auf anderen Pfaden unterwegs. Ich habe die große Hoffnung, nein, ich wünsche mir von Herzen, dass wir aus diesem Labyrinth herausfinden, dass wir künftig wieder Hand in Hand gemeinsam einen Weg gehen, der uns glücklich macht. Ein neuer Weg mit mehr Liebe. Mit neuer Liebe. Ein Weg voller Respekt, voller Wertschätzung und mit viel Aufmerksamkeit.«

Ich mache eine kurze Pause, und ich jubele innerlich, dass ich schon jetzt ein Strahlen von Susi ernte. Dabei habe ich meine Trumpfkarten noch gar nicht ausgespielt.

»Ich habe die letzten Wochen, die sehr einsam waren, abgesehen von meinen ständigen Besuchen im Proberaum, genutzt und bin in mich gegangen. Ich habe viel nachgedacht. Ich habe überlegt, welche Fehler ich gemacht habe und wie ich mein Leben und unser gemeinsames Leben neu und etwas aufregender ordnen kann.«

Von der Küche dringen erneut Geräusche an unseren Tisch, bisher hatte Susi noch keinen Blick in unsere Küche gewagt.

»Aus den gemachten Fehlern möchte ich gerne lernen. Mit diesem Tag soll einiges bei mir anders werden. Ich bin mir bewusst, dass ich eure Wünsche, eure Persönlichkeiten und eure Interessen mehr beherzigen muss. Wir haben heute einen afrikanischen Abend, das mag dafür ein guter, erster Anfang sein. Da ich in der afrikanischen Küche nicht so zu Hause bin, habe ich mir professionelle Hilfe ins Haus geholt.«

Ich stehe auf und gehe kurzerhand in die Küche. Wenige Sekunden später komme ich mit Bafou Charikou zurück. Bafou zeigt wieder sein breitestes Grinsen und schüttelt Susi die Hand. »Madame, freue mich sehr, für Sie heute zu kochen in Ihrer Küche.«

Susi lacht und scheint sich über die Überraschung ehrlich zu freuen. Bafou stellt seine drei Gänge vor, die er nebenan intensiv vorbereitet hat. Nicht alles kann ich gleich einordnen, aber ich habe mir zumindest gemerkt, dass wir mit einer Kichererbsen-Suppe und Fladenbrot starten werden. Nicoletta wiederholt das Wort Kichererbsen dreimal und ist jedes Mal wieder aufs Neue verzückt.

Bafou macht eine kurze Verbeugung, er grinst wie ein Honigkuchenpferd und tänzelt zurück in die Küchenzeile.

Susi äußert ein kurzes »Ich bin begeistert!« und genießt sichtlich den Moment.

Meiner Rede will ich einen letzten Nachdruck verleihen: »Das Wichtigste ist, dass wir achtsam miteinander umgehen. In diesem Sinne.«

»Was ist achtsam? Was hat das mit der Zahl zu tun?«, fragt Nicoletta.

»Papa meint, dass wir alle das kleine Einmaleins des Miteinanders besser beachten müssen«, erklärt Susi und zwinkert mir zu.

»Genau«, sagt Torven und lächelt ebenfalls.

»Ich habe jedoch noch weitere Überraschungen für euch. Mein Schatz, ich weiß, wie sehr dir Afrika am Herzen liegt und dass du lieber heute als morgen auf dem Kontinent Station machen möchtest. Ich möchte das gerne mit dir machen. Nicht heute, nicht morgen, aber in drei Wochen.«

Kurze Stille, ich krame in meinem Sakko und hole zwei Tickets hervor. »Ich habe am heutigen Morgen kurzerhand gebucht, in drei Wochen geht es los, 14 Tage Kenia inklusive fünftägiger Rundreise.« Ich mache aus strategischen Gründen eine kurze Pause, um meinen Worten noch mehr Gewicht zu verleihen. »Es wäre mir ein Fest, wenn du mich begleiten würdest.« Ich gehe auf meine Frau zu und reiche ihr die Tickets. Sie steht auf, umarmt mich heftig und ich höre am Schluchzen, dass jede Menge Tränen fließen.

»Du machst mich so glücklich«, bringt sie aus einem Meer voller Tränen hervor.

Ich gönne ihr einen kurzen Moment, ehe ich weitere Informationen zur Reise verkünde: »Es reisen nur wir zwei, ich habe zur Betreuung von Nicoletta mit vielen gesprochen, Sabrina, Oma Hilde und die Mutter von Friederike wollen sich kümmern, selbst Olli Schramm hat seine Hilfe angeboten«.

»Wahnsinn.« Bei Susi mischen sich die Tränen jetzt mit einem freudigen Lachen.

»Zu Olli geh ich nicht, der trinkt viel zu viel Alkohol«, schimpft Nicoletta. Wir nicken und lachen …

***

Ich war vor drei Tagen über das Gedicht meiner Frau gestolpert. Als ich in unserem Haus Unterlagen von mir suchte, war mir plötzlich Susis persönlicher Gedichtband in die Hände gefallen. Ich hatte einen Moment gezögert, ob ich heimlich darin blättern sollte. Ich entschied mich dagegen. Aber in meinem Kopf tobte ein Kampf. Nach zehn Minuten gab ich auf. Ich riss die Schublade auf und las die letzten Gedichte meiner Frau durch. Das Gedicht über Afrika, die Sehnsucht nach Abenteuer und dem fernen Kontinent berührte auch mich. Wenige Stunden später war ich im Reisebüro und erkundigte mich nach den Reisemöglichkeiten nach Kenia. Heute Morgen habe ich dann meinen Mut zusammengenommen und gebucht.

***

Nach der Suppe haben wir wieder etwas Zeit, Bafou bereitet den nächsten Gang vor. Torven hat nur wenig von der Suppe gegessen, aber zur Feier des Tages hält er sich verbal zurück.

»Ich darf euch noch was mitteilen. Ich habe in den letzten Tagen einen neuen Job gefunden. Meine Zeit des Faulenzens ist vorbei. Über Beziehungen bin ich an eine Hotelkette geraten. In zwei oder drei Monaten werde ich dort im Managementbereich starten. Es ist ein Job, der so ganz anders klingt und sich nach jeder Menge Spaß und Abwechslung anhört.« Diesmal bin ich es, der strahlt, weil meine Überlegungen hinsichtlich des neuen Jobs ausschließlich positiv sind. Ich freue mich auf die neue Aufgabenstellung, und diese Freude gebe ich an diesem Abend an meine Familie weiter.

African Chicken hat Bafou gezaubert, dazu Süßkartoffelstampf und Couscous. Ihm war bewusst, dass das für Kinder nicht eben eine Leibspeise ist. Nicoletta isst aber einigermaßen tapfer. Anders Susanne, sie genießt das Essen und die Atmosphäre. Auch wenn der italienische Wein nicht unbedingt zu dem Motto passt, so schmeckt er dennoch umso besser.

***

Bei der Nachspeise gönnt uns unser Koch wieder die große Auswahl. Bei Eis, Milchreis und Sternfrucht kommt gerade Nicoletta auf ihre Kosten.

Ich war vorher bei Bafou in der Küche und habe ihn gebeten, uns bei der Nachspeise zu begleiten. In den wenigen Stunden, die er bei uns war, habe ich seine offene und sympathische Art zu schätzen gelernt. So sitzen wir nun zu fünft am Tisch und schlecken Eis, Nicoletta isst zudem die zweite Portion Milchreis. Und Bafou erzählt von seiner Heimat Senegal. Er spricht über seine Familie, wie seine große Familie gemeinsam unter einem Dach wohnt. Er spricht über die Trockenheit, über die Schule, die nur manche seiner afrikanischen Freunde und Familienmitglieder besucht haben.

Als ihm Susi von unserer bevorstehenden Reise erzählt, glänzen seine Augen und er kommt gar nicht mehr aus dem Erzählen heraus. Nicoletta ist dann von dem Nachtisch doch müde geworden und Susi bringt sie schnell ins Bett. Auch Torven geht nach oben, nicht ohne sich für den netten Abend zu bedanken.

Derweil räume ich mit Bafou das restliche Geschirr in die Küche. Ich gebe ihm zu verstehen, dass ich mich am nächsten Tag um eine saubere Küche kümmern werde. Vielleicht werden wir Bafou auch ohne seine exklusiven

Kochkünste einmal einladen, dieser Mensch hat uns während seiner kurzen Anwesenheit sehr fasziniert. Bafou verabschiedet sich von uns, doch er hat noch einen klugen Spruch parat.

»Die beste Zeit, einen Baum zu pflanzen, war vor zwanzig Jahren. Die nächstbeste Zeit ist jetzt«, gibt uns Bafou mit auf den Weg. Mit herzlichen Umarmungen und mit seinem breiten Grinsen verlässt er unser Haus. Ich schaue meine Frau an, die mir tief in die Augen blickt.

»Hol schon mal den Spaten raus, das machen wir am besten gleich morgen, oder?« Susi schaut mich an.

»Gerne, wir suchen ein schönes Plätzchen im Garten und dann pflanzen wir einen schönen afrikanischen Baum.«

»Nur unter einer Bedingung«, sagt Susi.

Ich stocke einen kurzen Moment.

»Nur, wenn du mir wirklich verzeihen kannst, was ich dir in letzter Zeit angetan habe …«

Ich kann. Ich schließe meine Frau in meine Arme und werde sie so schnell nicht wieder loslassen.